ミドリ楽団物語

戦火を潜り抜けた児童音楽隊

きむらけん

えにし書房

（本書は、浜館菊雄先生の長女淳子さんからの聞き書きをもとにまとめた物語である）

浜館菊雄先生

ミドリ楽団物語　目次

プロローグ

一つの新聞記事を紹介して物語の扉を開けることにしよう。昭和二十五年（一九五〇）十月十七日の「毎日小学生新聞」に載ったものだ。タイトルには「心をこめた演奏」とあり、続いて「傷ついた兵隊さんを慰める」とある。

きずついた国連軍の兵隊さんが、しずかにからだをなおしている、東京本所のアメリカ陸軍病院の劇場から、一昨十五日ごご、ラ・パロマやアメリカンメドレー、荒城の月などのうつくしいメロディーが流れました。これはいままでに小学生新聞紙上でたびたびお知らせした東京世田谷区代沢校のミドリがっそうだんのいもんえんそうでした。ミドリがっそうだんはいまから十年まえ学校をそかいしたころ、おんがくのはまだて先生を中心にうまれたのでした。年がかわり人がかわってもミドリ合奏団のなまえはうけつがれ、まいしゅうきまった日に、一生けんめいれんしゅうをしています。病院やアメリカン・スクールでえんそうしてアメリカのおじさんおともだちにもたくさんのファンができています。この日のいもんは、こうして外でえんそうをはじめてから百三十回目でした。がっきの中には、去る二月シヤトル市長ウイリアム・デヴィン氏などのアメリカ議員団のおじさんたちが日本にきたときにおくられた、ぴかぴかのシロフォンもありました。こころをこめた大ねっしんに、へいたいさんたちもすっかり元気をと

りもどし、力いっぱいのはくしゅをおくってい
　ました。

　ここで触れられている合奏団は「ミドリ楽団《バンド》」だ。東京世田谷の代沢小学校の学童三十二名によって構成されている。母体となったクラブの発足は昭和十四年（一九三九）四月だ。当校の教師浜館菊雄先生の発案で創部されている。この二年後の昭和十六年、太平洋戦争に突入する。戦況は次第に不利になり、東京は敵の重爆撃機に空襲される可能性が高くなってきた。このことから十九年夏、学童たちは地方に強制疎開させられることになる。

　親から引き離されて学童は寂しい生活を送る。その彼らに浜館は、「慰安と娯楽こそ必要欠くべからざるもの」と考えた。それで楽器を疎開先へ運ぼうと決意した。その結果、戦争中もたゆみなく練習を続けた。戦争末期、合奏団は陸軍病院や決戦部隊などの日本軍の部隊を訪れ、兵隊たちを慰問している。

ところが、昭和二十年八月十五日、戦争は終わった。学童たちは秋になってようやく故郷、東京に帰ってくる。やがて、荒廃した東京郊外の街に再び楽団演奏は響くようになった。戦争中もたゆむことなく貯えた力はここから花開いてゆく。

　戦後は国連軍、アメリカ軍の傷ついた兵隊たちやアメリカン・スクールの生徒たちを慰問している。文字通り「戦火を潜り抜けてきた児童音楽隊」である。音楽に国境はない。子どもたちは音楽活動を通して敵味方を超えて人々の心を和らげてきた。その演奏技量は日本では群を抜いていた。「器楽の代沢」との評判を得ていた、この方面での先進校であった。実際、彼らの合奏を収録したＳＰレコードが日本コロムビアから「簡易楽器規範合奏」として複数枚発売されている。全国の小学校生が学ぶべき規範、器楽合奏の日本での先駆けとなる児童楽団だった。

　これは、その「ミドリ楽団」の活躍を素材にして描いた物語である。

第1章

代澤浅間楽団

昭和十九年（一九四四年）

代沢小器楽楽団昭和 15 年

代澤浅間楽団：井筒の湯大広間

1　大太鼓への祈り

「先生、真夜中にこの大太鼓をリヤカーに乗せて新宿駅まで運んで行くんですか？」

　東京世田谷、代沢国民学校の音楽室に二人の中学生が訪れた。昭和十九年（一九四四）八月五日、日曜日の夕方のことだ。訪問者の一人佐藤善太が質問した。

「あれこれ考えたんだけど、やっぱり君たちに頼むしかないと思って来てもらったんだ」

　浜館菊雄は、ついこの間の三月まで器楽楽団《バンド》に所属していたＯＢに言った。

「楽器運びのお手伝いは喜んでします。ただ一番引っ掛かるのが途中で怪しまれないかということです。ついこの間、『サイパン島玉砕』が伝えられたばかりですからね……」

　善太は率直に感想を述べた。昭和十九年七月十八日、「将兵三千自決し」、「全員壮烈なる戦死を遂げたる」と大本営は発表した。これが新聞でも大きく報じられていた。戦局は悪化していて社会には暗い雰囲気が漂っていた。そんなときに夜闇に紛れるように大太鼓を運んで行けば、人目につかないはずはない。

「新宿駅近辺は、特に憲兵が多くいるんですよ。『おい、こんな非常時に、大きな太鼓を持ってどこへ行くんだ？』と聞かれそうだ。ふだんだと何とでも言い訳ができるんだけど……」

　もう一人の大島良太もやはり心配している。彼は駅近くの六中に通っているので地理に明るい。だから浜館は頼んだのだ。

「先生、ほかの楽器はどうしたのですか？」と善太が聞いた。

「一番大物のオルガンは送る。手荷物として持って行きにくい楽器は疎開荷物として明後日七日に送る。ハーモニカなどの小物は当日部員がリュックに入れて運ぶ。ところが、この大太鼓だけはどうにもならない。図体が大きい上に古いから手荒には運べない。それにぽんぽこぽんの古狸として知られている太鼓はもう一つっきりしかない貴重品だ」

浜館はそう言って傷ついた古太鼓の胴をさする。

「たしかにこの御時世だから普通の荷として大太鼓を送るのは危ないですね。駅で荷物の積み卸しをやっているのはよく見かけます、中身なんか構わずにどんどん放り込んでいますね」

「善太、そうなんだよ。たかが古大太鼓一つなんだけどね。これが必要なんだ」

「いや、先生、それはよく分かりますよ。だってずっとこれを受け持っていましたから。これで拍子をとってドン、ドンって打っているとみんなが安心するんですよね。そして何といってもいいのは、とどめです。特に曲を締めるときは最高です。きっちりと最後を『ドン』と締めると、こっちの気持ちまで締まるんですよ」

「さすが第一期生は言うことが違う。そう『簡易楽器』の要が大太鼓なんだよ」

浜館は、小太鼓、タンバリン、シンバル、カスタネット、トライアングル、木琴、アコーデオン、ハーモニカを「簡易楽器」と呼んでいた。中でも大太鼓の存在は大きい。

「あっ、センセイ、ぽんぽこぽんの古狸で思い出した。三年生のときに記念写真を撮ったでしょう。大太鼓が写っているんですよ。この前に俺がいて、ハーモニカ吹く度にすぐ後ろで『ぽんぽこ』って鳴っていた。あれは不気味だった……」

その場面はよほど記憶に深く刻まれているらしい。良太は顔をしかめた。

「うん。あの写真覚えている。『音楽と舞踏』と書いてある幕の前で撮ったやつね。凄い人数がいるんだよ。四十五人ぐらい。女の子がみんな大きなリボンを付けているんだ。それで俺は大太鼓のそばで小太鼓を『こんこん』って叩いていたんだ」

「えっ、善太が。すると俺は大太鼓と小太鼓を背にしていたわけか。それで『ぽんぽこ』と『こんこん』に変に惑わされて調子を狂わせたんだ！」

「ああ、あのリボンを付けた女の子たちは踊りを踊っていたよね。あの頃は本当に『音楽と舞踏』だったなあ。彼女らは『兎のダンス』を見事に踊っていたよな」

「センセイ、昭和十五年、戦争前の代沢はすごい自由でしゃれていましたね」

「うん、そうだなあ。今は大太鼓一つ持って行くのに苦労しているんだからな」

「でも、良太が怖がったくらい迫力があるから、この大太鼓は大事ですよ」

「善太先輩『大太鼓は奥深い』と教えられたけど、その意味が少し分かってきたように思います。何しろ最後は特訓を受けたから……」

　そう言ったのは、在校生の代表として来ていた六年生の竹田やすしだ。

「ああ、あのとき竹田は音を上げて泣いていたな。あれがよかったんだな」

「よくはありませんよ。鬼先輩は夢にまで出てくるんだから……」

「いいんだ。いいんだ。俺たちはそれぐらい真剣に君らの面倒を見ていたんだからな」

「はい、先輩の愛のムチは忘れていません」

「ほんとかよ？」

　善太は立ち上がり、やすしに近寄って笑いながら小突く。

「まあ、いいだろう。じゃあ大太鼓の運搬は頼むな」

「先生、新宿駅ですね。ここ学校からだと四キロぐらい、まあ、途中憲兵に会わないように行きます」

「うん、そこが難しいな……」

「でも、出会ったとしてもあれこれ言い訳をしても却って怪しまれます。先生、この際、本当のことを言えばいいと思います」

　リーダー役の善太はきっぱりと言った。

「なるほど君らも成長したな。それ以外に言いようがないものな……『故郷を離れてさびしいときに太鼓を鳴らして英気を高めるのです』と……」

「うんうんそうですよ。だって本当のことでしょう。戦争が始まってからは僕等だって不安でしたよ。でも放課後になってみんなと一緒になってハモニカ吹くと何もかも忘れられましたから……」

　良太が率直に思いを述べた。

「そうだよな。君ら、入って来たときはまだ洟垂《はなた》れ小僧の三年だった。それが成長して小憎らしくなっていくのだから……」

　浜館菊雄は、昭和十五年四月以来、彼らを指導してきた。

「先生、洟垂れ小僧はないでしょう」

　善太は不満だ。

「しかし、事実だよ。光陰矢の如し。洟垂れ小僧もいつしか鼻髭少年」

「先生、それはもっと悪いや」と彼ら二人は笑う。

「でもな、君らが来てくれてありがたいよ。大太鼓を運んでくれと頼めるのは君たちしかいないから……」

「先生出発は何時ですか」

「八月十二日、新宿駅二十三時五十分発の臨時列車だ！」

　十一日後に代沢国民学校の学童は三年生以上が長野に疎開する。行き先は松本の浅間温泉である。その疎開先でも器楽演奏を何としてでも続けようと彼は決意していた。

「わかりました。汽車が発車するまでに必ず届けます」

「先輩方、どうかよろしくお願いします」

　やすしは気を付けの姿勢を取り、ひょこんと首を曲げる。

「憲兵に呼びとめられないように祈っているよ」

　浜館も彼ら二人に頭を下げた。

「神様、大太鼓がどうか無事に駅に着きますように」

やすしは大太鼓を撫でて祈った。

2　ジャバラバランの日

「ああ、なんちゃらジャバラバランだ！」

朝、美奈は目覚めた。寝ぼけ眼で蚊帳を持ち上げ、そっと柱の日めくりのカレンダーを覗く。すると「12」となっていた。

「ああ、とうとうこの日になったんだ！」

それは昭和十九年八月十二日であった。

遠足の前の日は興奮して寝られない。ところが今度だけはちょっと違う。その日が来るのが、嬉しいようでいて、そして怖くもあった。「ジャバラバランの日」だ。

朝から暑い陽ざしが照りつける。蝉が熱で炙られたようにあっちでもこっちでもがしゃがしゃと鳴いている。あまりにもうるさいので庭に向かって叫んだ。

「お前達、ジャバラバランをするのはやめろ！」

「何、わけのわかんないこと言っているの。荷物点検は早くしなさい！」

「そんなこと言ったって学校集合は夜なんだよ」

「いちいち口答えしないで、早くするの！」

母の津村夕セは美奈に言い、仏壇に座り、出征中の父の写真に手を合わせた。それが済むとすぐに掃除を始めた。ハタキやホウキを気ぜわしく動かす。

「お母さん、御飯食べているのにホコリが掛かって汚いよ」

朝ご飯のお芋の尻尾を囓《かじ》りながら美奈は言う。

「いいのよ、いいのよ。家のホコリも故郷の味よ」

母は訳の分からないことを言う。そして、ぱたっと掃除をやめて慌ただしく出かけた。玄関の敷石にカンラコロコロとゲタが響くと、蝉時雨が止んだほどだ。母は国防婦人会の連絡係で今日は一段と忙しい。

「なんとも暑いこと、暑いこと……ああ、それでね。

美奈ちゃん、あんた荷物にアンデルセン入れていたでしょう。あれはダメらしいのよ」

一時間ほどで帰ってきた母が真っ先に言う。

「またてきせいなんちゃら？『みにくいアヒルの子』まで、なんちゃらそんなこと、今頃に！……あぁん、ジャバラバラバラ」

癖になった呪文を唱える。そしてリュックを引っ掻き回し、アンデルセンの本を抜き出した。

「美奈ちゃん、浅間での旅館の割り振りはもう決まっていたでしょう。それがね、何かの都合で組み分けを変えるとかいう噂があるんだって……」

浅間というのは長野県松本市の郊外にある浅間温泉のことだ。代沢国民学校の学童はここに疎開し、六つの旅館に別れて生活をする。割り振りはすでに決まっていた。美奈は浜館先生引率の「蔦の湯」に入ることになっていた。

「なんちゃらそんなのひどいよ。倉持先生のところなんか入れられたらおしまいだ……ジャバラバラバラ」

規律の厳しいその先生は、「直立不動」が口癖だ。ちょっとでも姿勢が曲がっていようものなら大目玉をくらう。「軍隊式に鍛えてやる」というこの将軍様を皆怖がっていた。

「もしかしたら楽団も解散になるの？」

「ううん、それは分からない。でもね、親によっては反対している人もいるから……」

「こんな御時世に疎開先にまで楽器を持って行ってドカスカやるのはけしからん！」と陰で言う人もいた。

「いやになっちゃうな。せっかくジャバラが開けるようになったのに」

津村美奈は楽団部員だった。この四月に入部したばかりだ。

＊

「楽器は何を弾きたいの？」

　入部の申し込みに音楽室に行った。すると浜館菊雄先生は真っ先に質問をしてきた。

「アコーデオン！」

「アコーデオンではなく、手風琴というんだ」

　敵性語は使わない。ハーモニカはハモニカと呼んでいた。

「どうして手風琴を弾きたいの？」

「ピアノを習っていたから。それと……」

　渋谷のハチ公前の広場で体をしなやかに動かして「月の沙漠」を弾いている人がいた。一緒だった父と聞いた曲だ。間もなく兵隊に行くという時だった。父は酒に酔うとよくこれを歌っていた。いなくなった父との思い出があったが、そのことは言わなかった。

「ピアノと手風琴は違います。まあ、見たところ君は三年生にしてはなりも大きいし、ちょうど手風琴が一人足りないから、この際やってみるか？」

「センセ、どうかよろしゅうお願いします」

　三年生にしてはこましゃくれていた。

「手風琴の演奏で一番大事なのはこのジャバラの開き方だ」

　先生は近くに置いてあった手風琴を無造作に持って、「チャンチャラララ」と弾いた。

「あ、カルメン！」

　曲は分かったがジャバラの意味が分からない。ところがだいぶ経ってこれの正体が分かった。

「えっ！　ジャバラって蛇のお腹のことをいうの！」

「そう蛇のお腹みたいににゅるっと伸びたり縮んだりするだろう……」

　入部して三週間ぐらい経って六年生の竹田やすしが教えてくれた。バチ部長とあだ名されている。大太鼓担当だが、いつも小さなバチを持っていてリズムを取る癖がある。「にゅるっ」というところで机を叩いてにゅるりを真似た。

「気持ち悪い！　蛇大嫌い」

何が嫌いって、美奈が最も嫌っているものは蛇だった。あのくにゃっとした体を見るともう身の毛がよだってくる。「ジャバラ」の正体を知って以来、美奈は、何かにつけ、「ジャバラバラバラ」というのが口癖になってしまった。

「そんなおかしな言葉を使うのやめなさい！」

「うん、だめだめ。私のおまじない言葉なんだから。ジャバラバラバラ……」

母にたしなめられると余計に使いたくなる。美奈はこの頃、小さなことで腹を立てる。

「私また、午後にも婦人会の用事があって出かけるの。美奈、あんた荷物はちゃんとしまったわね……」

「蝉はうるさいし、文句もうるさいし……」

「うん。何、なんか言った」

「いわない。ジャバラバラバラ」

そんなことを言っていると、柱時計が「ボン」と鳴った。

「あれ、もうお昼。今日はとっておきのチュルチュルよ」

食料不足は深刻だ。そうめんは貴重品だ。家で最後のお昼は、その美奈の好物が出た。母もチュルチュルし、美奈もチュルチュルした。母は食事が終わると、また出かけていった。ところが、幾らも経たないうちに帰ってきた。

「大変、大変。今日は、全町民挙げてのお見送りだっていうの。何かね、少国民出征兵士を送るのだということで待ち構えているらしいのよ……まあ、行ったはいいけど、まさか小さな骨壺に入れられてエイレイとして帰ってくるのじゃないわよね？」

「エイレイってなに？」

「エイレイはエイレイ。まあ、幽霊みたいなものね」

「なんちゃら、よくわからない。ジャバラバラバラ……」

3　学童疎開

「ほらもう、四時を過ぎたわよ。あなた、ユキちゃんのところにお別れに行くのじゃないの。早いけど着替えていきなさい」

「うぅん、忙しいったらありゃしない。『あれ、針と糸入れたかな？』」

「美奈！　何度入れたり出したりしているのよ」

「分かった、分かった。もう何でもかんでもジャバラバラバなんだから」

　美奈は玄関の戸をがらりと開けて、表に出た。すると身につけたばかりの白いレースのワンピースが赤色に染まった。西日がまぶしい。小手をかざして歩いていくとカナカナが鳴いた。彼女は小走りに走った。四軒先のその家は石畳が玄関まで続いていた。植え込みの間の飛び石をスキップして渡っていく。

「ユキちゃん！」

　名を呼ぶと、奥から「はぁい」と返事があった。すぐに廊下を走る音が聞こえ、玄関の硝子戸がゴリリと開いた。

「あれ、美奈ちゃんどうしたの。そんなおめかしして！……」

「そ・か・い。これから疎開に行くの……」

　美奈は腰に手を当てて、みせびらかすように体をひねってみせた。夕の光がここでは青い色に輝いた。

「可愛い！　だけど汽車の中で汚れない？」

「いいの。お母さんがね。『これで生き別れになるかもしれないから一張羅を着せてあげる』って。生き別れってよくわからないことを言うの……」

「美奈ちゃんは長野に疎開、私は山形へ縁故疎開。また会えるかな？……」

「どうかなあ…」

「東京中が火の海になってみんな焼け死んでしまう」そんな噂が流れていた。今にもアメリカの大型爆撃機がやってきて東京は焼き尽くされる。それが現実化してきたことから田舎に疎開してその難から逃れる。親戚を頼って行くことを縁故疎開、学校単位で割り振られた地方に行くことを集団疎開と言った。仲の良かった者どうしもお別れだ。

「死んでしまったらおしまいね。だってね、あめ玉をくれた近所のお兄さんが白木の箱に入って帰ってくるのよ。それがね、ちいちゃいの」

雪子は代沢校を代表して英霊を迎えに下北沢駅に行った。そのときのことを話してくれたことがあった。

「そうねぇ。どうなるかわからないね……明日はわからない……」

雪子が言うとカナカナが鳴く。

「今日は何時に出かけるの？」

「夜の九時から学校で、ソウコウカイがあってね。その後に下北沢駅から電車に乗るの……」

「ああ、ほんとにこれでお別れね……チャーチルとルーズベルトの仲だったのにねぇ……」

学校で、「敵の親玉をやっつける」ということで、ルーズベルト米大統領とチャーチル英首相の絵に画びょうを投げさせられた。

「目に当てたら、当たりよ！」

先生から言われた。そのときの合同授業でたまたま二人が組みになった。偶然に美奈がチャーチルに、雪子がルーズベルトの目を射当てた。

「その意気、その意気よ！」

先生は誉めてくれた。しかし、あまり嬉しくはなかった。

「いくら敵だからといっても、目に当てるなんて嫌だよね」

雪子は、六年生だ。

「うん、そうだったね」と答えながら、美奈は画びょうを投げているときのことを思い出した。するとまたカナカナが鳴いた。今度はよけい寂しい。

「ユキちゃん、ここの壁に掛かっているの何て書いてあるの？」

額が目についてて美奈は聞いた。

「ああ、『さようならは　また会うときまでの　合い言葉』って書いてあるの。お父さんの知り合いの詩人が来たときに書いてくれた言葉なの」

雪子のお父さんは丸い眼鏡を掛けている。大学の先生をしているという。

「ふぅん、『さようならは合い言葉なんだ』。じゃあ、ユキちゃんには『さようなら』をいわないとね」

「ああ、待って。美奈ちゃん楽団を続けるっていっていたわね」

「うん。先生がね、疎開先でも続けるって。だからね、オルガンとか手風琴とかの大きな楽器はね、先に送ったんだって……」

「あ、ちょっと待っててね。いいものあげるから……」

雪子はぱたぱたと駆けていってすぐに戻ってきた。戻ってくるときは鈴が鳴った。

「美奈ちゃん、この私のタンバリン欲しがっていたでしょう。私要らないから。だってね、このままお家に置いていたってみんな燃えちゃうのよ……」

縁に可愛い猫が彫ってあるタンバリンだ。雪子は胴をぽんと叩き、鈴をジャリリンと鳴らした。またカナカナが鳴く。美奈のレースのワンピースの青みが深くなった。

4　少国民兵士出発

「なんちゃら！」

月のない暗い夜だった。八時半に学校の校庭に行くともっこりもっくりと黒い影が動いている。何とまあ、人、人、人、人だらけだ。運動会でもこんなには集まらない。見たこともない光景だ。燈火管制の中、頼りになるのは提灯《ちょうちん》である。それが人垣の間に点々と灯っている。

「としおちゃん、必ずお手紙頂戴ね！」

「悪い水を飲んじゃだめよ」

そんな声が聞こえる。一つの灯りに家族親類が集まり、別れを惜しんでいる。

「子どもが五百人で、親がその倍、千人以上は集まっているよ！」

すれ違った人が言っていた。

やがてピリリピリリと笛が鳴って集合の合図がかかる。ところが親は子を離さない。それで警防団の人が小集団に割って入って整列をさせる。するとメガホンを持った先生が大声で叫んだ。

「これから宿舎別に並びます。それぞれの列の先頭に引率の先生が立ちます……」

これを合図に、「第一学寮『井筒の湯』！」、「第二学寮『湯本屋』！」、「第三学寮『玉の湯』！」……方々から引率の先生の声が聞こえてくる。

学寮の組み替えというのはどうやらデマだったようだ。楽団も解散してはいなかった。第六学寮「蔦の湯」の列に行くと顔見知りが集まっていた。

「あら、美奈ちゃん可愛い。夜でも白いのが分かるわ」

五年生の木琴の木原エミがいた。

「贅沢《ぜいたく》は敵なのよ。そんな派手なのを疎開に行くのに着ていっちゃあいけないんだよ」

その後ろにいた六年生、ハモニカの大場小枝子がきつく言う。その彼女はもんぺを履いている。

「……」

言葉のゲンコツが飛んで来て美奈に当たった。そんなところに「カチャ、カチャチャン、チャン……」とカスタネットを鳴らしながら近づいてきた子がいる。五年生の山田勉だ。『カルメン』のさわりを真似している。

「敵の音楽は弾いては駄目なんだぞ！」

竹田やすしがたしなめる。

「そんなら、俺はこれだ。なんみょうほうれんげきょう、なんみょうほうれんげきょう……」

トライアングルを持ってチンチンと鳴らす。五年生の吉田勇だ。

「おい、なんかエンギが悪いよ。やめろよ」

皆が口々にいう。そんなときに三本杉国松校長の話が始まった。

「諸君は、今日まで、お父さん、お母さんといっしょに暮らしてきた。明日から、お父さんもお母さんもいない。しかし、気をくじいてはならない。諸君は、これから新しい陣地に向かう。必要なのは少国民としての強い心構えを持つことだ。どうか、引率の先生をお父さんお母さんと思って、戦争に勝つまでがんばってほしい……」

学童はこの話を聞いて緊張した。みんなと泊まりがけの旅行に出かける、それぐらいにしか思っていなかった。少国民として気概を持って戦うという覚悟はできてはいなかった。

壮行式は十時に終わった。それを締めくくるように夜の闇にバンザイがこだました。

「子どもを戦場に送り出すわけじゃないんだから、バンザイなんかやめろ！」

一人の男の人が言っていたが、それもたちまちにかき消されて、メガホンが小さな戦闘部隊に命令をくだした。

「第一学寮、『井筒の湯』出発をします。順次後に続け！」

第六学寮の「蔦の湯」はしんがりだ。出発までは間があった。

「おおい、みんな集まってくれ。間もなく学校を出ていくが、この出発が学寮のはじまりだと思え……」

浜館は、両手でメガホンを作り、大きな声で言った。

「……いいか。列を組んでここを出たらみな学寮の仲間となるんだ。これから大切になってくるのは協力をすることだ。特に下の子は三年生、まだ幼い。親の許にいた方がいい年齢だ。けれどもこの子たちを連れて行かなくてはならない。上級生はこれら下の学年の面倒を見るようにしなさい。部員同士助け合うことが大事だ。前にも言ったろうが楽器は鳴らすだけでは意味がないんだ。隣の子の音も聞いて上げるんだ。聞いて合わせると楽器は生きてくるんだよ。楽器を持った者同士が協力する。隣の第五学寮の柳内先生は自分のところの学童には鉛筆を握らせてどしどし書かせる。鉛筆で戦う『鉛筆部隊』と呼ぶのだそうだ。考えは同じだ。楽器をどんどん弾いて慣れる。そして、上手く弾けるようになって人を喜ばすようになれば最高だ。そういうことで言えば第六学寮は楽器で戦う『楽器部隊』だ……。いいか、楽器を弾いてこの難局を乗り切るんだ。楽器を鳴らして響き合うと勇気づけられるものなんだ。楽器は友達だ。お父さん、お母さんの代わりにもなるものだ。だからこれを大事にしろ。大きなもの、オルガンなどは既に荷物として送ってある。君たちはそれぞれ小さいものは持っていると思うが、列車内では取り出すなよ。寝ぼけてカスタネットとかトライアングルとかを鳴らすなよ……」

「隊長分かりました」

部長が右手を挙げて敬礼をした。

「言っておくが俺は隊長じゃあない。付き添いの引率教師だ。だから敬礼なんかする必要はない」

職員室に入るとき、「何班誰それ、入ります」というようにと軍隊式に指導されていた。ところが、浜館はこれを嫌っていた。

5　「勝利の日」まで

「第六学寮出発！　きちんと二列になって並べ」

先生の号令が掛かっていよいよ列が動き出した。最終列の出発に、回りに集まっている親たちがどよめいた。「たろう！」、「よしこ」、「もっちゃん！」……皆、口々に子どもの名を叫んだ。

「美奈！」

その声が飛んできてはっとなった。振り返ると母がいる。

「お母さん！」そう言ったとたんに涙が出て来た。

出発駅の下北沢駅は狭い。そのため見送りは校庭までと決められていた。ところが、ほとんどの父や母が後を追ってくる。親の誰もが思ったことだ。爆弾にやられて何時死んでしまうかも分からない。今別れたらもう二度と会えないと。

「おお、すげえ、何だ!」

列の先頭の六年生のやすしが叫んだ。校門を出るとここにも大勢の人がいた。道の真ん中に二列縦隊で進んで行ける隙間ができている。その両脇には人垣が延々と続いている。全町挙げての見送りである。人々が顔見知りの子を見つけては、声を掛けた。「やすお君、しっかりやってこいよ」、「サッチャン、くじけるなよ」などと……。

やがて列は下北沢駅南口の通りに入った。駅へは坂を上っていく。道路のジャリを踏み固めながら歩いていく。するとリュックに括りつけられているタンバリンの鈴が鳴る。楽団員は音に敏感である。背中では筆箱もカチャカチャと鳴っている。行進の歩調が自然にその音に合ってくる。靴音と鈴と筆箱、「ズックザック、ジャラジャラ、カッチャカチャ」と旋律を奏で始める。するとやすしが大きな声を出した。「丘にはためく　あの日の丸を」と。『勝利の日まで』という歌だ。

壮行会、そして駅までの大勢の群衆、それは出征兵士を送り出すかのようだった。耳に残っていたのは、「少国民としての強い心構え」という校長の言葉だ。特に男子学童は勇気を鼓舞されていた。歌はその気分を盛り上げる。冒頭のワンフレーズに誘われて何人かが唱和する。「何時かあふるる　感謝の涙燃えて来る来る　心の炎」。歌っていると気持ちが高まってくる。心は少国民兵士だ。そして最後は、「勝利の日まで　勝利の日まで」だ。男の子はここぞとばかり声を張り上げた。

やがて地下道に入っていく。中は薄暗くしょんべん臭い。学童たちの足音が響く。そこを潜り抜けて北口改札に辿り着いた。ついて来た父母が拍手を送る。

見送りとは改札口でお別れだ。「先生、子どもをお願いします！」と父母は口々に浜館に向かって言っては頭を下げる。

遮光《しゃこう》ライトを点した小田急電車がホームに入ってきた。それに多くのリュックが乗り込む。すると駅の回りに電車を見送ろうと集まった親が、ここでもまた口々に子どもの名を火が点いたように叫んだ。電車は、出発のタイホン鳴らし、ガタンと動いた。

「さらば下北よ、またくる日まで……」

電車の片隅で誰かが歌っている。走り出すと、外にいる親たちがまた叫んだ。「ガンバレよ」、「風邪引くな」などと聞こえる。美奈はガラスを透かして外を見た。すると線路の向こうには提灯が揺れている。その明かりも、そして「バンザイ！」と叫んでいる声もたちまちに消えてしまった。

6　大太鼓とともに

新宿駅中央線下り出発ホームには臨時列車が横付けになっていた。行き先表示板には「疎開学童専用車」と書かれている。

駅の丸時計の針はもう間もなくで出発の十一時五十分にかかる。

「君らも、もう夜中の十二時だ。早く寝じたくをしなさい！」

見送りにきた三本杉校長はまだ窓に鈴なりになっている学童に向かって言い、手を振って窓から首を引っ込めよと合図をする。

「センセ、まだいいんだよ。今日でお別れなんだよ」

子どもらも負けてはいない。

「あいつら来ないなあ？」

ホームに立って浜館菊雄は地下階段の方を見ていた。気の早い駅員が乗車ドアを「バドン、バドン」と閉め始めた。

「先生、後三分、いよいよ出発ですなぁ」

見送りに来ていた三本杉校長が浜館に言う。

「そう、出発ですねぇ……」

「電車で下北沢を出るときに親たちが子どもの名を必死に叫んでいたな。何かね、悲しみの塊をぶつけられるような感じがしたものだ。それで思ったものだ……子どもらは今は旅にでも行くつもりで陽気にしているが、きっと数日もすれば里心が募ってくる、恋しさの塊が膨らんでくる。これが君たち引率の先生にかかってくるのだと思った。子どもらが手ぶらでいくと手持ちぶさたになる。君が楽器を持っていかせたのは賢明だった……」

「そうなんですが、私はその楽器を待っているんですよ」

「楽器？」

「ええ、楽器です。貨車で運べないものがありまして、これを楽団のＯＢに持って来てくれるように頼んでいるのですよ……」

浜館は、その彼らが現れるだろう地下階段の方をみつめていた。

「来ませんね」

「もう来てもいいいんだけど。皆どうしたんだろう？」

そうしているときに発車のベルが鳴り始めた。

「先生、浜館先生、もう汽車に乗らないと置いていかれちゃうよ！」

窓からやすしが大きな声を出す。と、そのとき階段をとっとっと駆け上がって来る男たちがいた。待っていたＯＢだ。

「ああ、間に合った！」

彼らは着くなり息を切らしながら叫んだ。

「先生すみません。やっぱり憲兵に引っ掛かったんですよ！」

二人の顔にはべっとりと汗が光っていた。憲兵にやっと解放されたのだろう。

「ああ時間がない。君ら本当に有り難う」

浜館は、善太から大太鼓を受け取った。

「おい君、そんなもの持っていくのか？」

校長は笑みを浮かべながら言葉を投げてくる。

「はい、校長先生。これが向こうでうんと役立つんですよ」

「先生、乗って下さい。出発ですよ」

　良太が叫ぶ。分かったという代わりに浜館は手で太鼓を「ドン」と叩いた。すると列車の後方で車掌が笛を吹く。「ぴぃぃぃぃぃぃ」と。今度は前の方で「ぴぃいいいひょ！」と、甲高い汽笛が鳴った。電気機関車の呼応合図だ。そのとたん、列車がガッタンとシャックリをして、ゆっくりと動き出した。浜館はデッキから手を振る。

「先生元気で！」とOBの四本の手が揺れる。

「君たち、ありがとう」

　そういう間に、新宿駅のホームの柱はどんどんと倒れていき、彼らの姿も後ろにすっ飛んでいった。カタカタトントン、カタトンとトンと走って行く。外は燈火管制でほとんど明かりがない。車輪の音がより強く響いて聞こえる。

「先生、よかったねぇ」

　学童らが手を叩く。

「おい、君らもう、何時だと思っているのだ。寝ろ、寝ろ！」

　浜館は子どもたちに向かって言った。そして、生徒と一緒のボックス席に座った。汽車は、さらに速度を上げて「カタタタトット、タタトット」とリズムよく音を響かせながら走っている。暗い窓辺に暗い街が過ぎて行く。腕時計を見ると、針はもう十二時をだいぶ過ぎていた。

7　「鉛筆部隊」と「浅間楽団」

「そうか、もうあれから五年も経ったのか？」

　浜館は指を折って年数を数えた。彼が楽団を創部したのは昭和十四年四月だった。それから二年後にあれよあれよという間に、戦争に突入した。この直前に印象的な出来事があった。昭和十六年（一九四一）十月のことだ。東條かつこ婦人が代沢小に現れ、彼女の娘のいた学級につかつかと入ってきて言った。

「明日官邸に参ります！」

　これがお別れの挨拶だ。昭和十六年十月十八日東條内閣が組閣され、東條英機首相が誕生してのことだ。そして二カ月後、あのラジオの臨時ニュースが流れた。

「大本営陸海軍部、十二月八日午前六時発表。帝国陸海軍は本八日未明西太平洋においてアメリカ、イギリス軍と戦闘状態に入れり」

　浜館は下代田の自宅で開戦を聞いた。このとき、俳人の加藤楸邨が家のすぐ側に住んでいた。彼の息子二人も代沢校に通っている。それで松本行きのこの汽車に乗っている。

　後で知ったことだが、開戦日のことを、「十二月八日の霜の屋根幾万」と俳人は詠んでいた。浜館もまさに同じく息を潜めてこれを聞いていた。

　この開戦を機に世の中は戦争を中心に動きはじめた。それでも代沢校はのんびりした空気に満ちていた。戦争映画を見せてその感想を書かせたり、また教員が執筆者となった「代沢通信」には気ままな論評も載せられていたりした。主体的に物事を考えてそれを言い合うというのも自由があればこそだった。楽器を疎開先に運ぶことも職員会議で話題になった。

「こんな非常時に、オルガンとか太鼓とかアコーデオンを疎開先に運ぶなんておかしくはありませんか。こういうときにこそ我慢をすることの大事さを教える必要があるのです」

　これに対して浜館は反論した。彼は一徹だ。言い出したらきかない。

「いいですか。今度の疎開は十日や二十日で帰ってこられる臨海学校とはまるっきり違うものです。一応、計画としては一カ年とされていますが、先行きはわかりません。はっきりしていることは長期間にわたって学童は家に帰れないことです。今までは家で親とともに生活してきました。ところが今度はその親から離された生活が長く続きます。子どものことですから緊張にも限度があります。大人のように時局を理解して『よし頑張ろうか』というわけにはいかないと思うのです。私たち大人はそこを汲んでやらなくてはなりません。私はこれまで指導してきて分かるのですが、ハーモニカの一吹きでも、木琴の一打ちでも子どもは心が慰められるのです。だから楽器を持って行くのです」

浜館は、他に犠牲を払っても一台のオルガンと楽器類は運んで行こうと思っていた。

「私も浜館先生の考えには賛成です。親元から離された子どもたちはきっと家を恋しがると思います。これを解消することはできません。できることは子どもたちの気を紛らわせることです。楽器を持って行って弾いたり、吹いたりすれば悩みを忘れられます。この際、楽器ごときをという考えはやめた方がいいと思います」

同僚の柳内達雄が浜館を支持した。

「しかしですね。私は問題が個別的であるように思うのですよ。浜館先生は自分の受け持っている生徒だけがよくなればよいと考えておられるのですか？」

「それは違いますよ。楽団の子どもたちは練習すれば必ず上手くなります。そのときには音楽会や演奏会を開きます。これを聞いて他の子どもたちも慰められるはずです……」

浜館菊雄は自分の意見を筋道を立てて説明した。これを後押ししたのが彼の考えを理解していた三本杉校長である。

「どこかで寛げるところがないと子どもはもたない。音楽が心の助けとなることはあるはずだよ。君の試みをぜひ成功させてくれ……」

支持者は一人だけではない。

「浜館先生、私も応援しますよ」

心強い後ろ盾がいた、柳内達雄である。この二人の教師は互いに気脈は通じていた。

小学校教師は全科目を担当するが、それぞれに得意とする科目があった。柳内は国語であり、浜館は音楽である。この気鋭の逸材を代沢校に引っ張ってきたのは三本杉校長だった。有能な人材を引っ張ってきて新しい血流を代沢校に注いだ。ここから自由の風が吹き始めた。

この二人の前任校は、綴り方教室で名の知られた下町の第三大島小である。まず柳内は昭和十年(一九三五)二十四歳で、続いて浜館は翌昭和十一年三十四歳で代沢校に転任してきた。

柳内は、神田生まれの東京っ子、お洒落でダンディだった。一方浜館は青森県立師範出の地方育ちだ。十歳の年の開きがあったが浜館は彼の都会的なセンス、そしてインテリジェンスに大きな影響を受けた。

柳内や浜館、この自由な考えを持った教員を受け入れる風土もあった。

「この学校は面白い学校で大正末年に坂口安吾が代用教員として勤めていたんですよ。『まったくの武蔵野で、私が教員をやめてから、小田急ができて、ひらけたので、そのころは竹藪だらけであった』と言っていますね。その広々とした武蔵野に小田急が敷かれて、次に井の頭線ができた。下北沢で鉄道がクロスしたわけですよ。この交差がポイントですよ。渋谷からも新宿からも近い。この利便性が魅力となって都心部から多くが当地に引っ越してきたのです。それはね、中産階級の知識人ですよ。彼らが当地一帯の新居に引っ越してきて子どもが生まれる。その子どもが成長してきて代沢校に入ってきたのです。二人の教員が入って来た頃と重なります。子は親の鏡、進取性を持った親の子は自由気風を持っていますよ。親と先生とが上手く結び合わさっていたのでしょう。子を音楽にいそしませるというのも関連してきますね……」

この学校をよく知る地主の膳場助六さんはそのように説明していた。浜館菊雄、柳内達雄、この二人は教育においても進取性に富んでいた。疎開するに当たってもこの二人は確たる考えを持って臨んだ。柳内は浅間では第五学寮「千代の湯」の五十七名を受け持った。彼はこれを「鉛筆部隊」と名づけた。学童らに鉛筆を持たせ、ひたすらに作文や日記を書かせた。

一方の浜館は、第一学寮の「井筒の湯」の大広間に各学寮から楽団員を集め、六十名を「浅間楽団」として指導した。さしずめこちらは「楽器部隊」である。

疎開先で書いたり、演奏したり、それぞれに当面打ち込めるものを与え、彼らに訓練をさせる、そこに教育的意義があるという点で二人の考えは一致していた。言語と音楽との合体技が生まれたのも必然性があった。

「各学校にはどこでも校歌があります。学校に誇りを持たせるという意味もありますが、同じ歌を歌うことで仲間意識を高めるということもあります。今度学童たちは、新しい土地に疎開していきます。新天地でもこれが一層に必要です。柳内先生どうでしょう校歌を作りませんか。先生は詩歌はお手のものでしょう。作詞をしてくれませんか？」

「校歌ですか、いいですね。タイトルはどうしますか？」

「『代澤浅間學園の歌』です」

浜館はたちどころに答えた。

「あはは、気が早い。先生、もう曲はできているんじゃないですか？」

「いえ、そこまでは」

「まあ、節目節目にこれを歌わせるわけですね。温泉では六つの学寮に分散して生活するわけですが、代沢は浅間全体で一つの学園という考えですね」

「おっしゃる通りです」

「よし、作りましょう」

こういう経緯を経て「代澤浅間學園の歌」はできた。その楽譜は既に印刷して、疎開荷物と一緒に宿に送ってあった。

「カタッテ、トタトット」

列車は音を立てて走っていた。しばらくすると「ゴォー」と鳴った。高尾を過ぎて中央線の山岳地帯に入ったようだ。浜館は薄暗い室内灯に照らされている子どもたちを眺めた。

8　中央線夜行列車

六年生の竹田やすしは無類の汽車好きだ。疎開列車が何時に発車して、何時に着くのかを調べてきていた。父親が持っていた鉄道省編纂「時刻表　十七年十月號」をメモしたものだ。

「少し古いけども、だいたい汽車のスジというのはあまり変わらないものだ。お前たちが乗る汽車が新宿発十一時五十分だろう。時刻表には、長野行きの四〇三列車が十一時五十五分に出ているから、このスジを五分早めて計算すれば大体間違いないだろう」

父は会社の出張で汽車には乗り慣れている。全国のほとんどの鉄道線に乗っていた。そんなことから鉄道の面白い話をよくしてくれた。

「線路には継ぎ目があることは知っているな。一本が二十五メートルで、そこの上を走るわけだから必ず音がする。ところがな、これは人によって聞こえ方が違うんだよ。芥川龍之介って知っているか？」

「ああ、『トロッコ』は読んだことがあるよ」

「あれはいいね。トロッコに乗った土工の半纏のすそがひらついたり、細い線路がしなったりとかという場面があったな。……面白いことに彼の作品には、汽車が走るときの音が書いてあったな。『トラタタ、トラタタ、トラタタタ』という響きを立てるというんだよ。あれは確か横須賀線だな……あのな、平地と山とでは音が違うのは確かだな。疎開列車がどんな響きを立てて中央線を走っていくのか楽しみだな。特に中央線は面白いよ……」

「どこが面白いの？」

「そうだなあ。まずは初狩、それから甲府、諏訪もいいな。あそこは景色がいいから……」

「初狩って何があるの？」

「それは行ってからのお楽しみだな。あっはっは……」

　そのお楽しみの汽車は新宿を時間通りに出発した。それからは時刻表と時計とのにらめっこだ。その時計はおじいちゃんが形見だといってくれたものだ。まず立川には十二時三十六分に着いた。そしてここを出てしばらくすると床下の音が変わった。がぁう、がぁうごっとん、多摩川を渡る鉄橋のようだった。

「がちょうが鳴いている」やすしはそう感じた。

　走る汽車は色んな音を出した。高尾を出ると汽車は次々にトンネルを潜っていく。もう二時を過ぎた。ほとんどが皆寝ついていた。やすしは長さ日本第四位の笹子トンネルを潜るまでは寝るまいと心に誓っていた。ところがつい寝込んでしまったらしい。

「怖い！　汽車がバックしているよ！」

　誰かが叫んだ声で目覚めた。

「あれ、本当だ。坂を転げ落ちるのか！」

「こわ！」

「死んじゃうの？」

「大丈夫だよ、大丈夫だ。これはな、スイッチバックっていうんだよ。坂が急だから、汽車はジグザグに登っていくんだ。これから先、いくつかあるけど、心配することはない」

「先生、びっくりだよ。急に後ろ向きに走り出すんだもん」

「浜館先生、じゃあ、ここが初狩？」

「うん、そうだな」

　父が言っていた「初狩が面白い」の意味をやすしはようやく知った。汽車は山岳地帯に入っていた。トンネルを次々に潜り抜けていることが分かる。「があるるがあるる」と。そして長いトンネルがあった。そこを抜けると轟音が消えた。窓の外を見るが、まっ暗だ。

「あ！」

目を凝らすと景色がうっすらと見えてきた。はるか向こうのぎざぎざの稜線は夜明け色の紺に縁取られている。

「南アルプスだ！」

その上に金色の半月、その光りが山々に囲まれた地表に降り注いでいる。大きなお盆の底にその光りが貯まったのか白くぼんやりと輝いている。

「甲府盆地だ！」

頭の中の地形を目が捉えていた。生まれて初めて出会った感動であった。汽車は甲府盆地の縁を走っている。ふと谷底に転げ落ちてしまわないかとも思った。スイッチバックで着いた駅には「かつぬま」と書いてあった。

外はどんどん明るくなっていく。明け方の青い光りに包まれた駅に着いた。「かうふ」と書いてある。甲府だ。時刻表では十分間の停車だ。これまでの駅とは感じが違う。建物の向こうには高い山々、山の空気が匂ったが、いがらっぽい匂いもしてきた。石炭を焚いているらしい。列車がガタンと大きな音を立てて揺れた。

「機関車の付け替えだよ」

「先生、付け替えって何？」

誰かが聞いた。

「今までは電気機関車だったんだ。これから先は電化していないから蒸気機関車が列車を引っぱるんだよ……いいか、これからトンネルに入ったら窓は閉めるんだよ」

「汽車の煙が入ってきて息が苦しくなるんだよ。だから閉めるんだよ……」

やすしは父と何度か汽車に乗って旅をしたことがあった。

「苦しくなるだけじゃなく、煤が入って来るからな。真っ白いハンカチなんかたちまち黒くなるからな。あの美奈ちゃん気の毒だ。白いレースのワンピースも汚れるな……」

浜館はまだ眠りこけている美奈を指さした。

「ぱぁう、あう」

　今までの電気機関車とは違う汽笛が聞こえてきた。出発だ。

「甲府から先に行くと、南アルプスが間近に見えてくるんだよ。あれはいいよ」

　やすしはその父の言葉を思い出していた。ぼんやりと窓の外を眺めていると、

「窓を閉めろ！」

　浜館先生の声が飛んだ。バタン、バタンと窓を閉める。すぐに車内は暗くなった。ほの暗い室内灯が点いている。ところが中仕切りのドアの下から煙がむくもくと入ってくる。

「ゴッフォンゴッフォン」とあちこちで咳き込む音が聞こえる。

「なんちゃら、なんちゃら……」

　これは美奈の声だが、しばらくするとパッと車内が明るくなった。

「開けろ！」

　窓が開くと空気が美味しい。韮崎のスイッチバックを過ぎて、左手にのしかかるような山が見えてきた。甲斐駒ヶ岳だが、その風景を見る者はいない。学童らは夜行で疲れきっていた。やすしもすっかり寝込んでいた。起こされたのはだいぶ経ってからだ。

「海だ！」

「バカ、山の中に海が見えるわけないだろ！」

「諏訪湖だよ、諏訪湖……」

　やすしは叫んだ。すると寝ていた他の子も起きて、全員が窓に鈴なりとなった。やがてまた一つの峠を越えて汽車はごととんごととんと走った。そしてようやっと終着駅に着いた。苦しい旅路は終わった。十時だった。

「なんかひんやりするよ」

「世田谷とは空気が違う」

「山ばかりだねぇ」

「あれは、アルプスだよ、アルプス……」

「とんがっているね」

「おかしいよ。なんか目が急によくなったのかなあ。遠くがよく見えるよ」

皆、口々に感想を述べる。

「お〜い、写真撮るんだって……新聞に載るんだって！」

ホームに新聞社の人が来ていてカメラを構えていた。

「よし、みんな写ろう！」

汽車の窓には学童らが次々に顔を出す。その車体の行き先表示板には「疎開学童専用車」と印刷された横長の紙が貼ってある。これがめくれて剥がれかかっている。その下には、「ホハ　12093」とある。

「東京からのお坊ちゃんやお嬢ちゃん。お〜い、みんな笑っていい顔してくれ」

カメラマンの注文だ。

「お坊ちゃんって、まあ、ほんと男の子の可愛らしいこと」

「女の子はこれまた可愛いわ。お嬢ちゃんだね。着ているものもしゃれている。まあまあの子はレースのワンピースだよ」

ホームにいた人が彼らを見て言い合っていた。

そのお坊ちゃんやお嬢ちゃんは、汽車を降りてホームに立った。

「あれ、美奈ちゃん真っ黒」

やすしが冷やかす。彼女の白いワンピースは煤で薄黒く汚れていた。

「みんな同じよ。やすし君だって、白いシャツ真っ黒だよ」

エミがいう。その彼女のブラウスも黒くなっている。

「なんだよ、お前。顔が黒くなっているよ」

やすしが言い返す。

煤で汚れていたのは皆同じだ。

松本駅に到着した学童は、ここから温泉へは松本電気鉄道浅間線の電車で向かった。

「おお、揺れるぅ」

電車が動き出したとたんに誰かがいう。

「船に乗っているみたいだな」

これまで乗っていた都電や玉電とは違う。

「ほら、やっくん、どんどん登っていくよ……」

そう言われてやすしは窓を見た。松本の市街が段々に小さくなっていき、向こうに見えているアルプスの山並みが屏風のようにせり上がってきた。

「あれ、あの小さい黒い列は、汽車だよ。上り、上り、新宿行きだ。帰りたいなあ」

「帰りたい、帰りたい」

吉田勇がトライアングルをチンチンと鳴らしながら歌った。

「帰りたぁい、帰りたぁい、東京へ」

窓をのぞいていた学童たちが歌い始めた。

9　浅間温泉

ガットンコッタンと、電車はのんびりした音を立てて浅間温泉に着いたが、温泉といっても町ではない。その住所は、「長野県東筑郡本郷村浅間温泉」である。都会からすれば田舎であった。

「やっと着いたわね。でも日が強いね。真っ黒になりそう」

電車から降りて、真っ先にそう言ったのは木琴のエミだ。

「顔と手を洗いたい。ジャバラララ……」

美奈のご自慢の白いレースのワンピースは薄汚れ、顔も煤けていた。それは彼女だけではない。他の子も一緒だった。しかし、このよれよれになった集団は村にカルチャーショックをもたらす。てんやわんやである。静かな湯治場に何しろ二千五百人もの学童たちがやってきたのだから。

「おったまげたよ。子どもがどさまくほどいて、そりゃぁええこんじゃ」

村人にとっては驚きだ。

電車が駅に着いて、すぐに宿に向かうのかと思ったらそうではない。

「宿に行くのはまだだ。これから会があるんだ。最後の頑張りだ。元気だせ！」

浜館は先に立って歩いていく。

「なんちゃら、顔も洗えない！」

美奈は口を尖らせた。

学童たちは皆、肩を落として歩いていく。すると道端には、地元の子どもたちがいて遠慮会釈なくこちらをじろじろと見る。聞いていると、「ちょんきばる」「ひどろっこい」などという妙な言葉を使う。

「なんか田舎くさい。何とかずら、なんとかずら、なんかずら。何かずらずら言っていてわけがわからない……」

エミがつぶやく。実際、彼らは人目を憚ることなく、こちらのことを話題にして何かを言っているが、何と言っているのかはわからない。

「なんちゃら田舎くさい。ジャバララ！」

美奈は小声で言う。地元の男の子は日に焼けて真っ黒。女の子はほっぺが赤い。

「パンツにランニング、それもなんかよれよれ……」

小枝子ですらそんなことを言っている。

「ああ、日に当たっているとね、ひりひりしてくる……」

色の白いエミはリュックから長袖を出して頭から被る。高原の太陽が疎開っ子に照りつけて攻撃してくる。

着いたところは本郷国民学校だった。運動場にはすでに世田谷の太子堂校など他の学童が待っていた。子ども、子ども、子ども、その数一千人以上もいる。その大勢の疎開学童を前に「皆さんよくこさっしなさった……」。村長、署長、校長、組合長などが同じ挨拶を延々と繰り返す。我慢に我慢を重ねてきた学童たちは、あっちこっちでばたばたと倒れる。引率の先生が駆け寄っていくが、話者は泰然自若、演説は終わらない。

　やっとその受入式が終わった。代沢校の学童はようやくそれぞれの学寮へと向かうが、もうすっかり疲れ切っていた。本部となる「井筒の湯」の側には地元の男の子がいた。近づいてくる代沢校の学童をしげしげと見ている。

「えれえこんじゃ！」

　彼は仰天した。東京からの女の子はだれもが白いふっくらした頬をしていた。その土地の子にとって疎開学童は衝撃的だった。単純に色が白かったというだけではない。全体の雰囲気が明るく華やかだ。まずきっちりと並んで行進してくる。男の子も都会風だ。取り分け目につくのは女の子だ。スカートにブラウスという出で立ちも垢抜けている。彼女らはおしゃまで可愛い。少年らにとってはまるで外国からきたお人形のように見えた。

　都会から来た子の違いは、見た目だけではなく生まれてきた家庭環境にあった。特に日常彼らと接することの多い寮母はそれに気づくようになる。

　代沢学寮「玉の湯」の寮母の山田イネさんは彼らをずっと世話した。その彼女の観察眼は、後々までの語り草となった。

「世田谷代沢の学校の子どもの家は大したもんだ。びっくりだわね。倉沢の父親の職業は少将、志井は中将、川原は大尉、中田は少将、女の子では高原は父親が師団長だったわ。それで途中で戦死の報が来たときはあの子は泣いてねえ。東京へ帰ることになり、先生が連れて帰ったことがあった。それから高橋という子の父親は東大の先生、福原は弁護士だったしね。子どもたちの行儀はとってもよかった。旧家の家が多かった。そのうちに、一カ月か二カ月くらいしたら、お母さんたちがやって来たわね。わが子が上手くやっているかということが心配で心配でたまらずにね。その奥様たちが上品でね。防空頭巾の下の着物が小紋だったり、この辺りじゃ見たこともないお召しだったり……」

　代沢国民学校の学区域がどのような環境にあったかが分かる。軍部首脳が高台の丘に住んでいたことは確かだが、学童たちの親の多くが知識階級だったことは大きい。代沢校の自由主義を支えていた根幹はここにある。

「美奈ちゃんのお父さんのお仕事は何？」

　蔦の湯の寮母さんが質問をしてきたことがあった。

「陸軍のじゅうい」

「じゅういって何？」

「お馬さんの病気を治したりするの」

「ああ、獣医さんね。たいしたもんだねぇ」

　代沢校の学区域に陸軍獣医学校がある。美奈の父はここの教官だった。

「で、お父さん今はどこに？」

「満州、転任になって。今は満州なの……」

「そうか、分かったわ。美奈ちゃん、獣医さんの一人娘なのね。だから可愛いお洋服ばかり……」

10　始まった疎開生活

　音楽は人の気持ちを和らげる。ところが、疎開先ではこの音というものが伏兵だった。

「私たちがいるところはどこを向いても山ばかりです」と疎開学童の一人は感想に書いた。その本郷村浅間温泉での生活が始まった。都会と違って静かだ。一つ一つの物音がよく聞こえる。ことに夕暮れがいけない。浜館はこう記録している。「夕食前の一時、宿の前通りから子どもたちの縄跳びの歌声が聞こえてくるとき、私はたまらなく子どもたちがいとおしく、私自身が強い郷愁におそわれるのであった」と。その歌は「俵のねずみが一匹しょう／ほら二匹しょう……」である。

　夕暮れが深くなると、谷の向こうから「ポォォォ」と遠汽笛が聞こえてくる。すると低学年の学童が「お母さん、お母さん」と言って泣き出す。

温泉と松本駅とを結ぶ松本電気鉄道浅間線の電車の音が宿に響いてきた。夜になるとさらにいけない。出発時のフットゴング「ジィンジィン」や動き出すときの「グワンガウガウ」というモーター音が時々聞こえてくる。これもレールの遥か向こうの東京を思い出させる。夜、最終が行ってしまうと上級生までもがシクシクと泣き出す。

「三日過ぎてもお父さん、お母さんがいない」

三年生の男の子は疎開は小旅行だと思っていたようだ。ところが三日経っても帰る気配はない。すると日に日に家に帰りたいという気持ちが募ってくる。そういう子どもたちの気を晴らそうと浜館は裏山の桜ヶ丘に子どもたちを連れていった。

子どもらは息を切らせて登った。着くと、松本平が一眸のもとに見下ろせた。青い空の下には屏風状に連なった北アルプスが聳《そび》え立っていた。

「すごい、すごい、こんな景色見たこともない！」

「ほおら、ずっと向こうあの尖った山が槍ヶ岳だ。そしてあちら西南のもっこりした山が御嶽山だ。ほら、知っているだろう。『木曽のナー　中乗りさん　木曽の御嶽さんは　ナンジャラホーイ』って。なあ、空とか山とかはこんなに広いんだよ。小さなことにくよくよしていても始まらないんだよ。みんな『ナンジャラホーイ』だよ……そうだ、なんか山の歌でも歌うか。君ら知っているのはあるか？」

「箱根の山は天下の険～」

やすしが言う。

「しかしな、アルプス見えているのに『箱根の山』では味気ない。よし、ここはいっちょう先生が歌ってやるか。『アルプス一万尺小槍の上で　アルペンおどりを　さぁ　おどりましょ　ランラララララランラララララ……』」

「先生、先生、あれは何？」

歌っている途中に一人の学童が下の方を指さした。松本平のど真ん中、その南北に走る細い溝が見える。そこに黒くて細長い虫が動いている。頭の先っ

ぽからは白いものが出ている。しばらくすると微かに「ポー」と音が聞こえてきた。一瞬、間があった。そして、

「汽車だ、汽車だ！」

「よくあんなもの見つけるな」

浜館は感心した。

「上りだね、上りだね！」

「そうそう篠ノ井線上り、機関車はＤ51形なんだよ」

これは鉄道好きのやすしだ。機関車、そして飛行機には目がない。

「あれに乗っていくと夜には新宿に着くよ。ジャバラバラバラ……」

美奈が言う。「夜には新宿に着く」は刺激的だ。

「家に帰りたい」

一人が泣き始める。すると次々にそれが伝染して他の子たちにも広がっていく。

「泣いちゃうと泣けてきちゃうんだ。さ、降りて音楽の練習をしよう」

「郷愁病は罠である」と浜館は思う。これに囚われると抜けられない。そんなときは場面を変えることが必要だ。その場を離れる、すると子どもらはしばらくするところっと忘れてしまう。

裏山から宿に帰ると、「ただいま」の挨拶もなく、

「手紙は？」と宿の人に言う。

「来ているよ」と宿の主人の二木さん。

「誰、誰に来ているの？」

もう大騒ぎだ。手紙をもらった四年生の松井初子のところに皆が集まっていく。

「手紙の匂いを嗅ぐと東京の匂いがするんだよ」

「えっ、ほんと？　嗅がせて、お願い」

「だめ、だめ、臭いが吸いとられちゃうから」

松井初子は逃げる。それをまた追う。そして、しばらく経ってから二階から女の子の声が聞こえてくる。観念して皆に読んで聞かせている。

「……元気にしていますか。浜館先生から送ら

れてくる新聞では、だいぶそちらの生活にも慣れたようですね。お母さんが一番心配しているのは家が恋しくて毎日メソメソしているのではないかということでしたが大丈夫のようですね。安心しました。お宿には看護婦さんたちが泊まっておられるとのこと病気にかかっても安心していられると思いました……あなたの可愛がっていた猫のミーヤが恋しがって毎日鳴くのです……」

「ミーヤ、ミーヤ、ミーヤ……」

手紙を聴いている子たちが冷やかすように歌いはじめる。

「おーい、下手くそだ。そこはな、ほら、こうだ『ミーヤ、ミーヤ、ミーヤ……』と歌うんだ」

浜館のテノールの澄んだ声が旅館中に響き渡った。二階の学童は一斉に拍手をした。

お母様、げんきですか？　この間はこん色のもんぺをありがとうございます。お洋服をほどいて作ってくださったものはとてもひょうばんです。「ズボンのすそがきゅっとゴムでしまるようになっていておしゃれだね」といってくれました。あったかそうだもんだからみながきじをさわっていました。

温泉でのいっしょの生活にもなれてきました。朝は、五時半に起きます。おふとんをたたんでそうじをします。それからげんかんに集まって、運動場までいきます。朝礼をしてたいそうをします。それから「がくえんの歌」をげんきよく歌います。

おべんきょうが終わると近くのめとば川にいったり、さくらが丘にのぼったりします。毎日がたのしいです、みんなといっしょでニコニコです。この間は、先生とにらめっこしたら、先生がとてもおもしろい顔をしたので私はこらえきれず笑ってしまいました。こんなことでくらしています。どうかお母さんも心配しないでください。さようなら、またおてがみを書きます。

　美奈は手紙を書き終えて先生のところに持っていった。

「よし、いいぞよく書けている」

　先生はそう言って誉めた。そのまま出してよいということだ。

　疎開生活も落ち着いてきていた。着いたばかりの頃、疎開の実情をそのまま訴える子もいた。「いじめられてつらい」「さびしくてたまらない」「飢えて死にそう」などと。これを読んだ親は一気に不安になった。いてもたってもいられずに何人もの親が子どもを迎えに来て騒ぎになった。

「お父さん、お母さんは東京で頑張っているんだから、心配させないように書くことだ」

　そう言われて学童たちは、努めて仕合わせに暮らしているように書くようになった。

11　代澤浅間楽団の発足

　代沢校には音の誇りがある。一つは楽団だ。もう一つあった。それはラッパ隊だ。疎開する前に既に訓練を受けていた。代沢校のある北沢の東隣は駒場だ。騎兵第一連隊や輜重兵第一大隊などがあった。そこに行ってラッパ手に習っていた。このラッパの音が一日の始まりを告げる。

「パッパパッパ、パッパパッパ……起きろよ、起きろよ、皆起きろ。起きないと班長さんに叱られる……」

　朝五時半に、静けさを破って温泉街にこの音が高らかにこだまする。

　代沢校の浅間学寮は六つある。中央に位置するのが第三学寮「玉の湯」だ。男子上級生のラッパ隊が吹くと全学寮にこれがりょうりょうと響き渡る。

　この起床ラッパが鳴って、起床。そしてふとん整理、洗面と続く。六時半には玄関に出て整列だ。

「元気出して行くぞ」

浜館の号令で走る。すると、次に続く男子が歌いはじめる。「わかいちしおのよかれんの……」すると列の後方もこれに答える。軍歌の合唱だ。

野球場に着くと全学寮揃っての朝礼が始まる。

「宮城遥拝！」

号令が掛かると腰を九十度折り曲げて、東の空に向かって深々と礼をする。

「お父さん、お母さんおはようございます」

声を揃えて皆で挨拶する。

「朝の体操！　いいか、おいっちに……」

先生の号令に合わせて手足を動かす。それが終わって「代澤浅間學園の歌」を歌い、ようやく帰寮となる。

「浜館先生、楽団員の応募がだいぶあったんだってね？」

帰り道々学童が先生を囲んで歩いて行く。

「そうなんだよ。次々に希望者が現れてね。困るくらいなんだよ」

「先生、嬉しいでしょう」

「やすし、そんな嬉しいもんか。人はみんなクセを持っているんだ、それがくせものなんだ。クセが多く集まるとまとまることが大変になる。リズム楽器は一つ打ち間違えても音がばらばらになる。そのときに『間違えるな』と言っても無駄なんだ。だから一人一人に、リズムの取り方、打ち方を手を取り足を取りして教えなくてはならない」

「ああ、先生よくやっていますよね。でも足は取りませんよね」

「そんなこともないよ。人は足で立つ、重心の取り方も大事なんだ。しっかりと体が乗っているといい響きがするんだ。やすしの右傾きが治って、この頃はいい音が出せるようになった」

「ああ、嬉しい。誉められてしまった」

「しかしな、やすしこれからが大変だよ。増えた部員をどうまとめるかだよ」

浅間温泉に疎開してきて楽団への加入希望者が多く出てきた。これは器楽演奏の練習を始めたことと関連する。

代沢学寮は六つある。浜館の居る「蔦の湯」は小さい。ここで練習はできない。一番大きいのが大広間のある「井筒の湯」だ。代沢から運んできたオルガンはここに置いてある。もちろん大太鼓もだ。他の簡易楽器もすべてここを置き場所としている。

学寮での生活に慣れた頃から、練習は始められた。

昭和十九年夏の終わり、温泉街に器楽演奏の音が響き渡った。音は楽団の存在を知らせる。里心がついていた子どもたちに「コンキンドンチン」は都会的なものに聞こえるらしい。「楽団に入ってコンキンしよう」という子が現れても不思議ではない。

九月の初めになって写真屋さんを呼んで記念写真を撮った。

「お〜い、そんな広がらないで隣りとの間隔を詰める。そうしないと写らないぞ。ハモニカは吹いているようにする、アコーデオンは扇のように開く、木琴や太鼓はバチを持って叩く真似をするんだ。表情が硬い、もっといい顔するんだよ。ぴかっと光るから……」

「井筒の湯」の大広間に楽団員がぎっしりいた。その数六十数名だ。「代澤浅間楽団」は大所帯、大編成となった。

この楽団は、おおよそ三分の二が女子である。男女それぞれが手に手に楽器を持っている。浜館が簡易楽器と呼んでいるものだ。その中で一番多いのはハモニカだ。ハモニカは女子が十名なのに対し、男子は十五、六名ほどもいる。

疎開してきた子どもたちには時間があった。静かにこれが流れてゆく。何もしないでいるとすぐに思われてくるのは家のことだ。考え始めると、どうしても「帰りたい病」が高じてくる。そんなときに学童が小耳に挟んだのが、「ハモニカはいいよ……」という話だ。「ハモニカで、ハモるのがいいらしい」とも。

団員の上級生は夕暮れになると練習のためによくこれを吹いている。その響きが心にしみ通ることがあった。特に五年生の鳴橋一夫の名は知られていた。彼の独奏は格別だ。しみじみとした響きにうっとりとすることがあった。そんなこともあって、「ハモニカを吹いてみよう」と考える男の子も多かった。

「お母さん、お父さん、おげんきですか、ぼくもこちらに着いてなんとかげんきにやっています。まはりは山ばかりでとても静かなところです。いまはこれから冬に向かうというので朝、起きた時に手ぬぐいでかんぷまさつをしています。これを使いすぎてぼろぼろになってしまいました。それで手ぬぐいを送ってください、そのときにハモニカをつつんでもらうといいです。……このあひだ、友だちからかりてハモニカを吹いてみました。いい気もちがしました。お家に帰りたいという気もちが少しへりました…それで、こちらには楽団があるのでこれに入ってハモニカを吹いてみようと思います。どうでしょうか？　古いものでもいいですからこちらに送ってください…」

四年生の月村勝がこんな手紙を出した。決め手は乾布摩擦でぼろぼろになった手拭いだ。これを新品に替えてハモニカを包んで送ってくださいというところだ。これは六年生の一人が考えた「親心をくすぐる法」だ、実際に効き目はあった。浅間温泉に次々に手拭いに包まれたハモニカが届いて、あちこちの学寮から「は・る・こ・う・ろ・う・の・は・な・の・え・ん」が聞こえるようになった。

「届いたはいいけど吹き方がよく分からないよ。ハモニカってどうやって習っているの」

月村勝が聞いた。

「あのね、今は『ドレミ』は敵性語で使わない。代わりは『ハニホヘトイロハ』なんだ。浜館先生が黒板にな、これを数字に表して書いてくれるんだ。つまりな、ハは一、ニは二、ホは三……というふうに。これをノートに写して、それで覚えていくんだよ」

「なぁる、分かった、分かった。俺は入るわ」

こうして楽団への入部希望者が増えた。それで選抜などという話が出てきた。

「センセ、入れ替え戦なんて、冗談でしょう。俺なんかリズム感悪いから下手すると落とされてしまうぜ」

四年の宮川太郎は電車の音の口真似は上手い。けれども小太鼓は上手くない。

「落第候補生だな、あっはっは」と浜館。

「中浅間駅へ行ってまじめにやっているんだから……」と太郎。

「お前電車が好きだろう。電車の音をよく聞いて、チョンチョンコトコトをバチで真似ればいいいんだよ」とバチ部長から言われた。彼は真に受けてすぐ近くの中浅間駅まで行っては練習している。

「センセ、こいつ本当にやってますよ。中浅間でバチ持って踊っているから、何しているんだと聞いたら、『ゴー、ガッタンゴトンというのを聞いて拍子を取っているんだ』って……」

やすしが笑いながら言う。

「用事がないのに駅に勝手に行ってはだめなんだぞ」

「でも、センセ他の学寮の子がうろうろしているんだよ。あれは『玉の湯』の子だったな。電車が着くとお母さんが降りてきてその子に抱きついてんだ。それから風呂敷を開くんだ。あのときはもうびっくりした。だってね、羊羹とか饅頭とかが入っていていたんだよ。その子はひったくるようにして取ってがぶりがぶりと食らいつくんだ……俺は、よだれが出たよ。で、俺を見つけてその人、『内緒よ』と言って、羊羹をくれたんだ。回りに砂糖がびっしりついたやつ。俺、一口食ってさ、もう天国だった……」

　口の軽い太郎はべらべらしゃべり出す。

「甘い、甘い、砂糖のついた羊羹、俺も食ってみたい」

「そんな甘い羊羹のことなんて言わないでちょうだい。思い出すとツバがでてきそう。ジャバジャバラ」

と美奈。

「羊羹ばかりじゃないんだよ。饅頭のうまかったこと……」

「おい、太郎もうやめておけ！」

　浜館は、東京から「もぐり」でこっそりと子どもに会いに来ている母親のことはよく知っている。彼は、「盲目的な子への愛情が却ってその子を駄目にしてしまう」と考えていた。正義感の強い彼には親の行動が許せなかった。

12　代澤浅間楽団の音楽会

　時は過ぎていく。夏も終わり、九月、新学期が始まる。代沢校の疎開学童は、松本市田町国民学校に準児童として入学した。片道が三キロもある。毎日は大変ということで一日おきに通うことになった。

　田町へ行かない日は座学と称して、各学年それぞれの旅館に分かれて代沢校の先生の授業を受けた。学童は、学寮と教室になる旅館の間を行き来する。浅間温泉全体では約二千五百名ほどにもなる、その彼らが温泉街を行ったり来たり、そしてあっちこっちの国民学校へ登下校する。東京子ども村の出現だ。かてて加えて楽団の音が聞こえるようになった。代沢校の音楽楽団の練習が「井筒の湯」で始まった。ここからは楽団の楽器の響きが聞こえてくる。総勢六十名の「コンキンドンチン」は迫力がある。

　この楽団が放つ音も強烈だった。これまでは「ゴォーン」と二つ三つ突かれる神宮寺の鐘の音が鄙《ひな》びた温泉町のふだんの音だった。ところが、疎開学童の来訪を機に温泉街にどんどこと楽器のリズムが響いた。歩いていると何かしら浮き浮きする。戦時中の淀んだ空気に風穴が開けられた。東京子ども村は音によって雰囲気が変わってきもした。

児童音楽隊の「コンキンドンチン」は、新入部員が入ったこともあってぎこちないものだったが、秋の風が冷たくなるに連れて音のめりはりがついてきた。

「さて、音楽会を開くか？」

「センセ、まだ早いよ！」

「でもな、音楽は人に聴いてもらうのが一番なんだよ。いつもの練習だと気取ることがないだろう。けれども音楽会となると気取るんだ。格好良く見せようとする、本当はここが大事なんだ。格好良く見せようとすることが上達につながる。そしてそれがよくできるとみんなが拍手をしてくれる。すると嬉しい。意欲も湧いてくる。じゃあまた練習して新しい曲をお披露目しようということになる。な、そこが面白いんだ」

「センセ、面白くないよ」という声も。

「そこを面白がるようになると、一丁前だ。あっはは……それでな、楽しいことをやろう」

浜館は、そう説明して音楽会を楽団員に予告した。

「新入部員もいることだから大がかりなことはできないけども、この大広間で行う音楽会だったらそう難しくもない。童謡の幾つかを合奏してみせる。そして一番の目玉はあれだ、君たちが普段歌っている歌だ」

「代澤浅間學園の歌だね」

「うん、その通り……」

毎日の日課は、朝の挨拶、宮城遙拝、そして体操だ。最後は、「代澤浅間學園の歌」の合唱だ。学童たちは歌い慣れていて知っている。今度はこれの演奏をするという。

「君らは毎日歌っているから覚えていると思うけど、

歌詞と楽譜は配ろう」

　ガリ版刷りのものが配られる。

一　仰ぐ峻嶺《しゅんれい》　朝霧霽《は》れて
　　朝日は昇る　松本平
　　胸を高張り　意氣颯爽と
　　我等代澤浅間學園

二　父母ゐます　南の空を
　　拝めば精神《こころ》伸び伸び輕く
　　今日も一日元氣で暮らさふ
　　我等代澤浅間學園

三　聖戦如何に長引くとても
　　鬼畜米英撃ちてし止まん
　　榮えの勝利の輝く日まで
　　我等代澤浅間學園

「一番のしゅんれいってこういう字を書くんだ。わけわからずに歌っていた」

「そうそう峻っていうのは高い山が重なっているということだ。嶺も同じ、山っていうことだな。君らが日々目にしている北アルプスさ……それで歌うのと演奏するのは違うけれども歌の感じは分かるな。峻嶺などは難しいけれどもあとは大体意味は分かるな。『意気颯爽』気持ちよく合奏することだ。曲は、へ長調だから単純素朴だ。テンポはゆっくりめでだいたい百から百十ぐらいの感じだな。肩の力を抜いてゆったりと演奏すればいいんだ……よしやってみるか」

　浜館はオルガンを弾いてリードした。そして一応は最後までできた。

「ダメダメ、全然音が揃っていない！」

　これは何度やっても変わらなかった。そして一日目は終わった。

「全然駄目。ついていけない。ジャバラがバラバラになっちゃう」

　美奈は音を上げていた。

「うん、最初は何でも難しいわね」

　これは五年生の山口茂子だ。パートは同じ、アコーデオンだ。演奏は美奈よりも数段上をいっている。彼女は隣の学寮、千代の湯だ。井筒の湯から帰るときは一緒でこの頃はよく話すことがある。

「うん、何度も演奏しているとアコーデオンが重くなってくるの……こんなの選ばなきゃよかったな。木琴が良かったかな。だってね、バチの方が軽いものね……」

「そうそうアコーデオンをずっと弾いているとお腹すいてくるのよね。いやだよねえ。それで御飯になると、御飯といっても、毎日すいとん、すいとんだもんねぇ……お椀に入っているすいとんも少ないしね。美奈ちゃんはどうなんだろう。私はお膳にお椀が配られると、人のお椀を必ず見るのよね。『あっちの方に、たくさん入っているんじゃないか』と思って、もう目が先走って勘定するのよ……」

　茂子は口をとんがらせて言う。

「うん、お腹すいちゃう。この間なんかみんなで『わかもと』を分けて食べちゃった」

　整腸剤の錠剤はおやつになってビンはたちまち空っぽになった。

「美奈ちゃん、『わかもと』なんかまだいい方よ。この間なんかね、『内緒よ、内緒よ』と言って、みんなで、お手玉の中に入っている大豆を囓ってなくなっちゃったの。あれってさ、食べればなくなっちゃうんだよね……」

　食糧事情は悪化する一方だった。日に三度の食事も、「ジャガイモに野草のおみおつけだけというような状態となり、発育盛りの子どもたちの体重が一年間もそのままという悪条件の中で四六時中お腹をすかして我慢していた」と浜館は記録している。

　こういう中で器楽合奏の練習は続いた。手足を動かせばお腹がすく。すると誰かが、「腹減った」と言う。「それ言うと余計にお腹すくから止めろ」と言い合いになる。しかし、部から抜けようとする子はいない。楽器を夢中になって弾いたり、打ったり、吹いたりしているときは、飢餓から解放された。

「ジャバラバラバラも悪くはないね……」

美奈はませたこと言う。

「うん、美奈ちゃん少し音が出てくるようになったわよ……」

先輩の茂子の教え方は上手い、具体的だ。

「腕だけで弾くのではなくて、ほらこうして身体を使って」

「うん」

「ジャバラはね、ジャバラバラバラだとだめなのよ。ジャバラボロンというのかな。柔らかく開いたり閉じたりするの」

「うん」

「ほら数字の8の字ってあるでしょう。これを横に寝かせたのが無限大というらしいの。これを描くようにリズムを取りながら弾くといいのよ」

親身になっての指導だ。ところがこれが小枝子には気にくわない。

「上級生に返事するときは、『うん』ではなくて『はい』なのよ。あんた礼儀が足らない」

この頃では「反省会」と称して、学寮の一部屋に上級生が皆を集めこれを行うようになった。ここでは必ずいちゃもんがつく。一人一人のつるし上げである。止める者がいないから熱気を帯びて異常になってくる。気の毒なのは下級生だ。上級生ににらまれると居場所がなくなる。炬燵に入れてもらえない。それであることないこと言いつのる。

「班長の言うとおり。美奈ちゃんは、わがままで人のことを考えない」

「身体は大きくても胸が薄い！」

「レースのスカートをはいてきたけど、色が黒くて似合わない！」

「なんかあんた言いたいことあるの？　言ってみな

「あれ、やっぱり先生テストするんだ、その顔は」

「ご名答。そのテストは簡単だ。オルガンで先生が『どんぐりころころ』を弾く。これに合わせて手拍子をするだけだ。リズムが悪いところころ落っこちる。面白いだろう」

その説明が終わらないうちに部員はあちこちで手拍子をやり始める。テストはすぐに行われ三十二人が決まった。当日の立ち位置の確認も兼ねて選ばれた団員が舞台に並んだ。その顔は少し誇らしげだ。団員の中心は五、六年だが、三、四年からも選ばれ美奈も太郎も入っていた。

「いいか音楽会というのは楽しむものなんだ。聴いて楽しみ、見て面白がるということを今度はやりたい。この楽団は、今から四年も前に発足したんだ。その時は『音楽と舞踏』と言っていて踊りもやっていたんだ。それで今回は、ちょっとした演し物をプログラムに加えようと思う。それが終わったら君たちの出番だ……」

「さいよ」

小枝子は容赦ない。

「ありません……」

と言ったとたん、美奈は涙が出てきた。

その夜、悲しくて外に出た。すると月がこうこうと照っていた。父を思い出した。彼女は、空っぽの手に空想のアコーデオンを抱え、「月の沙漠」を演奏し、小声で歌った。

＊

日に日に寒くなってきて、木々の葉が赤や黄色に色づいてきた。まだ先だと思っていた晴れの「音楽会」は近づいてきた。会場は、「井筒の湯」の大広間だ。いつもの部員全員が出演するのは難しい。

「部員六十人全員はこの舞台には入りきれない。それで音楽会に出るのは限られる……さて、そこでどうするか？」

浜館はそう言って笑った。

「先生、その演し物はなんですか？」

「ああ、これはヒミツなんだ。団員以外の一人が特別出演をするんだ。うん、それで段取りだけどまず竹田やすしが開演の挨拶をする。その後、勉にカスタネットを鳴らしてもらう。これはもう彼に頼んである。なあ勉……」

「はい」と彼は神妙に応えて含み笑いをする。

「先生、何かとっておきの演し物があるんですね」

「まあな、それはその日のお楽しみだな。あっはっは……」

　その音楽会の日だ。朝礼で、このことは呼びかけていて代沢校全校に伝わっている。そんなこともあって会には各学寮から連れ立って学童が集まってきた。地元の人にとっても興味深い催しだ。寮母さんやまかないの小父さん、そして髭を生やしたご隠居さんもやってきた。開演が近づいてくる。大広間が一杯になるほどだった。座敷の上座には二本の床柱がある。その前が舞台として空けてある。まずそこに立ったのは竹田やすしだ。

「みなさん今日は、我ら『代澤浅間楽団』の音楽会によくいらっしゃいました。ひとときの時間ですが皆さんに演し物を見てもらったり、演奏を聴いたりして楽しんでいただきます。では、まず山田勉君お願いします……」

　その紹介を受けて山田勉が舞台に出てくる。両手にはカスタネットを持っている。その腕を高く上げてそれを鳴らす。お得意の「カルメン」だ。するとやすしが用意してある電蓄にレコードを掛ける。すると誰もが知っている前奏曲が流れる。とたんに大広間の片隅のふすまが開く。そこから一人の女子が現れる。長いスカートを穿いている。裾をつまんで彼女は踊り始める。

「こらなんだら？」

　ご隠居さんが驚いて口をあんぐりあける。他の皆もあっけにとられている。彼女は会場のそんな反応をよそに足をしなやかに動かし、手をひらひらとさせる。

「これが洋舞っていうのか！」

「カルメンがカルメンを踊っているんだ」

観客は固唾を飲んで見守った。その踊り手は六年生の梅田洋子だ。小さい頃からずっと洋舞を習っていたらしい。手足の動かし方そのものが全く違う。

レコードが終わりを告げ、鳴りやむと彼女は襖の向こうに消えた。そして少し間があって今度はまたレコードが掛かる、「加藤隼戦闘隊」だ。

観客はもう知っている、踊り手がふすまの向こうから出てくることを、皆、それがいつ空くかをじっと見ている。前奏が終わったところでふすまが開いた。

「かっこいい！」

「兵隊服だ！」

なんと彼女はスカートを履き替え、兵隊服姿で現れて踊り出す。

エンジンの音　轟々と
隼は征く　雲の果て
翼に輝く　日の丸と
胸に描きし　赤鷲の
印はわれらが　戦闘機

右手で敬礼した彼女は、舞台の真ん中に立つと両腕をぐるぐる回し、エンジンの回転を表す。そして戦闘機隼が空を飛ぶさまを両手を横に広げて動いて行く。そして、今度は地上の整備員になって日の丸が輝くそれを空に見送る。一つ一つの所作にメリハリがある。

「キマってるよ」

男の子はほれぼれとしたらしい。最後「我等皇軍戦闘隊」では、彼女はきっちりと両足を揃え、そしてて敬礼をびしっと決めて終わった。大広間の観客は大喝采だ。曲が終わると彼女はふすまの向こうに消えた。

「万歳」

低学年の子は大きな声であちこちで万歳を唱える。日本があたかも大戦果を挙げたように喜んでいる。会場は興奮が収まらない。

「ここで十分の休憩を取ります」

やすしはそう伝えた。興奮も収まった頃、代澤浅間楽団の演奏になった。

軍歌の後は、童謡だ。これをリードしたのは浜館のオルガンだ。最初は、あのテストの曲、「どんぐりころころ」だった。

浅間楽団の演奏が始まる頃にはもっと人が増えていた。やってきた多くの観衆に団員は興奮気味だった。会場の空気がもう熱い。それに乗って木琴は音がコロコロ転がる。男子のハモニカも力がこもっていた。負けじとアコーデオンも頑張った。

「なんなんなんちゃら！」

美奈は小さくつぶやきながら弾いた。この間いじめに遭ったことを思い出していた。その口惜しさをぶつけるようにアコーデオンに向かった。音で挑戦すると反応が返ってくる。その熱くなった会場の空気が演奏者を興奮させた。

美奈はずっと落ち込んでた。けれども無心に弾いた。ただただ茂子が教えてくれたことを考えながら、アコーデオンを8字に回すように弾いた。すると思いがけず音がちゃんと人と合ってきた。

「パートパートで音が合うとどんなに気持ちがいいか」

茂子の言うこの意味が分からなかったが、鍵盤を弾いているときに音が交差しているように聞こえた。すると気持ちが弾んでくる。

二曲目は「紅葉」だった。これを聴いている何人かの学童が、低い声で歌をうたった。

「秋の夕日に照る山もみじ」

浅間温泉も秋を迎え山々が色づいてきた。季節と音楽とが合わさると気持ちがよくなるのか、曲は「どんぐりころころ」よりもよく転がった。音楽会は尻上がりによくなってきた。何人かの寮母さんは、楽団員が一生懸命なのを見て涙した。

ハモニカには「どんぐりころころ」テストで受かった三年生が二人いた。背が小さいのに口を懸命に尖らせて吹いている。それがとても可愛く見えた。

最後は、いよいよ「代澤浅間學園の歌」だ、これは皆も知っている。演奏が始まったとたんに歌をうたい出す。曲は不思議だ。一番と二番はメロディが同じなのに気持ちが違ってくる。一番の「胸を高張り」では元気よく歌っている。ところが二番になって「父母ゐます　南の空を」にくると音が沈んでくる。父母を思い起こすからだろう。

そして、いよいよ三番だ。「聖戦如何に長引くとも」だ。

「戦争は長く続くね。これからどうなるのかな？十一月一日には東京にＢ29が一機来て大騒ぎになったらしいね。子どもたちの方がよく知っているよ。親から来た手紙を見せてもらったもの。東京が襲われるのも時間の問題ね……」

寮母さん同士がこんな話をしていた。東京が危ない、すると母はどうなるのだろう……。そんなことがちらりと美奈の頭を掠めた。それを打ち消すように、すぐに最高潮に達する場面がきた「鬼畜米英撃ちてし止まむ」だ。

男の子たちは、ここで一斉に声を張り上げて、「止まむ」でトーンを上げた。続いて、「栄えの勝利の輝く日まで」、ここの「栄えの勝利」のところも男子は踏ん張って声を張り上げる。わざとトーンを外す子がいる。そして、いよいよ最後だ。「我等、代沢、浅間の學園」、みんないがみ合ったり、いじめたり、そんな日々が続いていた。ところがささくれだった子どもの心を音楽は和らげる。いつもは合唱だが、今日は、「浅間楽団」が加わって、景気づけ、勇気づけをした。

「神風が吹いて日本は勝つ！」

歌い終わったとたん、そんなことを言う子もいた。

浅間楽団の演奏が鳴りやんだとたんに静かになった。間髪を入れず、「ぽぉぉぉぉ」と篠ノ井線の遠汽笛が聞こえてきた。鉄道線は遠い。雲のかかり具合でこれが時にすぐそばに響いてくることがある。観客はあたかもそれが演奏の効果音だったかのように、汽車の音を聞き終えて、そして大きな拍手をした。

＊「代澤浅間學園の歌」への熱い思い

浅間楽団の団員の一人に加藤景さんがいる。病弱だったことで彼は疎開先ではよく虐められた。音楽は嫌いだったが「代澤浅間學園の歌」をハーモニカで吹くことに生きがいを見出した。それで苦しい中ひたむきに練習に励んだ。そしてやっとこれが吹けるようになった。彼は、その後音楽とは無縁の生活を送っていた。ところが、大人になって疎開時代の苦しい思い出が蘇ってきた。あの歌あらばこそ今の自分がある。思い出深い歌の譜がないかと探したがない。それで音の一つ一つを記憶から拾い出しやっとこれを楽譜に落とした。それをもとにCDを作った。これを持参して浜館先生が眠っている小平霊園に行き、墓前で歌を再生した。先生との数十年ぶりの再会だったと、二〇一六年五月「戦争経験を聴く会、語る会」で加藤さんは皆に語った。この時楽譜は現役の代沢小の学童によって歌として蘇った。

「代澤浅間學園の歌」（楽譜は次ページ）

一　仰ぐ崚嶺　朝霧霽れて
朝日は昇る　松本平
胸を高張り　意氣颯爽と
我等代澤浅間學園

二　父母ゐます　南の空を
拝めば精神伸び伸び輕く
今日も一日元氣で暮らさふ
我等代澤浅間學園

三　聖戦如何に長引くとても
鬼畜米英撃ちてし止まん
榮えの勝利の輝く日まで
我等代澤浅間學園

代澤浅間學園の歌

あ
おー ぐ しゅ ん れー い あ さー ぎ り は れ てー あ
ちー は は い まー す み なー み の そ ら をー お
いー せ ん い かー に な がー び く と て もー き
さー ひ は のーお ぼー る ま つー も と だ い らー む
がー め ば こーお こー ろ の びー の び か ろ くー きょ
ちー い く べ い えー い う ちー て し や ま んー は
ねー を た か はー り い きー い さっ そ う とー お わ
うー も い ち にー ち げ んー き で く ら そー う わ
えー の しょ う りー の か がー や く ひ ま でー え わ
れー ら だ い ざー わ あ さー ま の が く えん ち
れー ら だ い ざー わ あ さー ま の が く えん せ
れー ら だ い ざー わ あ さー ま の が く えん
rit.

第2章

真正寺楽団

昭和二十年（一九四五年）前半

洗馬真正寺本堂

真正寺疎開学童・楽団員

1　たらふくお雑煮お正月

来るぞ来るぞといって脅されてもいた。また、「しもやけ、あかぎれになるぞ」と言われていたが、意味がよく分からなかった。その冬がくると、手が腫れたり、手の甲がヒビ割れて血が出たりするようになった。起床を告げるラッパ隊も吹くのに苦労した。

「温泉でいくら温めてもすぐに手がかじかんでしまうんだよ」

ラッパ手の一人が愚痴《ぐち》る。

「それはそうだ。だけどさ、君らにはご褒美があるじゃないか。あんなものくれるのなら俺だってやりたいよ」

ラッパ隊には特別手当が出た。宿のおばさんが「お勤めごくろうさま」と言っておにぎりをくれる。うまそうにそれを食べるさまをのぞき見して知っているからだ。しかし、おにぎり一つで寒さはしのげない。

「ぐへっ、十六度だよ。マイナス十六度だよ！」

この寒気は骨にまでずんずんと滲みてくる。戸外ではこれが肌に痛い。

朝方に学童は掃除をする。そのときに温泉の湯を汲んできて廊下の雑巾がけをする。四つん這いになって走って行くと、

「おい、氷がおっかけてくるよ！」

拭いた後がつるつるになっていく。

「廊下スケート場だ」

男子などはそこを面白がって滑るが、滑って転んで頭を打って泣く者もいる。極寒の到来は生活の厳しさを増していく。炬燵などは取り合いになる。権勢を揮う上級生がときに下級生を閉め出すこともある。「蔦の湯」でもそういういじめに耐えられずに学寮を飛び出していなくなった子もいて大騒ぎになったが、その彼は汽車に乗って東京に帰っていたことが分かった。

色々なことがあった昭和十九年だった。思えば苦しくて辛いことが多かったが、十二月三十一日の夜、があうん、があうんと除夜の鐘を聞いた。神宮寺の除夜の鐘だ。そして、明けると新年だった。学寮で一番小さい「蔦の湯」にも大きな正月が巡って来た。

「昭和二十年、紀元二千六百五年のお正月を迎えました。みなさんお目出度うございます。

今日は特別の日です。『お雑煮には、いやになるほどおもちを入れてやる』と約束していましたが、その通りにしました。思う存分に食べてくれ……」

寮長の浜館はそう言った。蔦の湯の主人二木芳彦さんと一緒にふらふらになるまで懸命に搗いて作ったお餅である。

「キャッホー、お餅が一杯入っている」

二十七人の学童は口々に歓声をあげる。

「ああ、もう死にそうなくらいうれしい」

誰も彼も腹一杯など食えなかった。それが、白くてつややかなお餅が、食べ放題だという。

「もう夢、夢の世界にいるみたい！」

「感動、感激、雨、あられ！」

「おお、すごいよ、お餅が一杯。一つ、二つ……七つも入っているよ」

「そう七つだ。これは七福神にちなんでのことだよ……でもな食い過ぎるなよ。お腹を痛くしてハモニカが吹けませんなどと言うなよな……代澤浅間楽団のメンバーは明日出演することになっているんだから……」

一月二日は松本放送局の人がやってくる。疎開学童の正月風景を現地録音するためである。これについては暮れに説明はされていた。

「浅間楽団の出番がまた回ってきました」

「先生、また音楽会？」

「いや今度のは違います。ラジオです」

「え、ラジオ、すごい」

「この浅間温泉には世田谷から約二千五百名ほどの疎開学童がきていて各旅館に泊まっている。放送局が、この疎開学童の正月風景を現地録音して全国放送で流したいというんだ。それで七校の代表が大旅館の『富貴之湯』に集まって、それぞれが趣向を凝らして演し物を演じることになった。　代沢校の代表は代澤浅間楽団だよ。何を演奏するか？　もうこれは一つしかないよな。『代澤浅間學園の歌』だ」

「先生、それは東京でも聴けますか？」

やすしが聞いた。

「もちろん、全国どこでも聴ける。疎開学童の元気な様子を放送で流して親に安心してもらうということだから……」

「じゃあ、北海道のジッチャンに知らせないと」

「先生、またテストするの？」

「ああ、テストか。また改めてテストというのも面倒だな。よほど放送に出てみたいというのがいればテストをしてもいいぞ」

「俺、出る、出る」
二、三人の男子が手を上げる。
「おお、いいな。じゃあこちらはみんなで『どんぐりころころ』を歌う。今手を上げたやつは、前に出てきて拍子を取る。全員の前でテストだ」

「けっ、そんならやめた」

志願者はこれで消えてしまった。それでこの間のメンバーがラジオに出ることになった。

翌日、六年生男子は旅館からリヤカーを借りて、太鼓とかの大物の楽器を運んだ。山の麓にある旅館へはかなり急な坂を登って行く。

「富貴之湯」は木造三階建ての大きな旅館だった。ここには代沢校のとなりの学区、東大原校の学童が疎開していた。収録は舞台も備わった百畳敷きの大広間で行われた、七校の代表が一堂に会したが、互いに見知らぬ者同士である。

「皆さん、これから録音を行います。この放送はこの『松の内』に放送されます。東京にいるお父さんやお母さんはきっと聞いているでしょう。大事なことは元気な声を聞かせることです。力強く歌ったり、演奏したりしてください。お友達がよく歌えたら元気いっぱい拍手を送ってください。じゃあ拍手の練習をしましょうか。私が右手を上下に振ったら拍手です。いいですか……」

番組の司会者が早速に手で合図をする。これに学童たちは大きな拍手をして応えた。

「よしよし、その調子です。拍手のところでは拍手、それと学校によっては漫才をするところがあります。そのときには思いっきり笑ってください……じゃあ、笑いの練習です、笑ってください」

「…………」

誰も笑わない。いきなり笑えといっても無理である。司会者は立ち往生してしまった。そこに助け船を出したのが代沢校の教員だ。

「ハマカンだ！」

舞台に立ったのは浜館だ。真面目な顔をして舞台の中央に出る。両手で顔を覆う、外したとたんひょっとこ顔、しわくちゃ顔、猿顔、蛸顔、お得意の百面相である。

「ゴッホホッホ」

宴会場は異様な笑い声に満ちた。

「先生、笑い声が大きすぎて録音できません。すみません、もう少し控えめに」

放送局員から注文が出たほどである。会場の空気がすっかり柔らかくなったところでアナウンサーが出てきた。本番である。

皆様、明けましておめでとうございます。私は今、信州浅間温泉に来ております。ここには東京世田谷から約二千五百人ほどの学童がきていて、当地の旅館で疎開生活を送っております。新しい年がめぐってきましたがここの学童たちは元気いっぱいです。これからここの学童たちによる音楽演奏、合唱、漫才などをお送りします。東京のお父さん、お母さんぜひこの元気な声を聞いてください……。

アナウンサーが右手を上下に振る。すると大きな拍手が鳴り響く。

「それではまず一番手は代沢国民学校の器楽演奏倶楽部の合奏です。日本全国で器楽倶楽部というのはまだ少ないと思います。この学校で初めて生まれたものです。ここの総勢三十二名「代澤浅間楽団」が、「代澤浅間學園の歌」を演奏します。

浜館がオルガンを弾く。これに続いて団員がヘ長調の曲をゆったりと合奏した。歌うものはいない、一番だけの演奏だ。さっきの浜館の百面相が効いたのか団員は肩の力を抜いた。それで木琴にせよ、ハモニカにせよ、アコーデオンせよ、よく揃っていた。

「ジャバララ、ランだった」

帰り道、美奈は茂子に言った。

「放送されたら、東京のお父さんやお母さん聞いてくれるかなあ?」

「放送って日本だけなのかなあ。うちね、お父さんが満州にいるの。あの黒い山のずっとずっと向こうが満州なんだよねえ」

「そうだったの」

二人は赤い夕焼け空の向こうに黒く尖っていシルエットを眺めた。北アルプスだ。

2　慰問部隊メンバー発表

正月が明けてそうそうに楽団の練習は始まった。終わった後に先生からの知らせがあった。

「疎開以来、練習に励んできたけど、一つ誉めれば君たちが人の音を聞くようになったことだよ。自分の音に精一杯だったけども少し余裕が生まれたのか、仲間の音を聞くようになった。人の音を聞くことは大事なことなんだよ。それで全体の響きがよくなったのだと思う。いいか君らは音はここしか聞こえないと思っているだろう。だけど通り掛かった三毛猫も聞いているんだよ。ふっと足を止めて、『いいにゃあ』って……」

「先生、また冗談を……」

「いやそうでもないんだよ。泊まり客の陸軍の隊長の耳にも届いたのだろうと思う。『いい音を出している。こいつらを慰問に行かせるか』と思ったみたいで、君たちへの慰問依頼が来たんだよ……」

「すごい」

＊

松本歩兵第五十連隊の部隊は浅間温泉のすぐ近くにあったが、本隊は昭和十九年疎開学童が松本に着く前にテニアン島で玉砕している。この残存部隊が当地に布陣していた。大糸線沿線の穂高、有明、松川などに宿営をし、本土決戦に向けての訓練を行っていた。これを「決部隊」と呼んでいた。


「決部隊」の「決」は決号作戦の頭文字を取ったものだ。この作戦は、日本本土へ上陸してくる敵を迎え撃つための本土防衛部隊である。

「慰問には鉄道を乗り継いで行く。大勢ではいけない。三十二名だな。今度は兵隊さんを喜ばせるためのものだから先生がちゃんと選ぶとしよう。明日にでもここの壁にメンバーを貼っておくよ……それともう一つ言っておこう。来月二十五日に六年生は受験準備のために東京へ帰る。そのまま卒業ということになるからもう戻ってはきません。六年生は最上級学年としてこれまでよく動いてくれた。五年生から三年生まではだいぶお世話になったな。あと一月あまりだけども先輩にはいろんなことを聞いておきなさい。楽器の吹き方、弾き方など……もうすぐにいなくなってしまいますから……」

「そうか、竹田やすし先輩も行ってしまうんだ。ということは最後のご奉公、慰問には必ず行きますね。俺も行きたいな。松本電鉄浅間線、それから大糸南線も乗ってみたいよ」

「太郎、大丈夫だよ。行けなくっても俺が電車の音をよく聞いてきてやるよ……ぐぉ～んごんごんっていうんだろう」

「先輩、違いますよ。モォン、モォモン、モモン、ギー、ジッチャン、バッチャンですよ。ね、そういうふうにモーターが鳴るんですよ」

「太郎にはかなわん、かなわん。ジッチャン、バッチャン、ゴーか」

それから数日経って練習場の壁に慰問団の名前が書かれた紙が貼り出された。

「落選！」

宮川太郎。

「当選」

部長のやすし。

「当たり、ジャバラバラだ。でも……」

美奈は合格だ。アコーデオンの弾き手が足りないからだ。


寒い冬は学寮にばかり籠もってしまう。電車に乗って遠くに出かけることは嬉しい。しかし、彼女には気になっていることがある。鍵盤を弾く右手の甲のあかぎれがひどく、血も出ていて「兵隊さん気持ち悪く思わないだろうか？」、女の子としての恥じらいがあった。
五、六年生を中心とした「浅間楽団」、選抜部隊はそれからは毎日、慰問に向けての練習が始まった。

3　大糸線の電車の中で

大寒が巡ってきて寒さは増した。そして、いよいよその慰問の日が明日となった。

「明日は楽しみだ。太鼓叩いてどんじゃらほいだ」

「あれ、先輩。バチ部長から指揮棒部長になったんじゃないですか」

太郎が混ぜっ返した。

「あはは、そうだったな」

六年生は間もなくお別れだ。浜館先生は「六年生は率先して盛り上げ、後輩の面倒もみなさい」と言っていたが、やすし担当の大太鼓は運べない。それならばこの際に、と彼が指揮を執ることになった。

「先輩、太鼓じゃなくて、お腹叩いてどんじゃらほいでしょう！」

慰問をすれば、「絶対にうまいものにありつける」、学童の誰もが噂したことだ。お正月にはお餅をたらふく食べられた。ところが、厳寒期を迎えたこともあって食卓は日に日に貧しくなっていく。誰もがお腹をすかせていた。

「慰問に行って何かもらえたら、ちゃんとお土産、持って帰るよ。それと大糸南線の電車のモーター音をちゃんと聞いて覚えてれくるから……ジッチャン、バッチャン、ゴー、ガットトンだろう」

次の日も寒い朝だった。皆は、綿入れなどを着込みだるまのようになった。中浅間から電車に乗る。すると選抜三十二名の「浅間楽団」で一杯だ。楽団貸し切りの電車だ。それでさっそくに鳴橋がハーモニカの練習を始める。

「景気づけだ」

バチ部長が手すりの金属を叩く。「軍艦行進曲」だ。これがてんでんばらばらに始まる。「守るも攻むるも黒がねの」とやると意外な音が返ってきた。

「カンカンカン」

電車の運転手が警笛のフットゴングを蹴って、合いの手を入れてきた。これが楽団児童には嬉しい。音が音を呼ぶ。トライアングルは、チントンチン。木琴も袋をほどいて、チンカンコンとやり始める。松本行きの電車はにぎやかだ。

「ジャバラバラバラ。あ～ん手がかじかんで上手く弾けない。茂子ちゃん、ジャバラの中の空気まで凍ってしまうの？」

「そんなことはないでしょう。寒くて身体が縮まっているのよ。身体の蛇腹をのばせばいいのよ」

茂子はよく分からないことを言う。

「なんかね。まだジャバラバラバラね。身体が起きていない」

ガッタン、グットンと電車は走る。曲は変わって、演目の一つ「同期の桜」に変わった。「みごと散りましょう　国のため」で、電車は松本に着いた。

「先生、大糸南線は何分ぐらい？」

「三十五分ぐらいかな」

大糸線の電車が動き出す。

「あいつめ」

部長は言った。太郎の肩を叩いてやりたくなった。

「モォン、モォモン、モモン、ギー、ジッチャン、バッチャン」

床下からモーター音が聞こえて来た。

電車には爺ちゃんも婆ちゃんも乗っていた。一人の爺ちゃんが窓の外を指差して教えてくれる。進行左手の窓の向こうだ。

「凄い、凄い」

「山が、真っ白」

「浅間楽団」のほとんど全員が左の座席に移動して来て、その窓の外を眺めやる。北アルプスののこぎりの尾根が青い空に突き刺さっている。

「おい、みんな左ばかりによると電車は転覆するぞ！」

「部長、また冗談を、お腹すかすかなんだから右にいても左にいても同じだよ」と一夫。

「てんぷくぷくぷく、お腹すかすか」

学童が浜館の百面相を思い出してはやし立てる。

電車は揺れる、モーターはジッチャン、バッチャンと音を響かせて雪原を走って行く。

「あ、でっかい！」

今度はアルプスとは反対側の窓の向こうを一人が指差した。

「何だ、あれは！」

空をエイのような物体が飛んでいる。それがキーンという音をたてる。飛行機だ。

「あ、あれは、戦闘機？」

誰かが声を上げた。

「いや、違うよ……」

やすしは窓ガラスにかじり付く。

「あれは重爆だ。四式重爆撃機だよ。驚きだな。この間教えてもらったやつだよ！」

学寮の一つに「桐の湯」があった。ここには浜松から飛行機で飛んで来ている航空兵がいた。

「ほら、これだよ。飛行服を着て、軍刀をつけている写真、ブロマイドみたいにして持っていて俺らにくれるんだよ」

「桐の湯」にいる楽団員の一人が言う。これが発端となって、「俺も、俺も」と兵隊のいる部屋に押しかけた。

「いいか伊那谷を抜けていくと、気流が吹きつけてな、翼がひょいと持ち上げられるんだ。そのとたんに向こうに北アルプスの連山がふわっと目に入ってくるんだよ……」

その飛行兵の話は具体的だ。集まった男子は息を飲んで聞いた。

「飛行機の絵を描いてやろうか」

航空養成所を出て飛行機乗りになったという松田軍曹は、絵が上手だ。最新式「飛龍」の絵をささっと描いた。

「あれは、キ六七、飛龍なんだよ」とやすしはきっぱりと言う。まさにどんぴしゃ、その飛龍だった。

「えっ、あれ、爆撃機なの？」

「うん、間違いないね。最新鋭のキ六七だよ」

葉巻のように尖った先頭の風防、そのガラス窓が陽を受けてきらりと光った。

「なにしろここは山の中の飛行場だからな、隠れるのに都合がいいんだ。去年秋に開港してからほとんどの機種が松本飛行場に飛んで来るようになったんだ」

ひげの濃い軍曹が教えてくれた。そういえば秋になってから温泉上空にも戦闘機が飛んでくるようになってきていた。「ほら、あれは新司偵、キ四六だよ」

と飛行機好きの友達に教わったこともあった。しかし、最新鋭の四式重爆を目にするのは初めてだった。男の子たちの興奮はいつまでも収まらない。

「男の子は喜んでいたけど、あの大きな飛行機を見て怖かった。戦争がそばに来ている感じがしたわ。美奈ちゃんは?」と茂子。

「うん、なんかね。ジャバラバラバラ、よくわかんない……あれ兵隊さんだ」

駅のホームに電車がすべりこむと十名ほどの人影が見えた。降りると、「浅間楽団」を迎えにきた兵隊さんたちだった。

「浅間からよく来たね。まあ、でもそんな足だとぬかるみにはまって動けなくなるな。おい、この小さい方の子たちは、歩くのは無理だよ。おぶってやれよ」

上官が指示を出す。するとついてきた部下が駆け寄って来て、美奈のアコーデオンを手に取り、有無なく背中に背負った。

「なんちゃら煙草臭い」

美奈は思ったけれど口には出さない。肩につかまってアルプスの白い峰峰を眺めていた。

4 「決部隊」慰問

駅から隊舎までは遠かった。雪も深く積もっていて寒い。ちょうど着いたのはお昼頃だった。着いて真っ先に気づいた。

「いい匂いがする。ああ、たまらないね」

ハモニカの名手鳴橋が食いものを嗅ぎつける。

「俺の予感は当たっていたぞ」

慰問に行けば必ずうまいものにありつけるとやすしは言っていた。

「げっ、ほっ、お汁粉だ」

大きな大きな鉄釜がぐつぐつ煮えていた。そこに湯気が立っている。

「ジャバラバラバラ、小豆湯に、お餅が泳いでる」

美奈はほくほく顔だ。

「美奈、兵隊におぶわれてちやほやされていい気になるんじゃないわよ」

小枝子は、よく見ていたらしい。美奈をおぶってくれたのは吉沢さんという兵隊だ。

「君ら『代澤浅間楽団』の噂はこの有明演習地まで聞こえているよ」

決部隊所属の彼は、歌が好きでいつも演芸会で歌っているという。それで、今日の慰問演奏を楽しみに待っていたという。道々話してくれた。

兵隊さんはやさしい。皆にお汁粉をついでくれた。御馳走はこれだけではなくおにぎりも出た。

「げっ、ほっ、銀シャリだ」

「たまらん、たまらん。お腹の虫がぐうぐう歌っているよ」

楽団員は山盛りに皿に載っているおにぎりを見て口々に言う。

「これは太郎にお土産に持って行くわけにはいかない、あいつの代わりにたらふく食べてやろう。うっふっふ」

やすしはおにぎりを両手に掴み、がぶり、がぶりとくらいついた。

「あんたずるいよ。食って食って食いまくって東京に帰るまで腹を持たそうという魂胆だね」

小枝子は今度はやすしにかみついた。

楽団員は腹一杯食べた。お正月以来の御馳走だった。その昼ご飯が終わると早速に慰問演奏だ。連れて行かれたのは講堂だ。その中に入ろうとするときに先生が入り口で団員を押し止めた。

「いいか兵隊さんが百八十人ぐらい来ているそうだ。君たちの慰問を楽しみにして遠くから雪をかき分けて来ている人もいる。だから気持ちよく演奏するんだよ。しかめっ面をするんじゃないよ。いいか、ほらほら、こうやってな、顔をしわくちゃにすると気持ちも楽になるんだ……」

浜館先生は、お得意の百面相の披露する。ひょっとこになりおたふくになる。見ているとついおかしくなって笑ってしまう。

「その調子、その調子! それでだ、いいか、演し物の隠し芸のことだが、この隣りに小部屋がある。だから、あれは何曲目だ?」

「三曲目です」と部長が答える。

「そうか、すると二曲目が終わったら、三人は、一旦この講堂を出てこの部屋で着替える……」

工夫に工夫を重ねた演し物も用意してきている。その段取りのことである。

団員は、楽器を持って並んで講堂に入っていった。すると拍手が起こった。軍服の兵士が中にはびっしりといた。

前の方にはストーブに薪がくべられていて、ぱちぱちと爆ぜている。わざわざこの部屋を暖めてくれていたようだ。

兵隊たちは、前から床に座って後ろまで一杯だ。前の方に演奏空間が設えてある。木琴台も置かれている。オルガンも備えてある。これには浜館先生が座った。

指揮は部長の竹田やすしが執る。手にはバチではなくタクトが握られている。まずは導入の一曲目だ。この選曲でのもめごとがあった。六年生は浅間での生活は後いくらもない。先生は、第一曲目を部長にまかせた。やすしが選んだのは「線路は続くよどこまでも」だった。明るく楽しい旅ということから始めるというのが理由だった。

「その歌はアメリカの歌だよ。敵さんの曲だわ。そんなのおかしい」

小枝子を中心とする六年生の反対に遭った。それで曲は変更になった。

タクトを持ったままやすしは団員を見回した。そしてタクトを振る。楽器が鳴る。彼が気合いを入れて自分で掛け声を入れる。「ヤーレン ソーランソーランソーラン」と。

途端に会場が静まり返った。すかさず、前奏が始まる、そして主部に入る。すると観客の右手から声が上がる。

「男度胸は五尺のからだぁ　ドンと乗り出せぇ波の上チョイ」

素晴らしい声だ。透き通ったその声は観客を惚れ惚れとさせる。そして、次の合いの手が入る。

ヤサエンエンヤーーーァサーァのドッコイショ
ハードッコイショドッコイショ

兵隊たちの大合唱だ。曲が進行してくるにつれて会場の全体が興奮してくる。

「ヤーレン、なんちゃら、ちゃらちゃら、ドッコイショ……」

美奈は口の中で、リズムを刻んで弾いた。「節のところで息継ぎをして弾くとよい」と浜館先生に言われていた。ドッコイショで刻んで次に移る。すると先生が言うように音が切れてきた。

「なんちゃら、なんちゃら」

美奈はもうドキドキだ。

一曲目が終わる。

「やさえんえんやーと歌うのは可愛い子ちゃん。どっこいしょと穴を掘るのは俺ら穴掘り！」

兵隊は日々蛸壷掘りの訓練を行っていた。卑下しての掛け声となったが会場がどっと湧く。そして拍手、これが鳴りやまない。

次は二曲目だ、明るい歌がいいということで、「兵隊さんの汽車」を選んだ。何人かが歌い出す。これが始まると、もう前奏で分かる。「汽車汽車　ポッポポッポ、シユッポシユッポ　シユッポポッポウ」と。そして次からは大合唱となった。「兵隊さんを乗せて、シユッポシユッポ　シユッポポッポウ」と、さらには「僕らも手に手に日の丸の旗を振り振り送りましょう　バンザイ　バンザイ　バンザイ」と続くところではこの万歳を本当に三唱するほどに大きい声で歌う。そして、「兵隊さん兵隊さん　万々歳」で歌がぴっちりと止む。

兵隊さんの合唱は予想されていた。それで三番まで演奏した。後になればなるほど盛り上がってくる。靴を打ち鳴らして兵隊たちはリズムを取った。

一曲目、二曲目で会場が湧いてきた。そして三曲目だ。ここでやすしが振り向いた。

「次は三曲目ですが、少し準備があります。待ってください」

「待ちます待ちます。お兄ちゃん！」

これも声が掛かる。すると三名の女子が楽器を置いて舞台から抜けた。そして、五分ほど経ったところでその三人が戻ってきた。すると会場にどよめきが走った。

「待ってました。東京の可愛いいお嬢ちゃん！」

「東京の、お人形じゃないのかえ」

次々に掛け声がかかる。三人は左から山口茂子、美奈、木原エミだ。上はセーターにスカーフ、そして色違いのスカートを穿いている。丈だけは同じに揃えてある。この三人は歌い手だ。

演し物の工夫として女子が出て来て歌をうたう。この歌は、浅間に来ていた疎開学童の中で流行っていたものだ。折々に開かれる隠し芸大会では必ず出てくるものだった。

寒い中で辛い訓練に耐えている兵隊への慰問である。できるだけ楽しませたいとのことから三人の出演が決まった。なるべく可愛らしく見せたいとのことで衣装については寮母さんに手伝ってもらった。

「ふとんの端切れでお揃いのスカーフを作ってあげましょう」

宿の女将さんからもらったものを手早く裁って縫ってくれた。スカートはあり合わせのものを集めて、丈ツメをしてくれた。とりあえずの舞台衣装だが見栄はした。

歌は、「めんこい仔馬」だ。

ぬれた仔馬の　たてがみを

撫でりゃ　両手に朝の露
呼べば答えて　めんこいぞ　オーラ
駆けてゆこかよ　丘の道
ハイド　ハイドウ　丘の道

　兵士たちはさっきと違って、黙って聞いている。一番、二番、三番といくにつれ、しっとりとしんみりとした空気が生まれてきた。「パチリ」と薪のはぜる音が聞こえる。聞いているともの悲しくなっていく。いよいよ五番だ。

明日は市場か　お別れか
泣いちゃいけない　泣かないぞ
軍馬になって　征《い》く日には　オーラ
みんなで　バンザイしてやるぞ
ハイド　ハイドウ　してやるぞ

「明日は市場か　お別れか」で数名が声を出す。するとそれにつられるように他の兵士も加わった。

「なんだかのう、俺らみたいだのう」

　一人の兵士が悲しそうにつぶやく。明日は市場に売られていく仔馬。決部隊はここでの訓練が終わると、決戦部隊として前線に出動していく。自分の身の上が思われたのだろう。

「軍馬になって征く日には」からは兵の誰もが声をあげた。そして、「ハイド　ハイドウ　してやるぞ」では一段と声を大きく上げた。

　三人の歌い手は、歌うだけでなく、要所要所で振りを入れた。五番の「みんなでバンザイしてやるぞ」では、三人揃って両手を挙げてバンザイをし、そして、売られていく仔馬を両の手を伸ばしていたわるように撫でる仕草をした。曲が終わると、揃って口に手を当てて「オーラ、オーラ、オーラ」と高々と会場に声を響かせた。

「お嬢ちゃんかわゆい！」

「やっぱり東京のお嬢ちゃん！」

掛け声がかかった後、会場全体に拍手が鳴り響いた。三人は会場に向かって礼をして、そのまま持ち場についた。すると、一人の男子が舞台の中央に現れた。ハーモニカを持っている。五年鳴橋一夫の独奏だ。

曲は「浜千鳥」だ。

青い月夜の　浜辺には
親を探して　鳴く鳥が
波の国から　生まれ出る
濡れたつばさの　銀の色

その音色は豊かである。膨らみがあって、そして情緒が籠もっている。兵士たちは静かに聴き入っていた。煌々とした月が照っている。浜辺はその光に照らされて輝いている。きらきらと真砂が光り、青い光がいっそうに引き立つ。沖には月光を浴びた鳥、さびしそうに鳴いている。そんな情景が目に浮かぶほどだった。

曲は一曲ではなかった、もう一曲あった。

「なんちゃら、ちゃらちゃら、あ〜ん」

美奈は、そう言ったほどだ。なんとまあ、「月の沙漠」だった。

父は満州に渡ったまま音沙汰がないと母からの手紙に書いてあった。「めんこい仔馬」を歌っていたとき、獣医の父は満州で「ハイド、ハイドウ」しているのかなあと思ったことだ。

「月、月、ばかり、なんちゃらちゃらちゃら」

美奈には懐かしい、懐かしい、「月の沙漠」だ。砂漠をゆく王子様とお姫様、二人が乗った駱駝がゆっくりと歩いていく。「朧《おぼろ》にけぶる　月の夜を　対の駱駝は　とぼとぼと」、その場面をハーモニカはむせぶように歌い上げる。聞いていると涙が出て来た。

会場も、次第に涙に濡れていくようだった。終わって拍手が響く、間髪を入れず、こんどは竹田やすしが指揮者に戻ってきた。そしてすぐに演奏に入る。

「やすし、なにしろ兵隊さんたちに喜んでもらうことが一番だからな。曲を演奏すればいいというものじゃないんだよ。音楽はそのときそのときで人の気持ちを変えてしまうんだ。しんみりとした曲が流れると、しんみりとする。しかし、そんなのばっかりが続くと気持ちが暗くなってしまう。だから……工夫が必要なんだ」

　選曲について浜館先生から教わっていた。

「景気よくいかないといけない。それで、『月の沙漠』の次は、軽快な『汽車』でいこう！」

「それって部長の趣味じゃないですか」と一夫。

「ちゃうちゃう、リズムなんだ。『今は山中、今は浜』、いいじゃないか、そして、『同期の桜』へとなだれこむ……」

　たけしをはじめとする六年生が選曲しての慰問演奏はお終いに近づいた。少々のとちりはあったけれども、とうとう最後になだれこんだ。講堂中が割れんばかり、軍歌はもう大合唱だった。

　　貴様と俺とは　同期の桜
　　離れ離れに　散ろうとも
　　花の都の　靖国神社
　　春の梢に　咲いて会おう

　慰問が終わって帰るときに、兵隊たちの多くが駅まで送ってくれた。

「おい、元気でな。君ら六年生はもう間もなく東京に帰るんだな。俺たちも間もなく前線に出動だ。これからどうなることやら。今度君らと会えるのは靖国かもしれないな……お互いにな、頑張ろう……」

　決六六六五部隊の吉沢班長の別れの言葉だ。

　浅間楽団を乗せた松本行きの電車は、出発のタイホンを鳴らして駅を離れていく。人影は見えないが、大勢の兵士たちが雪の降る中でバンザイをしている声が聞こえていた。

5　ああ、六年生

決部隊の慰問から帰ってくると温泉町は何となく慌ただしくなってきた。

「部長、隣に来ている航空隊のこと知っていますか？」

四年生の月村勝が聞いた。

「ああ、知っているよ。千代の湯とかに来ている兵隊さんたちのことだろう……」

この二月になって急に浅間温泉上空がうるさくなってきた。戦闘機が低空でここに飛んで来るようになった。これと同時に温泉には飛行服姿の兵士がやってきた。学童の兄貴分ぐらいの若い青年だった。

「かっこいい！」

首に白いマフラーを巻きつけた航空兵が電車から降りて来た。中には飛行帽に飛行めがねを掛けた者もいる。男子はこれを見ては心躍らせた。

この浅間温泉には世田谷からは七校の学童が来ていた。学区が隣り合っていることもあって互いに顔見知りだということもある。それで他の学校の情報がそういう男子を通して流れることがある。温泉に来た航空兵の噂は恰好の話題となった。この情報を一番よく知っているのは、浅間温泉から松本一中に通っている連中だった。

これによると、富貴之湯、小柳の湯、目之湯、梅の湯、代沢学寮では湯本屋、井筒の湯、桐の湯、千代の湯に彼らが滞在しているとのことだった。実際にこの情報を知った中学生や女高生が浅間温泉に慰問に来ていた。

代沢校でも男子は他の寮の航空兵のところに行き、何人かの男子は彼らと知り合いになっている。

「代沢学寮のあっちこっちに航空兵が泊まっているよね。隣の千代の湯に来ている兵隊さんは、どこから来たかというと満州の新京からなんだって！　なんであんな遠いところから、こんな山の中に来たんだろう？」

やすしは疑問に思っていた。

「うん、それはね、ヒミツらしいよ。これはいっちゃんが教えてくれたんだ。」

月村勝は声をひそめて言った。

「ああ、松本一中のね」

飯山一郎はハモニカが得意な近所の中学生だ。月村勝が「井筒の湯」の玄関でハモニカの練習を何人かの男子としていた。このときそこを通り掛かった彼が、「ハモニカ吹くときは頭を動かさずに手を動かさなきゃだめだよ。でないと唇の角度が変わって正確な音が出せないよ」と教えてくれた。これがきっかけとなってハモニカの男子たちは一郎と顔見知りとなった。そのいっちゃんは去年の秋に飛行場に動員されている。それでヒミツの話をよく知っていた。

「小さな声で、『ここに泊まっている航空兵からこっそり聞き出したんだ。名古屋が空襲を受けて危ないというのでこっちに飛んで来たというんだ。特攻機は沖合彼方にいる敵艦に突っ込む、そこまで飛ぶには機体を軽くしなくてはいけないんだ。その改修をするために飛んで来ているんだ。満州などの遠くから飛んで来るのはそのためなんだよ』と言っていたよ」

そう言っている勝も人に聞こえないように声を落として言った。

「ここに来ている兵隊さんたちは特攻隊員なんだ……」

やすしは空襲下の東京に帰る。もしかしたら死ぬかもしれない。ところが今ここにいる特攻隊員、自分の兄ぐらいのあの人たちは間違いなく死ぬ。千代の湯の兵隊は学童たちと泥んこになって遊んでいた。走ったり、逃げたりしながらころころとよく笑う。ところがあの人たちはじきにこの世からいなくなってしまうのだ。戦争をこんなに身近に感じたことはなかった。

＊

時が経ち二月二十四日が巡ってきた。いよいよ明日は、六年生が東京へ帰る日だ。この日、皆が通っている田町国民学校で送別式があった。このときに送辞に答えたのが代沢国民学校卒業生の代表山本一代だった。浅間を発っていく六年生の思いが代弁されていた。

……いまわたくしたちの胸によみがえる数かずの思い出と美しい信濃の山や川は、わたくしたちに一生をつうじての懐かしい記憶となって残ることでありましょう……わたくしたちがこの学校へまいりまして、まず感じましたことは、みなさんの体格が、たいへんりっぱであるということでした……わたくしたちは、東京へ帰りましても、疎開以来続けてきた規律正しい生活を乱さず、強くたくましいからだと精神を鍛えあげ、さらに短い間に、おぼろげながら体得いたしました信州魂を身につけ、一日も早く国家のお役にたつ人間となり、お世話になりましたみなさまのご恩に報いたいと思います……

六年生は、特別の思いをもってこれを聞いた。当地に来てまず目に入ったのは山また山だ。その山の向こうには恋しい父や母がいる。思いを遮っている山々が憎たらしい。そのついたてを前にどれだけ涙を流したことか。ところが彼の地とここをさえぎっていた憎い山々ともお別れだ。山の頂きは尖っていたのに今はなだらかに見える。彼女が言う「美しい信濃の山」は、去っていく者の想像に火をつけた。思わず鉢伏山方向に心をやったことだ。

「先輩、嬉しいでしょう。東京に帰れるんだから……」と四年生の太郎。

「そうだけれどな……」とやすしは応じる。

喧嘩もした、怒りもした。「お前たち、自分勝手に音を出すなよ。隣のやつの音も聞くんだよ！」、「ハニホヘトイロハの音階も分からない。お前ら馬鹿かよ！」とさんざんに怒鳴った。「この野郎」と思った。ところが、その連中、四、五年の男子がひょいとハモニカの音をハモらせた。「何だこいつら！」胸がツゥンとした。ところがそれも思い出の一ページとなってしまった。話せば思い出が蘇る。

「素直に言えば、もっと居たかったな。お前らにはさんざん毒づいた。特に太郎はからかった」

「はい、いじめられました」

「けども育て甲斐があった。太郎はリズム感がうんとよくなった。思い出すよ。中浅間駅まで行って電車の音を真似ていたな、あの練習が効いたんだよ。俺は大糸線の電車の音聴いて太郎の口まねがあまりにもよく合っているんで涙出ちゃったよ。あのな、大太鼓を継ぐのはお前しかいない、頼んだぜ……」

夜になって各学寮で六年生を送る会が催された。蔦の湯でも開かれた。

「先輩たちが居なくなるのは、まだだいぶ先のことだと思っていましたが、いつの間にかお別れが明日となってしまいました……」

後輩が別れの言葉を述べる。すると隣の千代の湯からはメロディが聞こえてきた。「銀翼連ねて　南の前線」という歌、「ラバウル海軍航空隊」だ。南の前線に向かう特攻兵の前で男子がハモニカを吹いている、音色ですぐ分かる。鳴橋一夫だ。いつもなら勇ましく聞こえるが今日はその曲が寂しく響いてくる。外はやけに静かである。

「雪が降っているよ」

便所から戻ってきた子が言った。

6　帰京、そして、別れ

開けて二月二十五日、雪はまだ降り続いていた。午後二時半にいよいよ六年生は退寮だ。

「二木のおじさん、おばさん、御世話になりました……」

やすしが挨拶をする。その言葉もすぐに涙声となった。それに応える二人も泣いていた。

　まず六年生が雪をキュッキュッと踏んで歩き出すが、たちまち先頭は降る雪に包まれ姿が見えなくなる。雪はしんしんと降っている。残留組も後を追う。そして本部の「井筒の湯」の前でまたお別れの式、三、四年生は残り、五年生がついていく。午後三時、雪雲が懸かって薄暗い。列は静かに動いていく、と、サイレンが鳴る。「ううううん、ううううん」と単音が連続して鳴る。不気味だ。空襲警報であった。

「行進をやめて軒下に退避せよ！」

付き添いの警防団の一人がメガホンで指示する。

「おい、東京に着く前にここで焼け死ぬのか？」

　どこかの組の男子の声が雪の中から聞こえるが、その後は静かだ。しばらく経って雪の空が震えてきた。ばぁぶるぐうるるるという不気味な音が天から降ってくる。聴いたこともない音だ。その音が大きくなって、ぐうるるばあるるると一層に大きくなる。姿は見えない。しかし敵機の爆音であることは間違いない。

「ばかやろう、米英撃滅だ！」

　誰かが見えない機に向かって叫んでいるが、その爆音は何の変化もなく次第に小さくなって消えた。

「出発！」

　行列はまた動き出した。すぐに駅に着いた。すると「整列！」の号令がかかった。帰京組の六年生は百二十五人、最上級生は機敏だ。中浅間駅前広場は狭い。その幅に合わせて五列に並ぶ。

　やすしが前に立ち、腕を上げる。以心伝心、気をつけの姿勢。腕のタクトが動いたとたんに「仰ぐ峻嶺　朝霧霽れて／朝日は昇る　松本平……」の合唱、疎開以来ずっと歌い続けてきた「代澤浅間學園の歌」である。六年は歌い閉めだ。

　歌声は晴れているが、空は真っ暗、雪がしんしんと降ってくる。立っている六年生の頭に降り積もる。後列は見えないが、歌声はしみ通るように聞こえる。五年生も唱和する。

「父母ゐます　南の空を」と歌う。疎開学童の誰もが親の顔を思い浮かべた節だ。そこを過ぎて、三番となる。

「聖戦如何に長引くとても／鬼畜米英撃ちてし止まん／榮えの勝利の輝く日まで／我等代澤浅間學園」ここでは勇気を奮い立たせ一段と大きな声をあげもしたが、聖戦は終わらない。東京は空襲が続いている。そんなところに帰っていく。六年生の誰もが特別な感慨を持って歌った。

　学園の歌が終わると、今度は間髪を入れずに見送りの五年生が歌い始める。「蛍の光」だ。もの哀しい旋律が降る雪に響く。これが時に高く時に低く、うねるように小さな駅の軒下に響く。

「とまるもゆくも　かぎりとて」は、自分たちの運命そのものだ。留まって居残る五年生、そしてこれから東京へ帰る六年生。互いにいつかは別れが巡ってくるだろうと思っていたが、たちまちにその「かぎり」がやってきた。歌う声は濡れはじめた。低くなり、高くなり、そして途切れる。すると六年の女子がこらえきれずに泣く、あの小枝子も。たちまちにその感情は広がりむせび泣く声が列のあちこちから聞こえてくる。

　そんなときまたしても「うううぅん、うううぅん」とサイレンが響いてきた。二度目の空襲警報だ。上空からは敵機のエンジン音が降ってくる。さっきのと違って今度のは数が多い、かなりの編隊だ。その音が大きい。これが頭上を過ぎて行く。ところが、誰も歌うのをやめない。何人かは敵機に刃向かうように声をはりあげる。「筑紫のきわみ　陸の奥／海山遠く　へだつとも／その真心は　へだてなく／ひとえに尽くせ　国のため」と。

　敵機の「ぐうるるばあるるる」というエンジン音はやがて低くなった。そして歌も終わった。一気に静けさが押し寄せてきた。雪はしんしんと降っている。列の端にいる五年生はうすぼんやりと見える。その向こうに光が見えた。ゆっくりと近づいてくる。そしてそれが「ぢぃんぢぃんぢぃん」と音を鳴らした。六年生が松本駅まで乗って行くチンチン電車だ。

六年生百二十五名、引率の先生五名、百三十人は一台には乗れない。もう一台も続いてやってきた。やすしと小枝子は二台目に乗った。床下で車輪がガタンと鳴った。とたんに外で「さようなら」の大合唱、見ると雪の降りしきる中、五年生が突っ立って皆、手を振っている。

「さようなら」とこちらも返すが、それもみるみる遠ざかっていって黒い影は雪に消えた。ところが、こんどはすぐに左手から「さようなら」という声、見ると蔦の湯に残っていた下級生が窓に鈴なりになって手を振っている。こちらも「さようなら」と返すが、これもたちまちに見えなくなってしまった。

「ああ、あ」同級生の誰かが言った。それを聞いてよけいにやすしは悲しくなった。

7　洗馬真正寺への再疎開

二月の月末に六年生はいなくなって学寮も急にさびしくなった。人が居なくなると寒気も身に染みて感じられる。来る日も来る日も零下十度の寒さが続く。あかぎれやひび割れがひどくなってきた。「かゆい」、「痛い」と言っているところに大変な噂が流れてきた。

「東京が全滅した」

三月十日過ぎのことだ。

「山の向こうの東の空が赤く燃えていた。こんなことは今までになかった」

「汽車で被災民が多く東京から逃げて来ている」

近隣の大人や温泉に来た人が言っていた。

学童たちは自分の家も空襲を受けて燃えたのかと思った。ところが被害の中心は東京の下町で山の手の世田谷は無事だと分かって安心した。しかし、疎開地にも危険が迫ってきていた。

東京が空襲を受ける前の三月二日の夜のことだ。浅間温泉の西の山辺に爆弾が落ちて大騒ぎになった。代沢学寮のある浅間温泉は安全だと言われていた。ところが空襲警報が度々出るようになった。そこで危険の少ないところに再疎開することになった。その場所は、中央本線塩尻町を中心とした五カ町村のお寺であった。

その日、四月十日はすぐに巡ってきた。新たな地へ向けての再疎開である。八カ月もの間、ここ浅間温泉には慣れ親しんできた。今日はここを発って再疎開先の洗馬村真正寺へと向かう。新天地に向けての旅立ちだ。ところがどうだろう学童たちのリュック姿には力がない。魂の抜け殻がよろよろと動いているようだ。

「お～いみんな、元気だせよ。電車にも、汽車にも乗れるんだからな！」

浜館はつい声をかけた。ところが、子どもらは一斉に反撃してきた。

「センセ、そんなこといったたって、山深いど田舎に行くんだよね」

「そうだよ、そうだよ。すんごいさびしいところのお寺に行くんだよ。それで怖いんだよ。お墓には死人がそのまま埋まっているんだって！」

「ああ、それはな、土葬っていうんだよ。雨の降る夜には埋められた死人の骨のリンがぼぉっと燃えて火の玉が出るんだってよ！」と五年生になった太郎。

「おっかねぇ！　やめてくれ」

「私はね、お化けよりもあれ、イジメがこわいわ。だってさ、今度は村の学校に通うんだよね……」

山口茂子が言う。浅間温泉では代沢は松本の田町国民学校に通っていた、ところが今度は分散疎開となって代沢の先生が教えていた。ところが今度は分散疎開となって代沢の先生が教えていた。ところが今度は村の学校に入って土地の子どもたちと机を並べることになる。

「ここのガキ大将だって、道でばったり会うと『疎開っ子、ちょんこずくなよ』ってにらんでくるんだよ。山猿みたい。田舎に行けばもっと悪そうなのがいそう」と吉田勇。

「あのな、文句を言ってもはじまらない。どのみちそこに行くんだよ。暗く考えていると暗くなる。先生はな、知っているがとっても景色のいいところだ。ここのように人はいないから思いっきり遊べるよ。太鼓叩いたって、木琴鳴らしたって、大きな声で歌っても誰も文句を言ってくるやつはいない」

「センセ、わかんないよ。静かに眠っているのに起こされて、墓のお化けがどろどろ、『うらめしやぁ』って出てくるんじゃないの」

太郎はお化けがよほど怖いらしい。しかしこの掛け合いで子どもたちはどっと笑った。浜館は、ここが潮時だと思い号令をかけた。

「よし出発だ！」

松本電鉄浅間線の電車は駅を離れた。左手に蔦の湯が見える。御世話になった二木夫妻が手を振っている。一斉に窓を開ける。風が冷たい。それでも学童は窓から身を乗り出して「さようなら！」と手を振った。二人の姿はたちまちに遠ざかる。とたんに女子が泣き始めるが、電車は構うことなく、松本駅へゴットン、ゴッタンと下っていく。涙が乾かないうちに駅に着いた。すぐ階段を上って、降りて国鉄篠ノ井線のホームに立つ。

「懐かしい、この汽車の煤の匂い。このまま乗っていけば新宿だ！」

「だめだめ、いいか二つ目だよ。村井の次が広丘駅だ。リュックは下ろすな」

「センセ、むごいことを」

席に着いたとたん汽車は動き出す。コットンコッタンと車輪が鳴り、山や野が走る。ところがすぐにホームが流れ着いた。浜館は、「降りろ」と命じた。世話になる土地の岩垂区長、学校職員代表、村役場吏員などである。挨拶が終わっていよいよ出発だ。並んで改札を出ると多くの黒い顔が並んでいた。

「リュックは馬車に」

手綱を引いた馬方さんが言う。学童は喚声をあげ、手に手に持った荷物を預け、そして、元気よく歩き出す。

「おい、先は長いんだからな。最初から飛ばしたらすぐにばてるぞ」

善光寺街道は真っ直ぐに南に向かっている。雪を被ったアルプスの連山が見える。

「センセ、おかしいことがあるよ！」と太郎が真面目な顔つきでいう。

「どうしたんだよ？」

「あのね、ここに着いたとたん目がよく見えるようになったよ」

「あはは、それはな空気の目薬というもんだ。いいか空気がそれだけ澄んでいるんだよ。洗馬に行けばもっと目がよくなるぞ！」

「いやだあ、お化けがよく見えるようになったら怖いよ」

百人ほどの長蛇の列だが、しばらく行くと前の方で「着いた！」と。これに後ろが「おお！」と応じる。見ると前方左手にこんもりした森が見えそこに本堂の屋根が覗いている。

「残念、あれはな郷福寺だ。柳内先生受け持ちの学寮だ、洗馬の真正寺はまだ先だ」

「センセ、もうくたびれたここにして！」

郷福寺学寮は六十数名、真正寺学寮は四十数名。列は急にここで短くなる。互いに「さようなら、さようなら」と手を振る。送られる方はいじけたように道の小石を蹴り蹴りしてゆく。ついさっきまでは雑談をする声も聞こえていたが、今はぽくぽくと足音だけが響き渡るだけだった。

「お腹が空いた。イモ食いたい」と勇が言う。

「おい、言うな。ほらお腹が鳴ったぞ。ええい、俺はギンシャリのおにぎりだ！」

「ここで食い物の話をしているようだと寺まで持たないぞ。景色を食え！」

「センセ、そんな景色なんか食べられるわけはないよ！」

「まあそうだがな。ほらずっと先の高い木、あそこでこの街道と別れて右に曲がるんだ。そうするといいもの見られるよ」

「センセ、じゃあパン食い競争みたいにあんパンがいっぱい下がっているとか？」

「あんパンか？　食い物しか思いつかないのか。まあ、何が見られるかお楽しみだ」

やがて道は街道を右に折れて西に向かった。そしてしばらく行くと突然に視界が開けた。「わぁい、きれい、川だ」

奈良井川が谷を抉って流れている。

「ほら、あの川に架かっている橋、あれを渡った先の丘に森が見えるだろう。あそこが真正寺だよ。みんなが行くお寺だよ」

浜館が教える。すると学童たちは、「わぁい、わぁい」と歓声を挙げる。たちまちに生気が蘇る。浜館は嬉しくなった。実際、行き先が見えてきたことで子どもたちの足取りも軽くなった。やがてその橋を渡る。川には澄んだ水が、とうとうと音を立てて流れている。

「さらさら鳴っているよ！」と美奈。

「違うよ、ごぼごぼだよ」と勝。

その言い合いの中で一人が歌い出す。「春の小川は　さらさらいくよ　岸のすみれや　れんげの花に……」と、するとたちまちに二人が応え、三人に、とうとうみんなも歌い出す。野に谷に子どもらの歌が響き渡っていく。浜館はつい涙しそうになった。

川を渡り田んぼを過ぎ、岩垂の部落の屋根が見え、やがて道は坂になる。すると行く手の道の片側に人がずらりと並んでいた。土地の学童が迎えてくれていたのだった。洗馬国民学校に通っている岩垂部落の学童たちである。列が近づくと一斉に拍手が鳴った。その中を学童四十数名は行進し、真正寺の門を潜り境内に入った。ここにも人がいっぱいだ。部落中の大人が集まってきていた。すぐに歓迎の式が始まった。

「このたび、不思議な縁で皆さんの御世話になることになりました。どうかこの子どもたちを村の子どもと同じように可愛がってください。親元を離れてきているこの子たちにとっては皆さんの真心だけが頼りなのです。この戦争が勝利のうちに終わり、日本中に万歳の声があふれる日を期待し、その万歳の声に送られてみなさんとお別れすることができたらどんなに嬉しいことでしょう」

浜館菊雄は集まった村人の前で大きな声で挨拶をした。学童たちは神妙に先生の話を聴いていた。これからどうなるのだろうという面持ちだ。が、式が終わって学寮に入ると最初の驚きが待っていた。浅間温泉では部屋があった。けれどもあてがわれたところはだだっ広い、お寺の本堂である。これからはここで寝起きするという。

「隠れるところがないよ！」

「大きな仏さまに見られているみたいで怖い」

口々に感想を述べる。そんなことを言い合っていると婦人会の人たちが入ってきた。みな大きなお皿を持っていた。

「夢、夢、夢見ているのか！」

「うほっ！」

学童が歓声を上げた。手に手に持ったそのお皿には真っ白な御飯で作ったおにぎりの山が乗っていた。お腹いっぱいで幸せだった。最後寝るときになって浜館は話をした。

「長い一日でした。明日からここでの生活が始まります。それで君たちに一つお願いがあります。私は先生方にお願いしてぜひ楽団を続けたいと訴えました。この思いが受け入れられてこの真正寺には音楽の好きな子が集まってきています。ここには三つの学寮から集まってきています。心配なのはほかの学寮からきた人と仲良くしないのではないかということです。また、浅間では上級生が下級生をいじめていたと聞いています。ここでは音楽の練習をします。

音は一つです。ばらばらだと通じません。上級生と下級生、それぞれに違う学寮からきた者、そのみんなが仲よくしていい音が生まれます。気持ちを一つにして皆協力してやってもらいたいということ、これが先生からのお願いです……分かった人は手を上げてください」

「は〜い」

　全員が挙手して、返事をした。その大きな声が本堂に響き渡った。

　すぐにふとんを敷く。全員のふとんを敷いてみると歩く場所もないほどぎっしりだった。それぞれがふとんに座る。そしてお休みの挨拶をする。

「おとうさん、おかあさん、おやすみなさい。先生おやすみなさい」

　浜館は、ついさっき「音は一つ」だといった。このお休みの挨拶がハーモニーのように響いて聞こえたとき、彼は涙ぐんだことだ。

8　真正寺での新生活

　昭和二十年四月、新しい学寮での生活が始まった。年度が変わって学童は皆一年ずつ進級をした。五年生は六年生に、やすしの代わりは山口茂子が務めることになった。

「臆《おく》せずにものを言うところがよい」

　浜館の推薦で部長になった。美奈も進級して四年生になった。彼女を「お姉ちゃん」と呼ぶ下級生も入って来た。

　去年の疎開は、三年生から六年生までだった。しかし、東京は大空襲を受けていっそう危なくなった。それで新年度になって小さな一年生が疎開してきた。寮母さんと先生が塩尻駅まで迎えに行って六人の子を連れてきた。三年はまだしも、一、二年生のその子たちは背も小さく、あどけなく、生気がない。

「なんとまあ、いとけないこと」

　寮母さんは言っていた。

夜になって遠汽笛が聞こえるとその子たちは泣きじゃくる。

「泣いちゃいけないよ。すぐに帰れるんだからね」

美奈は、一生懸命三年の千登世の背中をさすってやった。淀井千登世は家が近所だったのでよく知っていた。それで世話係を美奈はかって出た。

新しい学寮、真正寺は自然の真っただ中にあった。木々の緑がどんどん変わっていく。季節、気候も変化し暖かくなってきた。四月、五月と過ぎた。この間、色々な出来事があった。美奈は久しぶりに思いを手紙に書いて母に送った。


お母様お変わりありませんか。浅間温泉からお引っこししてお寺での生活がはじまりました。ここには木々がいっぱいあって朝はいつも鳥の声でおこされます。こんどはガッキをしていた子ばかり寺に集まり、毎日音楽の練習があります。元気いっぱいです。また小さい子たちもやってきて、美奈も「お姉ちゃん」と言われるようになりました。

ついこのあいだはひこう場にきんろうほうしにいって土はこびをしました。学りょうに帰ると婦人会の人が大きなおむすびをくれました。村の学校にもなれてきました。

ではおからだをだいじに　さようなら

美奈には書きたいことがいっぱいあった。けれども全部は書けない。新しい生活は慣れないことばかりだ。怖いのは本堂の如来様だ。いつもこちらを見ている。朝の洗面も何となく嫌だ。寺には井戸がなく丘を下ったところの用水で行う。川べりにはミミズがいた。「え、こんなところで！」と誰もが思った。男の子は慣れたようだが美奈たちはまだ気持ちが悪い。

手紙には「元気いっぱい」と書いたが、これも嘘だった。ついこの間、悲しいこと、辛いこと嫌なことがいっぺんにあった。

　それは勤労奉仕に行かされたときのことだ。その日は朝七時に村外れに集合しここからは畑を丘を越えどこまでも歩いた。行っても行っても着かない。息切れがしてへとへとになった頃に広い広いところに出た。そこが飛行場だった。着いたとたんにぶるるんと大きな爆音が聞こえてくる。

「あ、戦闘機だ、かっこいい！」

　飛行機を目にして男の子は興奮している。豆粒のような機が大きくなり、それが空から舞い降りてくる。機体が地面に着いたとたんクキュクキュと車輪を鳴らす。接地面から青い煙が上がる。男子にはたまらない光景だ。

「ここの飛行場から飛び立っていったんだなあ」

　ハーモニカの玉本明はしげしげと滑走路の方を眺めている。

「明、何を思い出しているんだ？」と太郎。

「『湯本屋』にいたときのことだよ。航空兵が大勢来ていて、最後の夜はみんな酔っ払っていたんだ。ちょうど廊下を通り掛かったときとっ捕まったんだ。『座れ！』と言われて座ったんだ。そうしたら、『俺、山中は、お前らに言いたい』と言ってコップに入ったお酒をゴクリと飲んだんだ。そして、『明日は俺たちはいよいよ出撃だ。おめいらな、後を頼んだぜ』と言うんだ。『分かりました』と言って礼をしたら突然に泣き出して、脇にあった絹のマフラーをびりびり切り裂いて端切れを俺らにくれたんだ。それでね、次の日の朝だよ。中浅間駅まで送っていったんだ。別れぎわに『今度会えるとしたら靖国神社だ。ぜひお参りにな……』と言ったんで、『必ず行きます』と言ったんだ。電車が来ると皆整列して、飛行兵が打ち揃って敬礼するんだよ。あわてて俺らも敬礼を返したんだ……その兵隊さん、約束した通りに浅間上空まで飛んで来て旅館の上をぐるんぐるんと旋回したんだよ。操縦席の顔がはっきりと見えるぐらいの低空だった。最後は翼を振って空の向こうに飛んで、最後は豆粒になって山の向こうに消えちゃったんだ。あの戦闘機はここから飛んで来たんだ……」

玉本明のいう特攻隊員の人の話は美奈も知っている。再疎開する前の三月には代沢学寮のあちこちに白いマフラーを巻いた航空兵のお兄さんたちがいた。奈美のいる「蔦の湯」の隣は「千代の湯」だ。友だちの山口茂子はここにいてよく事情を知っていた。

「六人の兵隊さんは三週間ぐらい千代の湯に泊まっていたの。その兵隊さんたちが明日でお別れだというときに、先生の許しを得て女の子の部屋で雑魚寝したのよ。次の日飛行服を着た五人が敬礼をして宿を出て行ったの。それからしばらくして大騒ぎになったの。新聞には、あの人たちがアメリカの航空母艦を十隻も沈めたと書いてあったの。そのときにはやったのが、『じゅっきよくじゅっかんをほふる』って言葉、新聞に書いてあったというの。だから私は忘れないようにと葉書の表書きに『昭和二十年三月二十八日』とわざわざ書いたの。そして『航空母艦を十艦やっつけたのです』とお手紙にも書いてお父さんに送ったの……」

当日、昭和二十年三月二十八日、「朝日新聞」には武剋隊廣森隊長の統率する特別攻撃飛行隊の十機は「十機よく十艦を屠る」と記録している。

「なんかあの日千代の湯は騒いでいたわね」

奈美も思い出した。

「うん、うん、それ。ラジオでも千代の湯に泊まっていた一人一人の名を言ったの。誰もがみんな覚えて知っているのに『今野《こんの》軍曹』のことを『いまの』と、『出戸《でと》軍曹』のことを『いでと』と言ったの。みんな違う違うと言っていたの。それで宿には時枝軍曹さんが残っておられて、これも自動車が迎えにきたの。『もう帰ってくることはない』と言われたの。それでみんな特攻に行って死ぬんだと分かったから車がずっと向こうに消えるまで見送ったのね……そしたら何日かして、前に行った五人のうち二人、今野軍曹と今西軍曹から手紙がきたの。それからもう一通、五来軍曹という人から手紙がきて、そこには前の五人と同じように、特攻に行って時枝軍曹さんも亡くなったんだって書いてあったの。自分の目の前で歌ったり、踊ったりしていた人が敵の船に突っ込んで死んだんだからね……なんと言っていいのか。人間って元気でいてもあっけなく死んじゃうのだね……そういえば大平伍長さんは『大東亜戦争に勝ったら靖国神社に知らせに来てくれ、頼んだよ』と言っておられた……」茂子はさびしそうに言った。

「そういえば茂子ちゃんに、お人形作ってと頼まれたね」

「うん、浅間での思い出を飛行機に乗せて持っていきたいと兵隊さんがいうのでいくつも作ってあげたの。奈美ちゃんのも戦闘機に乗せられて特攻に行ったのよ。ほらあんただって聞いたでしょう。兵隊さんが歌っていたうた」

「うん、うん」

明日はお立ちか松本飛行場
さぁーっと飛び立つ我が愛機
可愛い皆さんの人形乗せて
私ゃ行きます○○へ

茂子に言われて千代紙でお人形を一生懸命作って渡した。あれを乗せた戦闘機もここから飛んで行ったのだろう。そんなことをぼんやりと思っているとキーンという金属音を立てて大きな飛行機が降りてきた。

「あれは、四式重爆撃機、飛龍だよ！」、男の子は驚きの声をあげる。

胴体と翼に真っ赤な日の丸を塗ったそれが滑走路に入ってくる。着いたとたん車輪から青色の煙が出た。それに女の子まで手を振っている。

「ほら、あっちには新式の飛燕だ」

もう男子は興奮のしっぱなしだ。格納庫脇には銀色の戦闘機が三機駐機している。

「おい、飛行機に見とれていないで作業だ」

浜館が言う。その号令で作業が始まった。男子は掘った土を手車に乗せて運ぶ。女子は桑の木の根を掘って、それを荒れ地の向こうまで手で運ぶ。

「しつこい根っこだわ。いくら掘っても出てこない！」

女子は口々に文句を言う。ところがほっぺの赤い村の女子は手慣れたもの。するすると根を掘りあてていく。

「ずくを出してやりなさいよ」

のろのろしている疎開組に鋭い言葉が飛んで来る。言われて力を入れるが根は土にからみついていうことを聞かない。男子も男子でもたもたしていて手車を引くだけでも腰を抜かしている。村の子はそれを尻目にどんどん土を運んで行く。もう全くかなわない。

「疎開っ子、いくら頭がよくてもそんな腰抜けじゃあ戦争に勝てるわけがなかろう」

体の大きい上級生はもう大人と同じだ。この黒い顔の子たちは算数や国語が苦手だ。ところが体を使っての仕事となるとまるで別人のようになってきびきびと動く。

「もたもたしないでちゃんとやれ。見ているとごうがわく」

美奈だけではなく、疎開組は皆、土に生きる村の子の底力を見るようで怖いと思った。特に体の大きいガキ大将小松健太は道で出会っただけでもひるむほどだった。

この作業は翌日も続いた。前日の疲れも取れないうちの勤労奉仕はきつい。行くだけでもへとへとだった。土を運ぶにしても根っこを掘るにしても体がいうことをきかない。

「お前らは疎開っ子は遊びに来ているずら。おにぎり食うばかりで、働きもしない。お国の敵だ……」

村の子どもは遠慮がない。真正寺学寮の子は彼らに言い負かされるばかりで、返事もできなくなった。

＊

　再疎開して美奈たちは、新しい学校洗馬国民学校に通った。寺からは二キロあまりを集団登校してゆく。岩垂部落の子どもたちと混ざってゆく。通学のときはみんな一緒だから心強い。ところが学校ではそれぞれの学年の組に分けられ、三人とか四人になってしまう。疎開学童は少数派となる。美奈の組の四年一組はたった三人だけだった。

　最初のうちは、都会から来た珍しいお客さんということで優しくしてくれた。そんなこともあって授業で先生に質問されると積極的に手を挙げていた。算数の問題の答えを黒板に書いたり、国語の問題で主人公五郎の気持ちを言ったりしていた。ところが段々にはっきりしてきたことがある。

「あ、また書き取りのテストは満点だ！」

　疎開組はいつも同じだ。村の子よりも勉強がよくできた。そのことから何となく疎まれるようになった。そして、勤労奉仕に行ったことでこの対立は決定的となった。

「疎開っ子は働かないでただめし食っている！」

　そんなことまで言い出す始末だった。

「あんたなんか柄物のスカートかなんかはいて、そんなんでお国のためにならないよ」

　地元の女子はみなもんぺだ。そんな一人から美奈は言われた。自分ではあり合わせのものを大事に使っているのにと思う。

　前は帰り道は地元の子どもと一緒に岩垂部落まで帰っていた。けれども勤労奉仕以来皆別々に帰るようになった。先を歩いていくと、後ろから村の子がついてくる。ときに石を拾って投げてくる子もいる。それが右腕に当たった。「痛い！」と美奈は声を上げた。

　毎日、夕食が終わると学寮では練習がある。本堂に集まって合奏する。美奈はアコーデオンを持とうとすると右腕が痛い。見るとあざになっていた。石をぶつけられた跡だ。

「さて、もう初夏ですね、今日は、『海』を合奏しよう。いろいろと辛いことや苦しいことがあるけれども吹いたり、弾いたりしているといやなことは忘れられるんだ。大事なことは自分からやってみようという気持ちだよ……さあ、みんな行くよ」

浜館はそう言って前奏をオルガンで弾いた。それに続けて木琴、ハモニカ、アコーデオンが音色を奏で、これが本堂に響く。

「海は広いな　大きいな　月がのぼるし　日が沈む……」

美奈がふと顔を上げると如来様と目が合った。いつもは怖いけれど今日は如来様がほほえんでいるように見えた。

9　真正寺学寮歌

時は過ぎて五月に入った。大地が目覚めて木々は燃え始めた。新緑は薄黄緑から青に変わり目を射てくる。鳥の囀りも日に日に賑やかになる。ところがその反対に学童たちの表情は日ごとに曇っていくばかりだ。浜館にはその理由は分かっていた。一つは新しい学校に馴染めない。地元の子からのイジメを受けてひどく心を傷つけられていた。が、そればかりではない。もう一つは飢えである。生きていく上で欠かせない食糧、その主食の米の配給が減り、おまけに味噌、醤油、塩など食事の味付けをする調味料まで不足していた。そんな中でも寮母さんたちが苦心をしてお昼のお弁当を作ってくれる。ところが、疎開学童組は教室の片隅でこっそりと食べる。弁当のフタを取ると御飯が片隅に寄って半分しかない。一方地元の子の弁当箱は一回り大きくぎっしりと御飯が入っている。中にはカリリカリリと漬け物を囓る音をこれみよがしに大きくさせる者もいるが、疎開組はわびしい。いくら噛んでも音はしない。

「御飯もおかずも、少なくてすぐになくなる」

心のうちではそう思っていても口に出してはいえない。

学童たちに不足していたのは主食だけではない。農村は端境期で野菜が手に入らない。それで浜館は土、日には学童を連れて水辺に行き野草を摘ませた。

「先生、そんなのを採ってどうするだね？」

通り掛かった農夫が不思議がる。

「これを摘んでゆでて食べるのですよ」

「ええっ！　それは馬だやしといって馬も食わないものずら」

「いえ、そんなことはありません。食べられるのですよ」

これはギシギシというもので食用になる。他にセリやアカザがあってこれらを山ほど採っておひたしやごま和えにして食べた。野草を採ってまでのぎりぎりの生活だった。しかし、子どもたちは、何一つ文句言うでもなく従った。配給を取りに行ってくれ、ごみを捨てる穴を掘ってくれ、肥を運んでくれ、どんな仕事でも子どもらはやってのけた。

「お前たちな、笑うときは笑ってくれよ」

浜館は得意のひょっとこ顔をすることがあるが、最近はこの効き目がない。薄ら笑いを浮かべていて、かえって気味が悪い。しかし、たった一つだけ彼らが大きな反応を示すときがあった。

「ああ、木琴が一ついってしまったね」

器楽演奏では一人でも人数が欠けると分かる。音がさびしくなる。退寮者が出て、その見送りをする。父親と母親の間に挟まったその子が振り返って手を振る。こちらも応えるが元気がない。行く方よりも置いて行かれる方がよりさびしい。

新学期になって退寮をしていく子が増えてきた。東京への空襲が現実のものとなって父母も危険を感じて地方に疎開する例が増えたからだ。

「エミ姉ちゃん、さようなら」

最上級生の木原エミを優しいお姉さんとして下級生が慕っていた。その彼女が坂道を下っていって姿が見えなくなる。

「エミ姉ちゃん！」と叫んだのは、特に彼女を慕っていた五年生の松井初子だ。もう泣きじゃくるばかりだ。初子はエミに木琴を習っていた。何にしても人一人が居なくなると心にぽっかりと穴が開く。目はうつろになり、表情すらなくなってくる。

こういう子たちを見ても浜館は決して諦めることはなかった。まだ泣くことのできる感情がこの子たちには残っている。そこに希望を持っていた。

「さあ、戻ろう」

木琴を見送った後、真正寺への坂を登る。下駄の音をからりころりと立てながら子どもたちは後ろについてくる。

「なんとかしてこの子たちに喜びや幸せを与えられないだろうか！」

そんなことを思いつつ寺まで来る。すると森の小鳥たちが、子どもたちとは反対に明るい声をでさえずっていた。

「あ、よし、よし、これだ！」

浜館は前々から心密かに思いを持っていた。歌で何とか子どもたちを勇気づけられないかと考えていた。子どもたちは皆「憂鬱性神経衰弱」を患っているように思われた。元気の糸口をなんとかして見出そう。このときに心に響いたのは鳥の声だ。小鳥たちは明るく、元気に、そして賑やかに鳴いている。「これを生かさない手はない！」と思った。そのときに、自然に詩句が浮かんで来た。

みんな明るい、私もぼくも、森の小鳥がちろちろ啼いて、朝だよ、起きなと窓からのぞく……

浜館は歩きながら両の手をタクト代わりにして揺らす。そして、メロデイを思いついては口笛を吹く。

「よし、軽く、明るくだな」

「センセ、何が？」

「うん、ちょっとな……やっぱり浮き浮きしてくるような感じがいいよな」

浜館は一人、歌の世界に耽っている。

「センセ、何が浮き浮きなの？」と美奈が聞いた。

「ああ、こんな感じだな。どうだ『みんな明るい、私もぼくも、森の小鳥がちろちろ啼いて……』」

メロディに乗せて、軽快に明るく歌ってみた。

「あ、それって歌なの……」

「うん、いいだろう」

「センセ、さっきから独りで鼻歌歌ったり、口笛を吹いたりしているけどおかしいよ」

「今ね、歌を考えているんだよ。浅間では『代澤浅間學園』の歌を歌っていただろう。ところがこっちに来たけど歌はない。そこでね、何とかここの学寮歌を作ってみんなを元気づけたいんだよ。浅間学園の歌は勇ましい歌だったけど、今度のはね、元気が出る歌にしたいんだよ」

「センセ、センセ簡単だよ。『みんなおむすびいっぱい、私もぼくも』にすればいいじゃないか」

「なんだよ、太郎。やっぱり落ち着くところはおにぎりの山かい！」

「うんうん、そうそう、やっぱりね。あはは……」

女子たちが明るく笑った。そのとたん、浜館の脳裏に一番の最後が浮かんで来た。「洗馬の真正寺は明るい学舎」だった。

「よし、これだ、一番は、これだ！」

音楽は不思議だ、最初の形ができると後は、これに引っ張られるようにして歌ができてゆく。そしてできた歌だ。

真正寺学寮歌

一　みんな明るい私もぼくも
　　森の小鳥がちろちろ啼いて
　　朝だよ起きなと窓からのぞく
　　洗馬の真正寺は明るい学舎

二　みんなうれしい私もぼくも
　　歌にあけくれ楽しいつどい
　　村の子どももいっしょになって
　　洗馬の真正寺はうれしい学舎

三　みんな元気だ私もぼくも
　　強く正しく伸びなきゃならぬ
　　父様母様これこのとおり
　　洗馬の真正寺にきてみてごらん

浜館が真正寺に来て一番印象的だったのは小鳥の合唱隊に出会ったことだ。学童と夜を共にした翌朝の印象を「今境内の林をうずめて何百羽の小鳥のふるような囀りである。夢うつつに聞けば、天上の音楽のように、新しい力が全身にみなぎりあふれるように感じられた」と彼は日記に書いた。疲れている自分ですら活力が湧いてきた。子どもたちが元気をもらわないはずはない。それで小鳥の囀りを持ってきた。

「さて、この間から言っていたここの学寮歌がやっと完成しました。今渡した楽譜を見てください。最初『みんな明るい私もぼくも』で始まりますが、この出だしは思いっきり弾むように明るく歌ってください……」

そう前置きを言ってオルガンに手を掛けた。そして、浜館は演奏し歌った。すると軽快な歌が本堂に鳴り響いた。

「どうだろう？」

「…………」

「浅間學園の歌とくらべてどうだい？」

「楽しく明るくなるからいい」、これは山口茂子だ。

「あれ、先生、『鬼畜米英撃ちてしやまん』はないの？」

鳴橋一夫が言う。男子がもっとも盛り上がったところだ。

「うん、それはない……。今君たちに必要なの勇ましさよりも、明るさなんだ。君たちが一杯苦労しているることは先生も知っている。感心するんだよ。嫌なことでも文句を言わずにやる。村の子にいじめられても黙って我慢する。しかしね、どこかでエネルギーを発散しないといけないんだ。だからこの歌を思いっきり元気に歌ってほしいんだ。三番の最後は、『父様母様これこのとおり』とあるけれど、ここがもっとも盛り上がる部分なんだ。歌声が東京まで届くかどうかは知らない。でもな、心は届くんだよ。元気に歌って、その元気を山の向こうの父様や母様に届けてほしい。そんな気持ちで歌ってほしいんだ……さあ、いくよ」

前奏が鳴り響く、ホッとか、ハァなど子どもたちが深呼吸をする。

「みんな明るい私もぼくも　森の小鳥がちろちろ啼いて……」と歌うが、たちまちに浜館はオルガンを止めた。

「ダメダメ、まず声が揃っていない。あのな、音楽にはキビというものがあるんだ。みんな知っているよな。この私が学校一の号砲使いだということを。徒競走で走るときはみんな気合いを入れるんだ。ああ、揃ったなあと思ったときに撃つ。すると見事に駆け出す。ここは大事だ。いいか感じ取るということだ。前奏が鳴ってああここだと感じ取ったときに歌い出す。これは歌声だって楽器だって同じだ。いいか空気というかキビを感じ取って歌うようにするんだよ。よしもう一度、さん、し……」

また再びの挑戦だ。

「よし、出だしはよくなったが、元気がない。小鳥じゃなくて、蛙がゲェロ、ゲェロと鳴いているみたいだよ」

お得意の百面相をして、「ゲェロ、ゲェロ」と言ってみせる。すると子どもたちは笑った。そこですかさず、また一番から入った。「よしよし、いいぞ」、二番に行き、そして三番、「父様母様これこのとおり」のくだりでは浜館も一緒に声を上げた。

「よしよし、さすが君たちだ。ハーモニーが揃ってきた。あのな、ここ本堂は共鳴板なんだよ。声が揃っていくと声が響いて、歌声が、坂の下までころころ転がっていくんだよ。な、そうすると岩垂の部落まで転がっていって、みんながな『おや』って聴き耳をたてるんだよ……」

歌は生きている。音が人に届いて歌は命を持つ。浜館は人に届いてほしいと願っていた。

最初はバラバラだった音が揃ってきた。

「よし、いいぞ。さすが東京の音楽隊だな……もう一回、いや、もう四、五回ぐらいやってみよう。段々に上手くなってきている。君らは素晴らしいよ！」

「センセ、そんなにおだててさ、何かたんまりとおやつでも出てくるんかな？」

「いいや、太郎、そんなもの出やしない。ここで出るのはお化けだけ……」

「うっひっひ、冗談がきついよ。ついこの間、俺はお墓で火の玉見たばかりなんだから。ぼぉっと青白いものが光ってさ」

「ほんとかよ。それは怖いわ……」

「えー、いやだぁ」皆が騒ぎ出す。

「よしよし、いいから歌だ、歌だ。いいか、最後の三番に来るとどうしても音量がもたなくなる。あんまり気張らなくてもいい。軽く明るく流していけばいいんだ。いいか、みんな明るい、みんなうれしい、みんな元気だというところでは、笑顔を作るようにして歌えばいいんだよ。いいか、作り笑いでもいいんだよ」

浜館は、ひょっとこ面をしてみせる。子どもが笑う。

「よし、いくぞ仕上げだな……さあ、いいか」

浜館は、大きく両腕を振って、「元気よく」の合図を送る。「みんな明る〜ぃ」、歌い出しからもう高い声が出る。その歌声が本堂の天上や壁にはね返って響き渡る。透き通った声が爽やかだ。最後を、「洗馬の真正寺にきてみてごらん」で結ぶ。ちょうどそのときのことだった。

「来ましたよ、来ましたよ」

そう言って本堂に入ってきたのはお寺のお上さん、橘弥生さんだった。

「いや、先生びっくりしましたよ。今ね、岩垂部落を通って帰ってきたの。そしたらね、子どもが五、六名集まって妙な顔をしているのね。『どうしたんかや？』と聞くと、『あっこ』って上を指さすの？　何かと思っていたらお寺の方から歌声、それがまるで降ってくるようなのよ……『おばさん、あれはなんじゃって』。そう聞かれても私にもわからない。『でも、きれいな声ねぇ』っていうと皆が頷いていたの……『あらま、あんたたちいつもとは違うのね』と、そう言ってやったの。そしたら…」

合唱団はみんな弥生さんを見つめて聴き耳を立てている。「そしたらどうしたの？」。誰もがその続きを聞きたい。

「『お寺に聞きにいっていいかなぁ？』っていうのよ。『それはきっとみんなも喜ぶわよ』と言ったらついてきたのよ」

確かに障子戸の向こうに人影が見える。お上さんの話で正体がばれたと思ったのか、まず坊主頭が顔を覗かせた。照れくさそうにしているのはガキ大将の小松健太だった。続いてその子分の次郎、弥助なども次々に姿を見せる。総計六人だ。いつも何かといって疎開学童をいじめている連中だった。

「なんだあいつらだ！」

そんな声が子どもたちの中から聞こえてきた。学童たちにとっては忌まわしい存在だ。

「ああ、君たちね、ありがとう……わざわざ下の部落から聴きにきてくれたんだ。ありがたいこと。せっかくだからもう一回、みんなの前で歌ってあげよう……」

浜館は手で合図をする。すると「ええっ」というどよめきが湧く。

「私も聴きたいわ。お寺の外で聴いたものだからもの足りないの」

　弥生さんは、そういって催促の拍手をすると部落の子どもたちも手を叩いた。そんなときに今度は新手のお客さんだ。部落の女子が続けて入ってきた。よほど歌声に魅せられたようである。

「また観客が増えたよ。これはお披露目するほかないな」

　曲を聴いた子がこれに心惹かれてやってきた。作詞作曲者もうれしい。口元には笑みを浮かべているが、浜館は真剣な顔に戻ってオルガンを弾く。前奏から合唱部に入る。

「みんな明るい私もぼくも……」

　歌声は一段と高くなった。男女の声がきれいに交差して本堂いっぱいに響き渡る。村の子は目を輝かせ、女の子は胸に手を置き、懸命に耳を傾けている。まるで如来様も加わって妙なる歌声を響かせているようだった。終わると、耳がツゥンとするほど静かになる。しかし、それもほんのしばらくのことだ。すぐにいくつもの黒い手と白い手が交差してどんどんぱちぱちと鳴った。

10　「真正寺楽団」音楽会

　真正寺学寮歌には「歌にあけくれ楽しいつどい」とある。この歌というのは二つあった。合唱をすることであり、器楽演奏をすることであった。これは毎日欠かすことがなかった。一つには寺の和尚さんの橘英豊さん、そのお上さんの弥生さんも子どもたちも揃って音楽好きで、毎夕これを聴くのを楽しみにしていた。弥生さんは寺に嫁ぐ前は学校の教師をしていて歌が上手い。聴き手が時に歌い手に廻ることもあった。そういう音楽的な雰囲気がこの真正寺にはあった。真正寺奇縁因縁歌縁が幸いした。

「橘さん、私は思うのですよ。この子どもたちは音楽あってこそ生きられると。この頃ここの森の小鳥たちに張り合っているじゃありませんか。あっちがチロチロと鳴くと、こっちはキュルキュルと吹いたり、叩いたり、弾いたりするでしょう。何か嬉しくなってくるのですよ」

浜館はつい笑みをもらして、そんなことを弥生さんに言っていた。彼には深い思いがあった。彼なりの哲学だ。「音楽は人々の心に愛情をともすのだ。なに一つ心の慰めをもたない。この哀れな子どもにとって、音楽こそ唯一の心の糧なのだ」と。

実際、何もしていないときは表情はどんよりしている。ところがひとたび楽器を持って奏で始めるとたんに表情は穏やかになってくる。音楽の効用だ。

浅間温泉での「代澤浅間楽団」は大編成で六十名を数えた。ところが「真正寺楽団」は四十数名で一段とコンパクトになった。それだけでなくて、音楽的感性が勝れた子が多くいるだけに耳の反応がいい。

「君たち耳がいいよ。耳のいいのは、頭もよいんだよ」

「またセンセおだてるんだから」

「そんなことはないよ。耳がよくなると頭もよくなるんだよ」

「センセ、俺耳いいよ。下痢かうんちかすぐ分かるよ」

便所斥候隊の吉田勇が言う。下痢を報告されると絶食者が出る。その分他が多く食べられることから偵察がクセになっている。

「何だか汚い話だな。そんな音は聴き分けなくてもいいんだよ」

「センセ、俺は遠汽笛で上りか下りかが分かるよ」

やすしの鉄道好きを受け継いだ太郎が言う。

「うんそれはいいな、音の聴き分けだよ。そういう感性はいいよ。やっぱり真正寺楽団の一員だな。実際この頃君たちは上手くなったよ。腕をあげたね。音がきれいになったよ……」

音が澄んできたと浜館は思う。音が音をよくする。子どもたちは人の音を聴くようになった。耳もまた成長してきている。それで子どもたちの演奏技術、合唱技術は日に日に磨かれていく。合奏や合唱が境内の外にまで響いて、これが丘を転げ落ちて岩垂の部落まで流れていく。村の子たちもこれを聴くと浮き浮きしてくる。

「先生、音楽やりましょ！」

あの日以来、村の子どもたちが毎日歌を聴きにくるようになった。その子たちは待ちきれないで、催促してくる。少ないときで四、五人、多いときは十人以上もいた。彼らは縁先に腰掛けて、いつまでも待っている。学童たちがここに来たときはよそ者扱いだった。ところが今は彼らが出てくるのを待ち望んでいる。

浜館はここに来ていじめに遭って元気をなくしている子どもに勇気を与えたいと思った。それで「真正寺学寮歌」を作った。この中に、「村の子どももいっしょになって」と入れた。すると、思いがけない効き目があった。歌が村の子どもたちにも勇気や希望を与えたのだ。

きっかけはきっかけを生む、音楽は子どもだけではなくその親まで刺激し始めていた。部落の人たちは「真正寺楽団」の噂を子どもからも聞いていた。親もまた寺から転げ落ちてくる音楽に気持ちよさを感じていた。評判が評判を呼んだ。そしてこれが要望となって「真正寺楽団」に伝えられた。この話を持ってきたのはお上さんの橘弥生さんである。

「先生、浜館先生。今度ここで国防婦人会の集まりをするんですけど、他の役員からも声がありましてね、『ぜひ音楽会を開いてほしい』というのですよ。皆して聴きに行きたいというのです……」

「音楽会ですか？」

「ええ、ほらこの本堂を舞台にしてそこで歌ったり、器楽を演奏したりしてくだされぱいいのですよ……『真正寺楽団音楽会』と銘打つのなんかもいいですね。みんな並んで、ドドドンと楽器弾いてもらって……」

「ええっ、村のみんなが聞きに来るのですか？　それは困ります」

山口茂子が言う。

「それはどうして。あんなにきれいな音を出しているのに、もったいないねぇ」

弥生さんが不思議な顔をする。

「今、みんなシラミにやられています。器楽演奏しているときに急にかゆくなるときがあるんです。着ているものを見ると縫い目にびっしりシラミが湧いていて、もう気持ちわるいくらい。この間洗馬小の演奏会では『春の小川はさらさらいくよ』のところで、急にかゆくなって音がおかしくなったことがあったんですよ」

「ああ、それはね、煮ればいいのよ。寺の大釜でシャツをぐつぐつ煮れば一発よ」

「お上さん、それは殺生ですよ……」

浜館は笑いながらいう。

「シラミだけじゃなく、ノミも滅ぼしてほしいよ」

これは学童たちの切なる願いだ。

「さて、君たちどうだ。大音楽会は？」

「あんたたちね、きっとたくさんの木戸銭が集まるわよ。お金じゃなくて、おにぎりに、おまんじゅうに、蒸しパン、おやきに……」

弥生さんは子どもたちの一人一人を見ながら言って、食欲を刺激する。

「たまらない、やめて。もうツバキが出てきちゃったよ」

「食ってもいないのにか！」

音楽会のお礼の木戸銭の話に皆は顔をほころばせた。

「よし、決定だ。その日までは十日ある。徹底してしごいてやるぞ！」

11　真正寺ミュージカル劇場

昨日までは雨が降っていた。梅雨明けはまだだったが、その日は朝から気持ちよいほど晴れていた。白い雲と青空が回りの山々をくっきりと浮かび上がらせている。小鳥たちは朝から音楽会の宣伝をするように、ぴぃちくり、ぱぁちくりと鳴いている。

始まりは午後の一時半からだが、お昼を過ぎるともうお母さん方はやってきた。皆、一人一人がムシロを持ってきた。そしてもう一つは重箱だ。木戸銭代わりの差し入れだ。

「あの中に、たんまりと白飯のおにぎりが入っているんだぞ！」

「いや、甘いあんこに包まれたぼた餅かもしれんぞ！」

楽団員は本堂の障子戸の隙間から外を覗いては勝手な想像を膨らませている。出番が近づくにつれ子どもたち興奮してきて、おしゃべりになる。

「すごい数だよ。村のみんなが集まってきたみたいだ」

いつのまにか本堂前の境内には一面にムシロが敷かれていた。その後ろには村の子どもたちが大勢いる。それで岩垂部落の者だけでないことが分かる。遠くからこの音楽会のことを聞いてやってきたようだ。

「もう私どきどきしてきたな。ああ、もうシラミはいなくなったけど、ブラウスの襟がちくちくするわ」

寮母の二人が大釜で楽団員のシャツを煮て消毒した。そして糊までつけてくれていた。

「私は、ちゃんと踊れるかなあ……」

これはまた別の子、どうやら音楽会には様々な出し物があるようだ。

「だってね、あれ以来、猛練習だもんね。これでしくじったらパーだね。銀のおにぎりがいってしまうかも。ああ、ダメもうダメ……」

団員は、興奮しているのか各自勝手なことを言っている。そうしているうちに時間になった。

「さて、皆さん、これから国防婦人会を始めます。しかし、今日は特別な会ですから最初に、連絡事項を何点か伝えて、早速に音楽会に移らせていただきます……」

役員の橘弥生さんが皆の前に出て、洗馬駅に帰ってくる英霊の出迎えのこと、軍事教練の日取りなどを伝えるが、境内の観客は気もそぞろだ。心待ちにしているのはこの後のお楽しみである。しかし、誰の心にも戦争のことが引っ掛かっている。「早く早く」などとは決して言わない。ただ待っている。舞台となる本堂の正面の障子戸はぴったりと閉められている。

「早く開かねぇものか！」と観客が言っていたところ、「どどどどん、どどどどん」と大太鼓が本堂から響いてきた。そして、「ちぃん、ちぃん」とトライアングルが鳴った。「音楽会」の開始の合図である。

境内の観客は一斉に拍手を送る。音に驚いて鳥が鳴きやむ。とたんに本堂の戸がゆっくりと左右に開く。すると「真正寺楽団」の面々がずらりと並んでいる。総勢四十人だ。この前に一人の女子が立っている。指揮者は六年生の山口茂子だ。よそ行きの出で立ち、真っ白のブラウスに黒いスカート、格好が決まっていた。その彼女が、「礼」の号令をかける。楽団員は深々と観客に向かってお辞儀をする。

「待ってました！」

そんな呼び声が掛かって、拍手がわき起こる。すると茂子はゆっくりとした足取りで縁側まで出てきた。ここで一呼吸置いて、右左を見る。そこが何とも憎い。

「皆様、今日は私たちの音楽会を聴き……にいらしてくださり、まことにありがとうございます。これから会を始めたいと思います……」

東京標準語がすばらしい。

「待ってました。都会のお嬢ちゃん！」

おじさんの声が掛かる。それに呼応して観客が笑う。それに動じずに、山口は振り向いて指揮棒をかざす。第一列は木琴、第二、第三列はハモニカ、第四列はアコーデオン、最後五列目はタンバリン、トライアングル、小太鼓、大太鼓だ。

茂子はタクトを上げる。そして、「さん、しー」と言って振る。楽曲が始まる。音楽は物語から始まる。「青い海の物語」、これは軽快な曲、「ワルツの三拍子でシュトラウス風」である。浜館の作曲によるものだ。土地の人は初めて耳にするが、お婆さんが聴いて頷いている。

これが終わって次の曲に移る。その曲はすぐに分かった。洗馬小の六年男子が空に目をやる。真っ青な空が広がっている。「やねよりたかい　こいのぼり」、「鯉のぼり」だった。

「ああ、もうすっかり忘れていたわぁ」と一人のお母さん。

ほんの数年前、村々にはこの鯉のぼりがあちこちに泳いでいた。ところが今は深緑色の鯉がひんぱんに頭上を飛んで行く。陸軍松本飛行場に向かう重爆撃機飛龍である。そればかりか銀色の巨大な敵機、B29が不気味な音を立てて北上していく。もう今は空も地上も戦争色に染まっていて重苦しい。しかし楽団の演奏はそれを忘れさせてくれた。音が自然と耳に吸い込まれてゆく。それは浜館の腕でもあった。まずは、木琴が主旋律を担当し、他は伴奏に回る。数小節ごとにこれがどんどん変わっていく。ときに静かになったかと思うと、トライアングルがチィーン、チィーンと大きく響き渡る。小さな楽器にも独奏部分がある。皆が皆を支えて演奏する。まさに「真正寺楽団」ここにありだ。

「鯉のぼり」の次は「茶摘み」である。青い青い空に、緑に光輝く茶畑が見えてくる。「あかねだすきに菅の笠」と婦人会の人は声に出して歌う。あの真っ赤な鯉のぼりも、姉さんの赤いたすきもすっかり消えてしまった。ところが合奏を聴いていると昔の風景が蘇ってくる。お母さんの多くは連れ合いや息子を戦争に取られている。中には遺骨となって家に帰ってきた主人を迎えた人もいた。先々に希望が見えてこない。不安だけが募っていく。しかし、子どもらが奏でる音色には、何かしら心を明るくさせる響きがあった。

しかし、「真正寺ミュージカル劇団」の本番はこれからだ。本堂の戸が一旦閉まり、しばらくして開く。とたんに皆がどよめいた。そこには振り袖姿の一人の女の子が赤い日傘を開いて立っている。顔はその陰に隠れていて見えない。

「待ってました！」

一声掛かると、会場のあちこちからこれが二つ三つと続く。

「おめぇら、目の毒じゃ。帰りっし」

村のおばさんが上級生の男子を冷やかす。

「ばあさま、そんなおやげないことを言わねぇでやれや」

別のおばさんがたしなめる。会場は騒がしいが、舞台袖にある蓄音機の針がガリガリと鳴ると静まり返った。すぐに曲が流れる、赤い絵日傘がくるくると回る。そのまま舞台の前へと出て来る。踊り手はここで傘をくるりと一回転させて柄を肩に乗せる。彼女の口には紅が、その顔が少し横向きにしてしなを作る。

「かわい子ちゃん！」

「おどう、おめえのものじゃないんだよ」

その掛け合いで会場が湧く。

チャンチャラ、チャンチャンと三味線の前奏が終わると可愛らしい童女の声が流れてくる。「桜　ひらひら　絵日傘に」と。踊り手は細い手をゆっくりと振って花びらが散るさまを描く。

「なんとも、手の動きが上手ねぇ」

そして、「蝶々もひらひら　きてとまる」では、赤い振り袖をゆっくりと振る。

「これは、おめら、目の毒じゃ。ほんと帰りっし」

おばばが後ろの男の子を振り向く。すると彼らは顔を赤くしたが、帰るものはいない。

踊り手は平原春江五年生だ。小さい頃から日本舞踊を習っていて舞台にも出ていたという。絵日傘は彼女には大事なもの、東京に置いておけば焼かれる。それで疎開先まで持ってきていたのだ。この振り袖は二人の寮母さんの努力だ。かけずり回って古着を見つけてきてくれた。彼女らは、シラミ退治に、洗濯に、裁縫に昨日から大忙しだ。

その寮母さんも舞台の袖で目を細めて見ている。手と足の動きがしとやかで皆見惚れている。曲も最後になって、「絵日傘くるくる　通りゃんせ」では、傘をくるくる回してぴたりと止めて、踊り手はちょんと口を尖らせて澄まし顔。すると観客から「ぐわぁら」というどよめきが起こった。村では、五月に行われる槻井泉神社の例大祭もなかった。舞を見ることもなかった。一拍も二拍もおいてようやっと拍手がわき起こった。

次に縁側の舞台に出てきたのは山口茂子だ。楽団の長は歌も上手い、彼女の独唱だ。先生のオルガンが鳴る。「青い月夜の浜辺には」、曲は「浜千鳥」だ。

「うめぇ」

彼女は澄み切った声で朗々と歌う。だんだんに声も乗ってきて、そのフィナーレは最高潮、ソプラノが「月夜の国へ　消えてゆく　銀のつばさの　浜千鳥」と響かせる。まるでその鳥が青空に吸い込まれていくよう。終わったとたん感動の拍手が境内の空気を震わせた。

女子ばかりが続いたが、今度は六年男子である。ハモニカの名手鳴橋一夫だ。まず出てきて「ぷっぷひゃらりこ」とハモニカを吹いてみる。そして曲を吹く。調子は勇壮だ。「銀翼連ねて南の前線」と始まる軍歌「ラバウル航空隊」である。

ハモニカのできる男子の間ではこれが流行っていた。先の三月、浅間温泉千代の湯で離別する航空兵のお別れ会が開かれた。このとき鳴橋が朗々と響く音色を奏でた。六人の兵は声を上げて歌った。最後は「戦友の御霊　勲は高しラバウル航空隊」だ、歌い終わって彼らは声を上げて泣いた。その彼らのうちの一人今野勝郎軍曹は戦闘機で飛び立った後に「みなさんがこの便りを見ている頃は、この世の人ではありません」と手紙をくれた。

「何であんなに悲しがって泣いていたのか分からなかったんだ。でもあの歌っていうのは特攻で死ぬ歌だったんだ。忘れられない歌だなぁ」

浅間楽団のハモニカ部隊は鳴橋からこの話を聴かされた。それ以来、「ラバウル航空隊」の曲を格好良くハモニカで決めることが男子の願いとなった。

軍歌の次は童謡だ。「待ちぼうけ」だった。満州唱歌だ。これも彼ら満州から来ていた特攻隊員の六人がよく歌っていた。意味など考えたこともなかった。「特攻隊員のお兄さん方、本当はもっと早く出発したかったんだけどそれができなくて『すっかり長逗留してしまったよ』と言っていた。浅間温泉で『待ちぼうけ』を喰らったみたいだ」

鳴橋はそんなことを言っていた。思いの深い曲だった。独奏が終わると、また「真正寺楽団」に戻って数曲を披露した。そして最後は「真正寺合唱団」となった。四十人が舞台に勢揃いした。

指揮は、これも山口だ。彼女は前に出てきて一礼する。くるりと振り向いて両手を挙げる。すると浜館のオルガンが響く。そして、すっかり馴染みとなってしまった「真正寺学寮歌」である。

透き通った声が境内に響き渡る。観衆はいつの間にか境内一杯になっていた。お母さん方だけでなく、爺さんも婆さんもそして、村の学童たちも多くが集まっていた。

三番の締めくくり、「父様母様これこのとおり／洗馬の真正寺にきてみてごらん」では一段と声を張り上げる。するとあちこちからすすり泣く声が聞こえてきた。多くの主婦は手拭いで目頭を拭っていた。親から遠く引き離された子たち。寂しさに負けることなく「これこのとおり」と懸命に歌っている。

歌い終わると境内を埋めた人がこぞって大きな拍手をする。歌い手も、観衆も皆晴れ晴れとしていた。「真正寺の学童の皆さんありがとう。戦争が始まってからというものずっと耐えに耐えてきましたが、今日は皆さんの歌や踊りなどを見て聴いて、何といったらいいのでしょう。生きた心地がしたとでもいうのでしょうか。気持ちがこんなに和やかになったのは初めてです。本当に皆さんありがとう。何だか不思議です。『父様、母様』から離れて苦労している皆さんからこちらが励まされるのですから。一刻も早くこの日本が米英に打ち勝って皆さんが早く帰れるように祈りたいと思います……」

　国防婦人会の橘弥生さんが締めくくりの挨拶をした。ちょうどそのときに上空を飛行機が爆音を上げて飛んでいく。

「飛龍だ。あれはアメリカさんに追われて来ているという話だよ」

　一人の村人が言う。三月、四月にはこんなに日本に飛行機があったのかと思うくらい戦闘機や爆撃機が北の陸軍飛行場へ向かったり、また戦闘機の編隊が南へ飛び立って行ったりしていた。「あれは沖縄へ向かう飛行機だ」と噂していたが、これもすっかり少なくなった。そして今は敵の大型爆撃機Ｂ29が長野や新潟などに向かう姿が見られるようになった。ここでも空襲警報が出されるようになった。

＊蘇った「真正寺学寮歌」楽譜

この物語の中でなくてはならない歌がある。「真正寺学寮歌」だ。浅間温泉から洗馬の真正寺に再疎開した学童は地元の学校になじめずに元気を失っていた。引率の浜館先生は歌を作って彼らを勇気づけようとした。お堂にこだました歌は、丘から転げ落ち地元の子どもたちに届いた。彼らはこの歌に心打たれ寺に聴きにきた。都会っ子、田舎の子、互いに馴染めないでいたが、この歌がわだかまりをほぐした。記念すべき歌だ。この歌については歌詞は残っていたものの楽譜がない。何とかしてこれを蘇生できないかと思っていた。幸いなことに往時の疎開学童の一人松本明美さんが曲を覚えているとのこと。

二〇一五年、戦後七十年の戦争記念番組で拙著『鉛筆部隊と特攻隊』を題材にした番組を撮ることになった。フジテレビの「奇跡体験　アンビリバボー」である。渡りに船である。関係者である松本明美さんへの取材がある。当然機材も持ち込んでいることから、録音してもらえばよいと思った。ディレクターは快くこれを引き受けてくれた。取材の合間に松本明美さんに歌を歌ってもらって撮った。それが私に届いた。

私は知り合いの作曲家明石隼汰さんに早速メールで送った。八月六日のことだ。なんとそれから二十時間も経たないうちに採譜された楽譜とデモテープが送られてきた。

「メロディが遂に出てきた興奮を抑えられず、早速採譜とピアノアレンジをして、本日午前中に明石ファミリーで歌ったデモを作ってみました」とあった。

横に寝ていた歌詞が、楽譜となって起き上がった。早速再生するとその音が聞こえてきた。明るく、軽快で、都会的な清新さにあふれていた。

戦後七十年目、代沢小の地元でコンサートがあった。このときにこの曲をソプラノ歌手の柳沢章子さんが歌った。会場にはかつて地元の子だった八十歳のお婆さんが来ていた。彼女は涙を流しながら歌っていた。七十年ぶりに蘇生した歌の楽譜を次ページに載せる。

真正寺学寮歌

（原調・ハ長調）

作詞・作曲　浜館菊雄
監修　浜館郷一
協力　松本明美
採譜　明石隼汰
(2015/9)

一
みんな明るい私もぼくも
森の小鳥がちろちろ啼いて
朝だよ起きなと窓からのぞく
洗馬の真正寺は明るい学舎

二
みんなうれしい私もぼくも
歌にあけくれ楽しいつどい
村の子どももいっしょになって
洗馬の真正寺はうれしい学舎

三
みんな元気だ私もぼくも
強く正しく伸びなきゃならぬ
父様母様これこのとおり
洗馬の真正寺にきてみてごらん

第3章

真正寺楽団東京へ

昭和二十年（一九四五年）後半

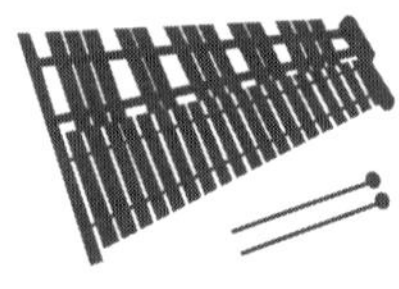

1　重大放送を聞く

「日本は神の国だ。その国が負けるわけはない。いざとなったときには神風が吹いて敵は必ず滅びる。それまでは少国民として何がなんでも銃後で頑張ることだ！」

学童たちは、何度もこのような話を聞かされていた。日本が負けるわけはない。ところが、信じられないことが起こった。突然、「日本は負けた！」と知らされた。

八月十五日、この日は朝から晴れ渡っていて、山々の皺がよく見えた。朝食が終わったときに、浜館はいつもとは違って表情を引き締めて言った。

「皆さん静かに聞いてください。今日のお昼の十二時に重大な発表がラジオであると伝えられました。全国民がこれを聞くようにとのことです。ですから下の部落で一番よく聞こえるラジオのある酒井さんの家に行きます……」

「センセ、重大発表というのは何なの？」

学童は口々に聞いた。

「それは分かりません。けれども、天皇陛下から直々にお話があるとのことですからとても大事なことです……」

「何だろう？」と誰もが気がかりに思った。放送を聞くために十一時半に集まり、坂を下った。酒井さんの家の庭には部落の人も集まっていた。その放送はかっきりと正午に始まった。初めにアナウンサーが「ご起立願います」と言った。大人も子どもも一斉に立ち上がった。すると君が代が流れてきた。終わると人の声が流れてきた。が、しかしラジオの受信状態も悪く、その声もよく聞き取れない。ガァガァピィピィと雑音が混じって訳が分からないうちに終わった。学童達は皆顔を見合わせるばかりだ。放送が終わってしばらく経って浜館先生が立ち上がった。

「皆さん、聞いてください。今さっき放送のあった陛下の玉音はよく聞き取れませんでした。しかし、その後にアナウンサーが玉音の意味を解説していました。これによると私たちの日本はどうやら戦争に負けたらしいのです……」

これを聞いた学童は「えぅ！」とか「がう！」とか声にならない反応を示した。「信じられない」、「くやしい」、「うそだろう」とも。

「静かに聞きなさい、戦争が終わってもすぐには帰れません。放送では、『集団疎開は来年三月頃まで続く』と言っていました。明日から全てが変わるということもありません。ですから大事なことは今まで通りに普通に生活を続けていくことです……」

浜館は、そう説明しながらも涙を拭っていた。

終戦から日も置かず、突然、飛行機の爆音が聞こえてきた。驚いて外に出ると敵機グラマンが数多く飛んで来た。戦争に勝ったことを喜ぶように飛行機は、踊るように乱舞した。上空から地上の樹木すれすれまで降りて来た。

「青い目に金髪だ！」

学童たちは叫んだ。これほど間近に敵を目にしたことはない。操縦席に乗っている兵士のゴーグルがはっきりと見えた。右に左に曲芸飛行をして、まるで日本人をあざ笑うかのようだった。

「ちくしょう、復讐だ」

上級生の男子は戦闘機に向かって拳を振り上げた。

敗戦の報を聞いてからというもの、「歌にあけくれ」ていた真正寺楽団も「沈黙にあけくれた」。元気を失いかけていたときに先生が「よし、みんな集まれ、新しい曲に挑戦だ」といって楽譜を持ってきた。

「いいか考え込んでばかりいると気持ちまで暗くなる。この頃元気なのはここの鳥たちばかりだよな。それでな、あの鳥たちにあやかろうと思って、選んだんだ、楽器でもって鳥に挑戦するんだよ」

「センセ、曲は何？」

「カッコウワルツ、鳥のさえずりを真似たものなんだよ。まあ、みんなもいずれはここを去っていくときが来る。ここで暮らした思い出を今のうちに刻み込んでおくんだ。いいかみんなが鳥になって合戦をするんだ。木琴、ハモニカ、アコーデオン、それと太鼓、タンバリン、トライアングル。絡み合って演奏する！」

浜館はこの編曲を考えた、鳥たち同士が「カッコウ」、「ツンツク」というふうに歌い合って喉を聞かせる。テンポが一段と速い。

「真正寺楽団」は、すぐに「カッコウ」にはなれなかった。けれども練習するうちにカッコウよく楽器が鳴くようになった。美奈の腕もぐんと上達した。

疎開して一年以上も経った。こちらへ来たときは美奈はまだねんね、何も分かっていなかった。しかしもう四年生の半ばだ。この一年でたくさんのことを見聞きした。戦争というものもよく分かっていなかった。が、戦争というものは人が殺されることだった。たった一発の原子爆弾で、あっという間に十何万人が死んだと聞いたときは、恐ろしくて恐ろしくてその夜は寝られなかった。それでも玉音放送があってから十日ほど経って美奈は手紙を書いた。

「日本が戦争に負けて君たちのお父さんお母さんはたいそうがっかりしておられます。ぜひ励ましの手紙を書いてください」

先生はそう言われた。が、なかなか言葉が思い浮かばない、戦争に負けて上級生がそのくやしさをうまく手紙に書いていた。山口茂子のを手本にして美奈も書いた。

こんにちは。

お母様しばらくお手紙がありませんが、何をしていらしゃるでしょう。美奈はあいかはらず元気です。

八月十五日、忘れることができない日です。この日、美奈は、お寺の近くのお家にいきお昼の放送を聞きました。君が代が静かに流れてきました。「日本が戦争に負けた」と聞いたときは、くやしくてくやしくてなりませんでした。みんなは口々に「すぐにでも敵は上陸して来る」と言っています。でも、敵には日本の土を一歩もふませたくありません。これからは、日本はどうなるでしょう、きっとたいへんになりますが、何ごとも歯を食いしばってもやり抜かなくてはなりません。

昨日新聞に、げんしばくだんで死んだ者十何万と書いてありました。美奈はくやしくてたまりませんでした。この尊い日本の国民を殺してゆうゆうと入って来るアメリカ兵、必ずうらみは晴らさなければなりません。今の子どもはいちばんせきにんが重いのです。どうかお母様心配なく、次の日本は、私たちががんばります。

このごろ毎朝、じゃがいもの代用食でしたが、ひるにまっ白なごはんがでてびっくりしました。本当に美奈達は幸福です。今日も昼は、野菜のおひたしででした。でも今に、こんなおいしいものはいただけなくなることでしょう。

ゆうべ、ごふじょうに立ったとき、外はこうこうと月が照っていました。かすかなみんなの寝息の間に、小川のせせらぎが聞こえていました。月の光でカボチャがよく見えました。とつぜん、虫が「チョンギース」と鳴き出しました。静かな夜です。戦争が負けたようには思えませんでした。

ではさようなら

八月二十五日夕

美奈より

お母様へ

2　洗馬の野山との別れ

戦争が終わってからは空が静かになった。それでもアメリカ軍の飛行機がよく上空を飛んで行くようになった。が、一番の安心はもう敵に襲われることがないことだ。望んでいた平和が訪れた。けれども戦後の混乱が続いていていてただでさえ不足していた食糧が手に入らなくなった。学童は野草を摘んだり、また農家へのお手伝いに出かけてそこで芋やおにぎりにありついた。そうしているうちに気温も下がり、日も短くなってきた。やがては冬が襲ってくる。

「ここは高原だから浅間よりももっと寒くなる零下二十度だ。それとね、寺の流水とかが全部凍ってしまうから下の川まで橇で汲みにいかなくてはならないんだ……」

　浜館は、どうやってここで冬を越すのかを心配していた。ところが十月になって朗報が飛び込んで来た。全員が本堂に集められた。

「皆さん、素晴らしい知らせです。集団疎開を終えて東京に帰れることになりました」

「先生、それって本当のことなの？」

「うそではないの？」

「いや、間違いない。帰る日の汽車の時間まで決まっているんだから」

「え！、先生、何日？」

「いいかよく聞け。十一月一日だ。洗馬駅発二十二時十三分だ！」

「ギャッホー、バンザイ、バンザイだ！」

　学童たちは跳ねたり、叫んだり、抱き合ったり、飛びついたりして狂乱状態になった。

　十一月一日に東京に帰れる。待ちに待った日だ。しかし、ここを立つ日は別れる日でもある。慣れ親しんだ村人と、そしてまた、見馴れた山や川ともお別れだ。

　その帰京する日が段々と近づいてくる。残すところ十日あまりになった頃だ。

「明日の日曜日は山に行こう。今のうちにここの景色をよく見ておこう」

　浜館は生徒を誘った。

「うん、うん、行こう、行こう！」と元気な声が返ってきた。

小春日和のその日、お弁当を持って山に出かけた。赤や黄色の落葉が散り敷いていて歩くと、シャシュショと音がする、気持ちがよい。

「そういえばこんな遠足気分で山に入ったのは初めてだな。野草取りにワラビ取りに下草刈り。用事がなければこなかったなぁ」

浜館の感想に学童たちも次々と応えた。

「うん、草を担いで下るとき、何べんも転んだ。膝にまだ傷跡が残っているよ！」

「思い出した。山ヒルに食われたことがあったなあ！」

「あれは嫌だったな。腕に何かが吸い付いていて丸々と膨れていんだ、潰すとドバッと血が噴き出るんだぁ。山ヒルは気持ち悪い……」

「学校が見えるぞー」

峠に行き着いた一夫が声を上げた。行き着くと視界が開けた。洗馬村が一目で見渡せた。右手には奈良井川が、左手には支流の古曾部川、坂を下ったずっと向こうは洗馬小学校が見えている。その校舎がもう懐かしい。

母校代沢小には講堂はない。ところがここには堂々とした講堂があり、音楽室にはグランドピアノがあった。

「正門のところの松も見えるよ」と美奈。

門かぶりの松の下を潜《くぐ》って日々通った。思い出深い木だった。

「あそこでさんざんにいじめられたけど、もう帰るとなるとさびしい」と茂子。

「うん、これでお別れってことになると景色がきれいに見えるね」

そんなことを話しているうちに自然と歌が出てきた。一人のハミングにつられて歌い出した。「ふるさと」だ。

「兎おいしかのやま　小鮒つりしかの川……」

今見えている山や川ともお別れだ。「山は青き　故郷　水は清き　故郷」、歌詞の通り山々は青に染まり、古曾部、奈良井の流れはいっそうに清く澄んでいて耳にその流れが聞こえてくるようだった。

「そういえば、君たちこの間、鎮守様の秋祭りでは音楽を披露して、大好評だったけどね。十一月一日、帰る日の午後にお別れの音楽会を開いて欲しいと婦人会から申し出があるんだ。ぜひ最後のお礼として存分に歌って、合奏してくれよ」

浜館が言うと、「うん、やる、やる」と誰も彼もが応えた。

3　懐かしの故郷、東京へ

「おい、十一月一日だよ！」

一番最初に目を覚ました子が言った。いつもと違って皆、がばり、むくりと起きた。さあ、これからが大変だ。

「手に持って持ち帰るものと、荷物で送るものとをきちんと分けなさい」

この指示は昨日あって一応はできている。着るものよりも食べるものだ。東京の食糧事情がうんと厳しいという。それで、サツマイモ、ミソなど、もらったものは真っ先にリュックに詰めた。けれども朝起きてみるとまだ小物が多く残っている。一度詰めた荷をほどいては入れる。「入らないよう？」「サイフはどこへ行った？」「缶切りなんているのか？」。これまた荷物整理に時間が掛かった。そうしているとたちまちにしてお昼だ。

婦人会の人たちはもう早めに集まってきた。皆、手に手に重箱を携えていた。学童たちにそこに何が入っているかはもうわかっていた。

最後の音楽会は、本堂で行われた。歌に明け暮れた生活もおしまいだ。夜中にふと目覚めて、如来様の目と合って「怖い」と思うことが何度もあった。それも今日でおしまいだ。お堂に満ちているお線香の匂いすら懐かしい。

「あのね、このお寺にきて君たちの演奏や歌はとても上手くなった。一つには練習してきたからだ。もう一つ大事なことがある、音を聴いてくれる人がいたからなんだよ。学校で、村祭りで、そしてここでの音楽会ではいつも聴いてくれる人がいた。ここの和尚さん、お上さんは毎晩のように聞いてくれていたろう。聴いてくれる人がいたから上手になったのだよ。その聴き手だった人とはもう今日でお別れだ。特に婦人会の人たちにはお世話になった。心尽くしの食べ物を作ってくださったり、衣類の差し入れをしてくださったり、その好意があって私たちもここで頑張って今までこられたのだから。その感謝の気持ちをこめて最後の音楽会は精一杯頑張ってほしい……」

浜館はそう言いながら涙ぐんでいた。

音楽会が終わるといよいよこの真正寺を発ってゆく。本当に最後の最後の音楽会だ。やがてその時が来た。もう本堂は村の婦人会の人、それと村の学童たちで埋まっていた。山口茂子が指揮に立つ。観衆に一礼、そして振り返って右手を挙げる。最初は、「カッコウワルツ」だ。木琴が一斉に鳴き、それをハモニカが追う。絡みつくのはアコーデオンだ。楽団は全てを解放されたように元気よく、弾き、吹き、鳴らす。音調がよく合ってお堂一杯に響き渡る。その音は喜びと悲しみとで微かに震えていたが、最後の締めではピタリと止める。聞いている人たちが息を飲む。

童謡「もみじ」、「村祭り」、「里の秋」、「ふるさと」と馴染みの曲が情調豊かに、テンポもよく本堂に響く。木琴がコロコロンと弾み、ハモニカがヒョヒョルルと鳴り、アコーデオンがブゥンツッツと跳ねる。太鼓ドンドン、トラアングル、ツゥチィンと続く。器楽の一つ一つが生きている。楽団員は今は一つになって透明な音を繰り広げる。

演奏が終わって、皆が楽器を置く。そして声のパートごとに集まる。お開きの「真正寺学寮歌」だが、これには低学年の六人も加わった。洟垂れ小僧が成長して歌を一緒に歌おうとしている。遠汽笛を聞いて「お姉ちゃん」と言って甘えていたのに、それが自分の前に立って鯱張《しゃちこば》っている。

「だいじょうぶよ、だいじょうぶよ」

　美奈は以前は背中をさすってあげた。が、今は肩を叩いて励ますだけでよい。何とも頼りなかった六人はもう一丁前だ。浜館のオルガンの前奏が鳴る「ブゥスカ、ガァスカ」と。そしてこれに合わせて歌に入る。六人が先輩を凌ぐ声を出す。続く上級生も負けてはいられないと声を張り上げる。すると「みんな明るい私もぼくも」では、低学年も高学年も声が調和してハーモニーとしてお堂に朗々と響き渡る。すると驚いたことに、「森の小鳥がちろちろ啼いて」からは会場のみんなが一緒に歌い出した。まずは婦人部の人たち、次に二番に入って、「みんなうれしい私もぼくも」からは、地元の子どもたちも大声で一緒に歌い出す。

　三番は、もう大合唱だ。他に圧されて合唱団の声が消えそうになった、すると合唱団は、ここだけは人に渡したくないとばかりに、「父様母様これこのとおり」では一段と声を張り上げた。

　美奈はここに掛かって急に悲しくなった。涙が湧き出てきて止まらない。そして歌詞の最後の締めくくりとなる「洗馬の真正寺に来てみてごらん」だ。皆、涙声で歌った。終わるとこぞって拍手を鳴らす、それがいつまでもやまない。一段落ついたところで弥生さんが言葉を述べた。

「あなたたちがここに居てくれたことで、村は賑やかだった。歌で励まされていたのよ。行ってしまうときっとさびしくなるでしょう。東京は遠い。でも皆さんは親元に帰っていかれる。よかったと思います。どうか身体に気をつけてどうか元気で……」

　彼女は言い終わると涙を拭いた、団員も観客もこれを見てまた泣いた。

４　疎開の終わり

「おらほがあんねぇしていくずら！」

寺を出発するときになって喧嘩が始まった。小松健太が息巻いていた。洗馬駅まで国民学校の高等科の生徒が見送っていくことになっていた。その役を申し出た者が多く出て争いになった。

「いい加減にしてクジで決めっし」

村の役員の一喝で、選出法が決まった。

「勝った！」

村一番のガキ大将、小松健太がクジを引き当てた。おかしなことに「真正寺学寮歌」を歌わせるとこの健太が一番上手い。結局、十二人のうち六人が提灯を持って送っていくことになった。次郎や弥助も入っていた。駅まではかれこれ十キロを歩いていく。

夕も迫ったころ真正寺の門を出る。境内には村人が多く集まっていた。「さようなら」と手を振れば、「さようなら」と返す。その声が悲しい。列が動き出すと村の子たちが皆ついてくる。その一人一人が覚えている名を呼ぶ。「美奈ちゃん」という声も、また「千登世ちゃん」とも。美奈はその千登世と一緒に歩いている。

丘を下ってやがて小曽部川の橋を渡る。まわりにはあの畑、あの田圃が見える。農繁期には手伝いに行って汗を流したところだ。あのときは青々としていた田や畑はもう枯草色に変わっている。やがて橋を渡りきったところでお別れだ。送ってきた村の子は立ち止まって手を振り、声を投げ掛けてくる。

「さよなら、さようなら」

見送る子の中に寮歌を口ずさんでいる者もいるが、いつまでも聞こえていた声も人影も遠くなり見えなくなった。そして、日もとっぷりと暮れてきた。前を行く子それぞれが、手に手に持った提灯に明かりが点る。その光が白い田舎道をぼんやりと赤く浮き立たせる。

疎開学童の列は田舎道の砂利を鳴らしながら動い

ていく。やがて、次のお寺、長興寺にたどり着く。ここで代沢長興寺学寮・興竜寺学寮の学童と合流した。児童の総数百十八名、職員十名、それに見送りが五、六十名、二百人もの大部隊だ。洗馬駅へ向かう列は一層長くなった。途中、洗馬国民学校を通る。ここでも先生方や学童たちが「さようなら」「げんきで」と声を掛けてくるが、別れれば人も遠ざかる。そして夜はなお暗くなる。

三つの学寮の列のそれぞれの先頭には上級生、後ろには村人が付いている。手に手に持っている提灯が奈良井川の橋を渡り、左にカーブして列は坂に掛かる。暗い夜道に提灯がゆらゆら揺れる。学童がざっくざっくと砂利を踏む。荷を積んだ馬車がカッパリコッポリと足を響かせる。やがて山の向こうから「ぽぉぁう」という遠汽笛が聞こえてきた。

「汽車の音だ！」

学童には懐かしい音だ、いつもは遠汽笛を聞いて東京を恋慕った。しかし、今夜は汽車に乗って東京に帰れる。

「おねえちゃん！」

千登世が美奈の手を強く握ってきた。

「もう駅はすぐよ」

美奈はそう言って後ろを振り返る。列の最後の提灯が揺れている。と、その向こうに青白い帯が微かに見える。奈良井川が星明かりに照らされて粉をまぶしたようにきるきると光っている。

「ほら、奈良井川だわ」

皆も振り返った。懐かしさがこみ上げてくる。再疎開で来た時に最初に出合った川だ。夏にはみんなと泳いだ。誰もがそれを思い起こし、振り返り振り返り歩いていく。

やがて道は本街道、中山道に合わさって広くなった。汽車の煤煙が臭う、どうやら家並みの向こうには鉄道線路が通っているよう、もう駅は近い。そして、数十軒の家々を越して行ったところで列は街道から逸れ、左へと折れる。するとどん詰まりに駅があった。洗馬駅であった。

駅では出発まで一時間ほど間があった。気温が下がってきて寒い。しかし、誰も音をあげるものはいない。もう間もなく汽車が来る。そして自分たちを夢にまで見た東京へ運んでくれる。

「おめた行ってしまうとおらほはさびしくなるよ」

提灯を持った健太が真正寺の子たちのところにやってきた。

「そうだんね、そうだんね……」

次郎や弥助が相づちを打つ。

「だけどさ、健太くん。なんであんなに真正寺の歌が上手くなったの」

鳴橋一夫が聞いた。

「わんらからそう誉められると、ひょうしゃわりい。わんらが歌が好きだじ……その美奈ちゃんの『父様母様、これこのとおり』というところ、横に首かしげたしぐさがやっぱりの東京のお嬢ちゃんいう感じでこてされねえ……」

それを聞いていた奈美は何のことかよくわからなかった。

「あのな、奈美ちゃんに石ぶつけたのは弥助だがあれは気を引こうとしてやったゆうだ。もういうこともない、謝れ……」

健太が促した。すると弥助はこくんと首を折った。

「あんねえ、おめたは学校の成績がよくてこましゃくれてごうたれなやつだと思っていたんだ。でもな寺に行くうちにあんたらがかっこよく見えてきたんだ……」

村の子がこんなことを言ったのははじめてだった。いつの間にか真正寺の学童は村の子を取り囲んでいた。

「そうだんね」

健太が頷いたときに、山の向こうで「ぽぉー」という汽笛が響いた。そして、ジュジュポ、ジュッポという機関音も谷に響いて聞こえてきた。

「集合、整列！」

浜館先生の声。

駅員がカンテラを持ってホームに立つ。出札係が改札口を開ける、木柵を一人一人が通って行く。地元の子とはもうここでお別れだ。改札口は境界だ、去りゆくものは通り抜ける、残されるものは立ち止まる。

ホームに入った学童は、汽車がやってくる方を見つめていた。やがて暗闇の中にぽっと明かりが点った。前照灯だ。これが近づいてくるとガシャルル、ゴショルルと機関音も大きくなってきた。

「危ない下がれ」

駅員の声がする。「ディゴジュウイチだ」と太郎が言う。大きな機関車はこちらに迫ってきて学童の目の前をグッシャングッシャンガルルと通り過ぎる。とたんに釜の熱気が頬を掠めていく。次には客車がカッタンコッタンと入ってきて、キキィとブレーキを掛けて止まる。そしてシャックリをするようにしてゴトンと音を立てる。学童たちは一斉にこれに乗り込んでいく。その列車の行き先表示板には「疎開学童専用」と書かれていた。やがて学童がホームに入ってくると、見送りの村人や学童がホームに入ってくる。

送られる方は一斉に窓を開け、顔を覗かせる。と、駅員が笛を吹いた。「ピィピリリ」と夜の構内にこだまする。それを合図に、村の子が蛍の光を歌い出す。健太が手を振る、弥助も。美奈も千登世も太郎も一夫も茂子も、皆それに返すように強く振る。

「ほたるの光　窓の雪……」

ここまできたときに先頭の機関車が、出発進行の汽笛を大きく鳴らした。「ポォォォォォォ」と、これは長く尾を引いた。ガタンと動き出す。するとこちらも応えて歌を皆一緒に歌う。「とまるもゆくもかぎりとて　かたみにおもう　ちよろずの……」、汽車の内と外との大合唱だ。送る方も手を振る、泣く。送られる方も手を振り、また泣く。が、汽車は速度を速めて洗馬駅を駆けていく、コタトット、タタトット。

洗馬駅のホームに取り残されたのは健太、次郎、弥助らだ。彼らは赤いテールランプの行く末を見ていた。谷の向こうに尾を引いて消えても闇を見つめていた。

＊

真正寺は静かになった。あの賑やかな楽団がいた寺は、学童たちが行ってしまって急に静まり返ってしまった。寺のお上さんは日々学童たちの音楽を聞いていただけによけいにさびしい。もう太鼓の音もしなくなったが、しばらくしてドーン、ドーンという音が遠くから聞こえてくるようになった。

「何だろう?」

これが、分かってみると悲しい。日本軍の飛行機を米兵が爆薬を仕掛けて壊している音だった。彼女の息子は陸軍松本飛行場に動員されてこれらの飛行機を守るために苦労をした。ロープで引っ張り懸命に松の木の下に隠した。虎の子の日本軍の飛行機だった。それがいともたやすく敵の手に渡り破壊されている。その爆破の音を聴くたびに身を切り裂かれる。敗戦の惨めさを改めて知った。「戦争などと云うことは孫末代までもすべきものにはあらず」と日記には書き残した。

「ああ、あの子たちの合奏の音の何と懐かしいこと……」

遠くから聞こえてくるハッパの音を聞きながら彼女は思った。

5　東京の焼け跡

洗馬駅を夜汽車で発った学童は、翌朝十一月二日、東京に入った。ところが都心に近づくにつれ車窓沿線風景は一変した。

「なんだあれは！」

学童達は口々に叫んだ。

「焼け跡だ！　焼け跡だ！」

疎開学童は初めて見る光景だった。どこもここも焼けていて、見晴るかす焼け野原が続いている。驚いたことに遠くまでもが見える。遥か向こうには山の影。

「筑波山だ！」

誰かが言った。そんな中を汽車は進行していく。そして疎開に行くときに旅立った駅。懐かしい新宿駅に着いたが、ここも焼け跡の中にあった。

「ほこり臭い、焦げ臭い」

風が吹いてくると臭った。学童たちはここで列車を降り、小田急線に乗り換えた。

「東北沢だ！」

この駅のとなりが下北沢駅である。電車は坂を下る。

「ああ、胸ドキドキだあ。下北沢駅が焼けていたらどうしよう」

電車は子どもの心配をよそに駅のホームに滑りこむ。彼らの目に映ったのはかつてと同じ駅だった。降りて跨線橋を上っていくときに靴の音が木の階段に響いた。

「なつかしい！」

学童たちは深い感動に捉えられた。が、列はやがて北口の改札に出た。まさにこの駅で別れて、旅立ち、そしてここに戻ってきた。駅頭のあちこちには懐かしい顔があった。父や母が待っていた。

「美奈！」

母のタセが駆け寄ってきた。

「あんたうんと背がのびたわね。何か女の子らしくなったわ」

「お母さん、痩せたね」

二人は手を取り合った。

「東京は食糧がないというので、ほらおいもをリュックいっぱいもらってきたの」

「あら、助かるわ。配給がなくてね、困っていたところだから…」

「お父さんは……？」

「それがね……紙切ればかりの戦死公報、というか父親とか息子とかが死んだという知らせが近所の人の所に届いているのよ。だからね、気が気ではないの。特に満州のあたりではソ連軍に引っ張られてしまったという話を聴かされるのね……」

母と娘は並んで駅から家への道をたどった。

「ここら辺りは焼けていないのね。でもね、回りの下代田とか代田の向こうとか大原なんかは丸焼けになってしまったの。家も火が近くまで迫ってきたんだけど、警防団の人が必死で防火用水の水を掛けてくれて、何とか焼け残ったの……でもね、これが辛いことなの。戦争中は、『お宅も焼けましたか』、『ええ、やっと焼けました』というあいさつをしていたぐらいだから。焼け残っていることが恥だったのよ。それが今もあってね……」

「それ、なんちゃら、よく分からない……」

そんなことを言っているときに後ろで音がした。振り返ると車、ジープだった。美奈はびっくりした。その運転席と助手席には金髪で青い目をしたアメリカ兵が乗っていた。洗馬村にいたときに終戦を迎えすぐに敵の艦載機が飛んできた。操縦席に乗っているアメリカ兵を見てびっくりした。あの時よりももっともっと間近だ。美奈には青い目が大きなビー玉のように見えた。

「この辺りにあるお屋敷がアメリカ軍に接収されるらしいの。それでこういうふうにしてジープでよく来るようになったのね。ときどき子どもたちにチョコとかガムとかをくれているのを見かけるようになったわね……」

美奈は、あっけにとられて砂利を踏んでいくジープを見送った。「鬼畜米英撃ちてし止まん」とあれほど憎んでいた敵国の兵隊だった。それが今では日本に普通に住んでいる。

「これから自分たちはどうなっていくのだろう？」

美奈は子ども心にも不安に思った。そして、東京で迎えた初めての夜、点された電灯がたちまちに消えてしまった。

「停電なの。これはもう毎日のことなの」

母はローソクに火を点した。隙間風が入ってきて炎が揺れる。

＊

疎開から戻ってきて美奈は学校に通うようになった。代沢国民学校は代沢小学校となっていた。しかし、かつてはきれいだった校舎も全体に薄汚れている。

「ガラスにみんな『代小』って書いてあるけど、なんちゃら？」

「これはね、代沢小の持ち物ということが書いてあるんだ。何しろ物資が不足しているから夜になるとこっそりと学校のガラスを盗みに来る人がいるんだ。盗難予防用に書いてあるんだけど、これもあまり効き目はないんだけどね……」

先生がそう説明してくれた。放課後初めて音楽室に行くと窓にガラスがはまっていない。「風が吹くと窓から葉っぱが入ってくるんだよ」

家に帰って母に言う。

「ガラスぐらいだったらまだいい方よ。水道の蛇口なんか盗られると水が使えなくなるしね。ああ、それからはしを持っていく人までいるんだから……」

「はしってなんちゃら、お箸？」

「違うわよ、そこの小川に掛かっている橋があるでしょう。手すりというか欄干ね。あれをみんな剥がして持って行ってしまうんだから。薪がないもんだから薪代わりにしてしまうのね。だから欄干が日に日に痩せていくのよ……」

疎開先にいて故郷、東京を恋しく恋しく思った。けども帰ってみると汚い、暗い、そして街には泥棒ばかり。寒くなっていく冬、身体ばかりでなく気持ちも凍えて行きそうだ。

「この間ね、寒い日があったでしょう。そのときに特別の配給の炭を先生が燃やしてくれたの。そしたら黒い煙がストーブからもくもく出てきて教室中煙だらけ。みんな煙にまかれてゴホンゴホン、教室からみんな逃げ出したの」

石炭ではなく質の悪い亜炭だったようだ。

「あはは、東京の田舎だね。煙にいぶされて狸が逃げ出したみたい」

「あっちの学寮よりひどいの」

学寮には山で採れる炭を使った炬燵があった。東京に帰ってきたのに洗馬が恋しくなったほどだ。真正寺学寮歌の反対だ。

「みんな凍える私もぼくも、北風ぴぃぷう吹いて、冬だよと窓から葉っぱ、代沢の小学校はさびしい学舎」という風情だった。何かと思うにつけ、あの「歌にあけくれ楽しいつどい」は忘れられない。

浜館は、疎開から戻ってきてしばらくすると楽団を再開した。しかし、皆は東京の生活にまだ慣れないでいる。家が空襲で焼けて親戚に身を寄せている者もいる。浜館も家が焼けて今は学校で寝泊まりしている。

最初、部員の集まりはよくなかった。それでも日が経つに連れ、もとの仲間たちが段々に戻ってきた。親たちの中には、「瓦礫でケガをするから外で遊ぶな」と注意する人もいる、遊びが不自由になっていた。

美奈も家ではすることもなく、アコーデオンを一人で弾いていた。ところが独りでは、張り合いがない。「楽器は、合わさって人を楽しくさせるものだ」と先生が言っていた。

「なんちゃら！」

美奈は初めて気づいた。「よし、明日から」と楽団に加わった。

「何だか鳴らし方を忘れてしまったよ」

多くの学童がそんなことを言っていた。しかし、共に楽器を合わせるうちにたちまちに勘を取り戻していった。それで、校内中にアンサンブルが響くようになった。

「空っぽだった学校にみんなが戻ってきたけど、音の響きも戻ってきたよ」

　練習が終わって帰るとき、用務のおじさんが嬉しがっていた。しかし、冬は寒い。割れたガラスから入り込む寒気は一段と応えるようになった。それでもかじかんだ手に息を吹きかけ練習は続けられた。

第4章

ミドリ楽団《バンド》結成

昭和二十一年（一九四六年）

聖路加病院（現在）

ミドリ楽団　横浜劇場、オクタゴン劇場公演。

1　新しい音楽へ

戦いに負けた年、昭和二十年は終わった。物がない、食べ物がない、電気がない。明けて二十一年のお正月は寂しいものだった。それでも学校が始まると楽団の練習は始められ、新春の空気に音の彩りを添えた。しかし、冬はことさら寒かった。

「寒いのは仕方がないよ。君ら子どもは風の子だ。みんなでドンチャカやると嬉しくなって気持ちも温まるんだ」

「センセ、ハモニカ吹いても身体は温まりません！」

と玉本明がきっぱりと言う。

「まあ、それはそうだ。しかしな気持ちは温まる。ほら、流行っているじゃないか『歌いましょうか　リンゴの歌を／二人で歌えば　なおたのし／皆で歌えば　なおなおうれし』だよ」

「リンゴの歌」は毎日ラジオから流れていた。知らない者はいない。

「センセ、『リンゴはなんにも　云わないけれど　リンゴの気持ちは　よく分かる』っていうけど何も言わないのに、リンゴの気持ちがどうしてよく分かるんだろう？　真剣に考えたけど分からない」

「そうか、太郎は歌を結構気に入っているんだ。もしかして、毎日『赤いリンゴに　くちびる寄せて』いるんじゃないだろうな？」

「センセ、また冗談を！」

「チャンチャラララ、チャンチャラで始まるよな。あの明るい歌声を聞くとなんだか気持ちが浮き浮きしてくるだろう。音楽の楽しさがあふれているんだね……」

浜館は戦争が終わって肌身に感じていることがあった。音楽を受け入れる社会の空気がガラリと変わったと。「リンゴの歌」などはその一例で彼は惹かれていた。これを器楽演奏の一曲に加えようと思った。

音楽の変化は他にもあった。ついこの間までは敵性音楽とされていたもの、それがふんだんに流されるようになっていた。音の自由が広がっていると感じていた。

「この新しい音を通して学童らを成長させられないか？」

彼はこのことをずっと考えていた。

「それでな、これからは新しいものに挑戦しようと思うんだ。こんなのどうだ？」

浜館はオルガンに向かい、弾くと同時に口まねをした「ランタンタッタ、タッタタ、ウンチャ……」、それはフォスター作曲の「草競馬」だ、ついこの間まで敵性音楽として退けられていたものだ。

「センセ、リズムが速いね！」

「そうそう素晴らしい。これはね、馬が駆けているところを描いたんだよ。広い草原を馬がパッカパッカと走って行く、とすると空の色は？」

「青！」

「そうだよな、広い草原の青空の下で馬が走っている……木琴はブチ、ハモニカはトラ、アコーデオンはミケ、それぞれ毛色を想像しながら弾くんだ……馬が入り乱れて走って行くんだ」

「センセィ、それだとニャンコだよ」と一夫。

「そうそう、それでいいんだよ。馬の毛色がわからないから猫に例えたんだ」

「なんだ、そうか！」

「それでな、みんなというか、聴いている方を驚かしてやるんだ。学年末に校内音楽会を開いてみんなに聴いてもらうのさ……それと今の六年生は三月で卒業、もうお別れだ。疎開のときからずっと苦労してきた仲間だ。一緒にいられるのもあとわずかだな、楽しんで練習してほしいな……」

浜館は一旦ここで言葉を区切って音楽室に集まっている部員を見回した。

「あのな、ほら、疎開していたときに陸軍松本病院に慰問に行ったろう。戦場で傷を負った人が君らの演奏を聴いて涙を流していた。できたらまた慰問をしてみようと思うんだ」

「センセイ、だってさ、そこの陸軍第二病院はもう焼けちゃったんだよ……」

「うん、もう日本には陸軍病院はない。だけどな兵隊さんの病院はあるんだ。傷を負った人がいてその人たちが入院しているんだ。まだ具体的なことは決まっていないんだけど、面白い話が来ているんだ」

「センセ、それは何？」

部員が口々に言う。

「今言ったみたいに具体的に決まったわけではない……」

この話を持ってきたのは学校役員の古沢末次郎さんだ。アメリカ軍属の人をよく知っていて英語が話せる人だ。

「先生が指導している器楽演奏は飛び抜けていますね。今日本に大勢のアメリカ人がやってきています。彼らは物資は豊かです。しかし、精神面では旧敵国に来ているわけですから安らぎがない、ということはあります。日本にやってきたアメリカ人たちが寛ぎを求めているのですよ。これからはアメリカの音楽を取り入れて演目に加えれば間違いなく出演の機会が巡ってきますよ。具体的には連合軍兵士の慰問ですよ」

「……まあ、これからは君らが学校以外の場で活躍するということはありそうだな。な、音楽についていえばだいぶ戦争中とは変わってきたよな。『リンゴの歌』が流行ってきたのも一つの例だよな。勇壮なものから明るく楽しいものに変わっているんだ。それで我らの楽団も新しいことに挑戦をしようと思うんだ。今日はその試みの一つを持ってきた。いいか各パートごとに編曲した楽譜を持ってきているんだ。これから練習だ……」

チャンチャヤカ、チャッチャヤ、チャチャチャチャ……さっそくに部員は楽譜を見て勝手に音を出す。その騒々しさの中に明るさがある。

「ダメダメ、各自勝手にやるな！……いいか」

まず「草競馬」である。この練習を始めた。だいぶ慣れてきたところでまた新しく曲が加わった。「漕げよ　マイケル」である。これもアメリカ音楽である。大陸的、新世界的なこれらの曲に日に日に慣れて上手くもなってきた。

たちまちに三月の音楽会は巡ってきた。ここで楽団ははじめて新しい曲を披露した。彼らには実験だった。旧来の日本のものはもうお手の物であった。試したのは今まで演奏しなかった外国のものである。これは聴き手に大きな衝撃を与えた。この楽団《バンド》の演奏を聞いた六年生の一人が浜館に感想を言いにきた。

「先生、今日初めて楽団の演奏を聞いてびっくりしました。特にアメリカの音楽には衝撃を受けました。何か体の血を湧き立たせるようなリズムがあって、今まで聞いたどんな音楽とも違っていました……」

学童らの多くは器楽演奏を聴いて大きなショックを受けた。新しい時代の到来を、代沢小の楽団が奏でる音が告げていた。

2　「草競馬」とチョコレート

昭和二十一年四月、新学期を迎えた。団員は一年ずつ進級した。ともに疎開時代を頑張った六年生は学校を卒業してしまった。あの山口茂子、鳴橋一夫、山田勉など、下級生が慣れ親しんでいたメンバーは中学に進学していなくなった。

学校は港のようなものだ、出船があれば入り船もある、団員が卒業するとまた新入生が入ってきた。新一年生は疎開生活は知らない。一方、疎開組の低学年の六人は全員が入部していた。このうち四年生の三人はもう生え抜きだ。ハモニカの中村四郎、小太鼓の田中征男、もう一人は、淀井千登世だ。彼女も木琴演奏が素晴らしく上手くなっていた。美奈も五年生になっていた。

「なんちゃら、去年まで着ていたシャツが入らなくなっちゃった！」

「お芋ばかり食べていても子どもは子どもで芋虫のように大きくなるのね」

　母のタセがいう。

「お母さんひどいよ。芋虫なんてみっともないよ。コオロギぐらいにしておいてよ。ピロンピロンと美しく楽器を鳴らす乙女なんだから」

　五年生になった美奈は一段とませてきた。

「あのね、乙女というのならおしとやかにしなさい。あんた縁側のところでアコーデオンの練習するのはいいけどね、スカートを穿いたまま足を広げてよく弾いているでしょう。通り掛かったアメリカ人がこの間なんか口笛吹いていったでしょう」

　家の近くの大きな家はアメリカ軍に接収されるとかで、どこでも彼らの姿が見られるようになった。この間も団員の月村勝がそこの踏切のところで起こったことを報告していた。

「センセ、昨日ね、とんでもないことが起こったんだ……」

　彼の家は代田で美奈の家にも近い。勝が、鎌倉通りの踏切で電車を待っていた。そこへ緑色のジープがやってきたという。

「ほら後ろのところに高いアンテナを立てたジープ。波みたいに揺らしてきて停まったんだ。それがさ目と鼻の先だよ。ラジオからは音楽が流れていて、それが、チャンチャカ、チャンチャチャチャチャチャなんだよ。もうびっくり、曲が終わったとき思わずポケットに手をつっこんでハモニカを取り出したんだ。それでね、センセ、もう夢中で『草競馬』を吹いたんだ。電車は行ってしまったんだけどジープは停まったまま。乗っていた二人の兵隊はあっちもびっくりしているんだ。一人は黒人、ぎょろ目が大きかったあ。それがねハモニカを聴いていたんだ。それで終わるとブラなんとか叫んだんだ」

「ああ、それはブラボーだよ。お前のこと誉めたんだ」

「センセ、その後なんだよ。青い目の兵隊が座席にあった大きなチョコを二枚も取り出して俺にくれたんだよ。『グッバイ』とか言って踏切渡っていたんだ。アンテナがすごい揺れていた。後ろ向きで手を振って行ってしまったんだ。家に帰ったら親父が目を丸くして『それは橋という有名なチョコだ！』というの。この橋がまたびっくりすごい甘いんだ。一口食べるともう口がとろけちゃうほどうまい。それでセンセに一枚持ってきたんだ」

「ああ、このチョコね。これにHersheyと書いてあるだろう。橋じゃなくてハーシーという板チョコなんだよ……」

「そうなんだ、もう全部食べちゃったんだけど包み紙は取ってあるんだ。これを取り出して匂いを嗅ぐといい匂いがするんだ。いつまでも持っていようと思って……」

「なるほど匂いのおやつか、しゃれているよな。だけどお前の話はいい話だよ。アメリカ人と言葉では話せないけど音楽では通じるってことだよな……」

「いや、先生、音楽じゃなくてやっぱりチョコだよ。だって甘いんだもの……」

「現金だな、お前には心がないのか？」

「あります、ちょこっと……」と言って勝はニヤリと笑った。

3　ミドリ楽団《バンド》発足

五月、新緑の季節がやってきた。そんなときに浜館が楽団員を呼び集めた。

「この間から話していたことだけど、いよいよ本決まりになったんだ。米軍の慰問に行くことが決定したんだ……」

「センセ、どこへ行くの？」

「築地に聖路加国際病院があるのを知っているかな。ここはアメリカ軍に接収されて今は米国陸軍第42病院として使われている。戦場で傷を負った国連軍の兵士が大勢入院しているんだ。ここは大きな病院で敷地内に劇場や図書館や礼拝堂もある。前に言ったろう、うちの学校の役員の人が間に立ってくれてね、向こうと交渉してくださって病院の慰問に行くことが正式に決まったんだ。君らは疎開中に松本陸軍病院や決部隊の慰問に行ったね。あのときは日本軍の兵隊さんたちだった。しかし今度は違う、アメリカの兵隊さんを慰問する。あちらは英語でこちらは日本語だ、言葉は通じない。しかしだ、通じるものが一つだけある。何だろう？」

「先生が言うから音楽だよね」と太郎。

「そう音楽だよ、音楽は通じる。この間勝が面白い話をしてくれたよな。通り掛かった米軍のジープのラジオから『草競馬』が流れてきた、それで思わずハモニカで吹いてみせたら、『ブラボー』と言って誉められたというんだ」

「『ブラボー』じゃなくて、『ブラ』って聞こえたんだ」と勝は抗弁する。

「まあまあ、そんなムキになることではない。大事なのは音楽が通じたということだよ。君らの器楽演奏はアメリカ人にも必ず通じるはずだよ。しかしどんな曲でもいいわけはない。それで慰問に行くときに大事なのは演目だと思うんだ。アメリカの傷病兵を慰めるにはどんな歌がいいだろうか？」

「明るい歌！」

即座に明が答える。

「そうそう、具合の悪い人を楽しませるためには明るいというのはもっとも大事だね。向こうで陸軍病院に行ったときも明るい歌を選んで行った。ところが今度の慰問はもっと違う意味があるんだよ。だってさ、聴くのは何人だい？」

「アメリカ人！」

「ついこの間までは敵味方に別れて戦ってきたよね。それで日本は負けた、悔しい。ところが君たちもよく知っているよね。かつての敵だったアメリカは今は味方となった。これからはアメリカとは仲良くしていかなくてはならない。いいか、互いに親しんで仲よくすることを『親善』というんだ。これからはこの日米親善というのはとても重要になってくる。今度の慰問はここに意味がある。つまりどういうことかというと、君たちが日本の子どもの代表として出て行ってアメリカとの架け橋を作っていく。気持ちを結び合わせようということなんだよ」

「俺らが日本の代表！」

「うん、それは間違いないことだ。代表として振舞うにはどうしたらいいんだ」

「上手に演奏する！」と勝。

「そうそれは大事だ、聴き手が楽しめる演奏をすることだね。それで問題は中身だ」

「曲目のこと？」

「そうさすが君らだ。これについて大切なことが二つある。まず一つ目だ。いいか日本にやってきたアメリカ人は日本を知らない。だから歌を通して日本というものを君たちが紹介する。そのためにはどうするか、これは君らお手の物、いつもやっていることだ。日本の歌を演奏するんだ。『さくらさくら』、『荒城の月』『春の小川』、『浜千鳥』とかだね、それともう一つ大事なことがある。さっき親善といっただろう、こちらを紹介して、そして向こうを知る。そのためにはどうしたらいいか？」

「敵を知る」

「もう敵ではない、仲間を知る、向こうの音楽を知ることだ。ほら、あの『草競馬』はその一つだよ。どんな感じだった？」

「曲が速くて明るい！」と言ったのは美奈だった。

「大陸の大草原をパカパカと楽しそうに駆ける馬が思い浮かぶ。こちらが音楽を通してアメリカを知る。『ほぉ、うちの故郷のことも知っているのか』、知っていれば聴き手も感心する。だから彼らの国の歌を練習して演奏できるようにしたいんだ。『草競馬』はその一つだよ。他には『峠の我が家』とか、『オクラホマミキサー』などは君たちに馴染みはないが向こうでは有名なんだ。これをメドレーでやる。その選曲はもう大体終わっている」

「ということは、センセイのことだから楽譜がもう出来ているということですね」

「明、お前鋭くなったな、そうもうできている。だから？　練習あるのみだ。それとね、もう一つ大事なことがあった。楽団の名前だ」

「楽団の名前？」部員の誰もが口を揃えていう。

「そう、これからは名前が大事になってくる。この学校で音楽会を開くとき名前の紹介はない。それは皆が分かっているからだ。ところがよそに行ったときには、『私たちはタヌキクラブです』とか言わなくてはいけない。病院に慰問に行ったときも、係の外国人が紹介してくれる。『会場においでの皆さん。ご紹介します。この楽団は児童からなるタヌキクラブの皆さんです……』と」

「センセ、タヌキクラブはないよ」

「これはな、例として言ったまでだ。実は、楽団の名前は既に考えてあるんだ」

「何？　何というの？」部員は口々に質問する。

「いいか、ミドリ楽団《バンド》というんだ」

「ミドリ楽団？」

「そうミドリ楽団だ。ミドリというのは緑色のミドリだ。いま外は緑一色、気持ちがやすらぐだろう。それとな、これも大事だ、ミドリは平和も意味する。あの戦争は本当に辛かった。この学校でもお父さんを戦場で亡くした子も多くいる。辛いことだよ、もう戦争はこりごりだ。何といっても平和がいい。音楽は人の心を穏やかにしてくれる。これを届けるのが君らの役目だ。平和を配って歩く児童楽団だ……レディス、アンド、ジェントルマン、では、ミドリ楽団の皆さんが『草競馬』を演奏いたします……」

「そんなちゃんぽんじゃ通じないよ」

「Ladies and gentlemen, "All of green orchestras plays "kusakeiba" ……」

「センセ、かっちょいいよ。ミドリ楽団は、『グリーンオーケストラ』なんだね」

「ちっこい楽団なのにね……」

　部員はそれぞれに感想を言い合う。

「さて、それで大変なのはこれからだ。日本のものはもうだいぶ手慣れているけど。アメリカのものは初めてのものばかりだ。それで特訓だ。いいか！　まず毎日練習する。一月の間、練習だ。……それでな、もう一つ大事なことがある。ほこりだ」

「センセ、大丈夫。俺らはいつも音楽室のほこりにまみれています」

「また、太郎、バカなことを言うな。誇りというのは気位、プライドだよ。君らは日本の子どもの代表なんだ。日本人の誇りにかけて立派な演奏をするんだよ……」

　こうして新生「ミドリ楽団」は浜館の宣言によって発足した。その次の日から放課後、猛特訓が始まった、毎日暗くなるまで……。

4　米国陸軍病院へ慰問演奏

　初夏、五月の光が北沢川の川面にうらうらと照っていた。その輝きを横目で見ながら「ミドリ楽団」の団員は待っていた。

「センセ、どうしてここの大石橋まで来たんですか？」と美奈が聞いた。

「あのな、バスが大きいんだよ。学校まで入れないのでここへ来たんだ」

「じゃあ、アメリカ軍の大型バスが来るの？」

「そうだよ。この三十二名をいっぺんに乗せて築地まで運んで行ってくれるんだよ」

「早く乗ってみたい、どんなバスが来るんだろう？」

　楽団としての初めての慰問演奏にこれから向かう。相手は見知らぬ国の外国人ばかりだ、どんなドラマが起こるのか、みなワクワクしている。見送りのお母さん方も十数人が来ている。皆目は赤い、寝不足からきている。

「いいか、演奏に行くのだけども着ていくものはごく普通のものでいいんだよ。こざっぱりしていればよいんだ……」

親に負担がかからないようにと浜館は何度もこのことは伝えていた。しかし送り出す親にしてみれば簡単ではない。子どもから聞いた「日本の子どもの代表」という言葉が効き過ぎてしまったこともある。お母さん方は大変だった。シャツやズボン、そしてスカートの洗濯、徹夜で継ぎ当てをしアイロンを掛けたという。父親のシャツや自分のスカートをほどいて子ども用に縫い直した親もいた。

「先生、アイロン掛けは今朝の今朝まででしたよ……」

目を赤くさせた母親の一人がそんな愚痴をこぼす。

「バスが来た！」

「鼻がないバスだ」

通常見馴れているのはボンネットバスだった。ところがやってきたのは切り妻型のすっきりした顔をしている。ヘッドライトがばかでかい、目玉のように見える。

「ほら、赤十字の赤いマークつけているよ！」

淡島通りの坂をその大型バスが下ってきた。横腹には大きな赤十字が描かれている。そのバスがエンジンを止める。前ドアが開く、するとステップを伝って一人が降りてきた。その姿を見て皆びっくりした。白い軍服姿の金髪の女性だった。

「ミナサン、コンニチハ。アナタガタガ、リトルグリーンオーケストラネ。キョウハホスピタルヲダイヒョウシテアナタガタヲオムカエニマイリマシタ。ワタシハメアリートイイマス……」

片言の日本語で言って敬礼をした。楽団員は慌てて敬礼を返した。いい匂いのする彼女に案内されてミドリ楽団はバスに乗り込んでゆく。

「病院臭い匂いがする！」

「座席がふかふかででっかい！」

騒ぎ立てる楽団員を乗せたバスは発車した。すぐに富士見坂にかかる。ついこの間まで木炭バスがここでよくエンコしていた。ところがこのバスはものともしない。交差点に差し掛かると警笛を鳴らす。すると交通整理をしているお巡りさんはすぐに他の車を停める。そしてバスを真っ先に通す。

「俺たちバスに乗っているお殿様！」と太郎。

バスは速い。青山通りを通る都電を次々に追い抜く。そして、三宅坂でお堀端に出て、ビルが林立する東京のど真ん中、日比谷銀座を抜けていく。トラックや車をどんどん追い抜いていく。「そこのけ、そこのけ赤十字のマークのバスが通る」と言わんばかりに走って行く。そしてまたたく間に築地に着いた。

「でっかいビル！」

そこは、「白亜の殿堂」と呼ばれている大病院である。かつての聖路加国際病院である。団員たちはバスから降りる。

「高いビル！あ、ほら旗だ」

玄関を中心に六階建のビルが左右に延びている。その屋上には大きな星条旗がはためいていた。

「十字架だ！」

旗棹の向こうには十字架を戴いた塔屋が高々と聳えている。

メアリー軍曹が先導して一行は玄関から入っていく。低学年の子の楽器は警備のＭＰが運んでくれた。

「外人ばっかりだ」

行き交う人々、白衣の医師、看護婦、パジャマ姿の患者、皆背が高い、そして髪の毛や目の色も違う。

通路を進んでいくと突き当たりに階段があった。壁が白く輝いていてピカピカだ。先生が「大理石」だと言う。そこを上る。すると右手に広い空間があった。

「教会だ！」

椅子があって祭壇がある、ビルの中に教会があるというのは驚きだ。しかもここの天井が吹き抜けになっていて高い。

「色ガラスだ！」と千登世。

「ステンドグラスというんだよ」と勝。

　祭壇の向こう側のステンドグラスからは優しい光が射し込んでいる。

「病院じゃなくて教会だ！」

　このチャペルの真向かいが広い待合室になっていた。そこには見たこともないふかふかのソファが幾つも幾つもある。どうやらここが観客席のようだ。奥の出窓があるところがステージになっていてそこに椅子や机が並べられている。

「ステージの配置については前もって君らに説明しておいたな。それぞれのところに楽器を置き、席についてみて」

　まずはメロディー楽器、木琴、ハーモニカ、アコーデオンが席に就く。次にリズム楽器、大太鼓、小太鼓、トライアングル、タンバリンがその後ろに陣取る。そして揃ったところで音合わせをする。あちらで太鼓をボコボンと叩き、こちらでハーモニカをフゥーカフゥーカと吹く。待合室はたちまちに音楽会会場となった。するとこの音を聞きつけたのか人々が三々五々会場に集まってきた。

「みんなパジャマなんだ！」

　美奈はアコーデオンの音合わせをしながら会場を見ていた。陸軍松本病院のときは皆浴衣にドテラだった。着ている服が違う。そしてアメリカ人は黒人も白人もいる、皆身体が大きい。

5　演奏会始まる

　午後の二時になった。いよいよ音楽会が始まる。もう会場は一杯だった。集まった人たちが英語で話をしている、その耳慣れない、聞き慣れない言葉は団員を緊張させる。

　ソファには頭に包帯を巻いた白人、腕にギブスをしている白人、松葉杖を手に持っている黒人、患者を支えながら連れてきた看護婦さんもいる。後ろの方には白衣の医師の姿もあった。軍服を着た人もいる。一杯というよりもぎっしりだ。

「イットワズタイム……」

ハイヒールの音を床に響かせてステージの前に出てきた人がいた。メアリーさんだった。その彼女が何かを言う。まず「時間になった」ということを告げた。その後、彼女は英語で「ミドリ楽団」を紹介しているようだった。それが終わって振り向き、楽団に向かって日本語で「ソレデハミナサン、ヨロシクオネガイシマス」という。すると会場から大きな拍手が湧き起こった。

松井初子が指揮に立った。六年生の中で彼女は指揮者に抜擢された。ここ一年で背がぐんと伸びた。伸ばした髪がふくよかで足もすらり長い。タクトを振る姿はよく似合う。ところがその彼女の表情は硬い。指揮棒を上げた、その瞬間だ。

「カチンリリン」

床が鳴った。彼女は棒を落としてしまった、慌てて腰をかがめる。

「Don't worry !」

松葉杖を持ってソファに座っている黒人が優しい声で言った。すると笑い声が起こった。

「ダイジョウブ！」

今度は会場にいる看護婦さんから声が掛かる。この小さなトラブルが楽団員の緊張を解きほぐした。再び初子は構えた。彼女のタクトがくるりと舞う。すると間髪を置かず楽器が鳴る。木琴が響いて、ハモニカが鳴る。曲は「さくらさくら」だ。

「音楽はイメージが大切なんだ。ただ音を楽譜に沿って弾くだけでなく、その音が何を言い表そうとしているかを想像することも大事だ。『さくらさくら』は日本の古い歌だね、ゆったりとした調べの中に野山が『さくら』に彩られている様子が浮かんでくる。色でいえば薄紅色、上手に演奏すると聴き手もこれに包まれていく……『歌は弾くだけではなくこれに籠もっている気持ちを表すようにするんだよ』……」

浜館はそんなことを言っていた。楽団員はそれを思い出したのだろうか。「野山も里も見渡すかぎり」桜に染まった景色を思い起こすようにゆったりと曲を奏でる。すると「匂いぞいずる」、まるでほのかな香りが曲から漂ってくるようにも思えた。会場で聴いている人々は真剣に耳を傾けている。奏でる音曲がその大きな耳に吸い込まれていくようであった。

「いざやいざや　見にゆかん」

最後は人を桜見物に誘うところで終わる。演奏では意味は分からない。が、これを聞いていた人々は観客は桜見物に行きましょうと言わんばかりに大きな大きな拍手をした。

一曲目は歌でのご挨拶だ。出会いの緊張がとけて楽団員は一様にホッとしている。笑みをこぼしている子もいる。

「ザリバー、ホスピタル……ソング・ザ・スミダリバー……」

メアリーさんが次の歌の紹介をした。意味が切れ切れに分かる。曲目は「花」だ。「春のうららの　隅田川」この川は病院の向こうを流れている。疎開楽団にとっても思い出深い曲だ。疎開先では、東京を恋慕う歌として慣れ親しんでいた。

楽団員は思い出していた。春の川面を軽快に行き交う船、気持ちを合わせて弾いた。タンバリンがジャバリと波を、トライアングルがチィンと船の汽笛を、太鼓がドンドンと鳴ってポンポン船を、青空の下をとうとうと流れる川を描く。その音は何とも譬えようのない響きだったのだろう。

終わったとたん「ブラボー！」と観客が叫ぶ、目の黒い人も青い人も、そして金髪も。もうその後は一気に演奏を続ける。「花」は滝廉太郎作曲だ。続けて彼の手になる「荒城の月」だ。日本を代表する曲だ。「浜千鳥」、「海」これらを続けざまに演奏した。そして、とうとうやってきた。

「It is an American song from now on……」

メアリーさんが紹介する。すると、観客はもう大喜びだ。皆、興味しんしんだ。「どんな曲を演奏してくれるんだい」。青い目や黒い瞳が輝いている。

まずは「草競馬」だ。勝は待ってましたとばかりにハーモニカを両手に持って構える。

「お前またチョコをもらおうという魂胆だな」

となりの明が小声で冷やかす。

そして、曲が始まる、「チョンチャン、チョンチョンチョッ、チョッチョッチョッ……」と軽快な音楽が鳴り出す。すると皆、とたんに拍手で足踏みで拍子を取る。聴いている人たちが一緒になって曲に乗ってくる。

「ああん、もうジャラバラだ」

身体全体での喜びの表現は弾いている方を感動させた。美奈は言いようのない思いを覚えた。曲が進行するにつれて感情が高まってくる。会場全体の空気が熱くなってもきた。頬が火照ってくる。見ると音楽を聴いている人々の大きな体がリズムに乗って揺れているのが分かる。曲が終わると拍手が爆発する。病院でこんなに騒いでいいものかと思うほどだ。「草競馬」に続いては「漕げよ　マイケル」だ。この曲が始まる。とたんに前に座っていた黒人、彼が松葉杖持って立ち上がる。そして曲に合わせてが歌い出す。

「Michael, row the boat ashore…」

方々でこれに唱和し、また、手拍子、足拍子が続く。もう音楽会場はてんやわんやだ。「おおスザンナ」になるともう皆立ち上がる。身体を揺らし、歌う。

終わってもアンコールの拍手が鳴りやまない。それで、とっておきの曲を披露した。あの「峠の我が家」である。先生苦心の編曲、隠し球である。「ミドリ楽団」の全員が楽曲を奏でる。持ち場持ち場でタンバリンも、トライアングルも、小太鼓も自分を奏でた。そして最後は、太郎が「ドン」と大太鼓で締めた。音が途切れると心に残っていた響きが蘇るらしい。演奏が終わって多くの人々が大きな目から涙を流し始めた。

「アメリカ人って、何かもうびっくりだね」

演奏を終えた後、楽団員の太郎が言った。彼らは感動して喜ぶときは笑みを満面に浮かべる。悲しい時は大粒の涙を流して声を上げて泣く。楽団員は演奏を通してアメリカ人にじかに触れたように思った。その彼らとも名残を惜しみながら別れた。

玄関まで送ってきたのは婦長のシャーロットさんだ。別れるときに通訳を介して挨拶をした。

「皆さん、今日はありがとう。皆さんの演奏には皆感動していました。あなた方は戦場で負傷したり病気になった兵隊さんたちに生きる勇気と希望を与えました。低学年の子から高学年の子まで、懸命に楽器を演奏する様子には深い感銘を受けました。一番は指揮者にしたがってきれいに音を揃えて演奏したことです。アンサンブルが見事でした。私のところに直接感想を言ってこられた患者さんが多くおられました。『ワンダフル！』とか『ミステリアス』という言葉がたくさん寄せられました。皆さん本当にありがとう。病院を代表して私からお礼を申し述べます……」

楽団員はこれを聞いて拍手をした。続けてメアリーさんも言った。

「私も、皆さんの今日の演奏はとても素晴らしいと思いました。ここ東京には他にもたくさんのアメリカ兵が来ています。今は家族で来るようになってもいます。アメリカ人に対して、あなた方が日本のことを音楽で知らせることはとても大事です。このようなことは日本とアメリカとがこれから仲良くなるためにはとても必要です。大人のアメリカ人に知らせるだけでなく子どもたちにも知らせてください。そのことが米日親善にいっそう役立つと思います。今日のことでとても私は衝撃を受けました。だから私の責任において私が紹介手続きをいたします、皆さんありがとう、サンキュー」

楽団員はこれにも拍手を送った。この二人のスピーチを聞き終わってバスに乗り込んだ。このときにメアリーさんから「プレゼント」だと言って紙の袋が渡された。

「いい匂いがする！」

それを受け取った団員は袋から発する匂いに気づいた。

「それは、今開けないで家に持って帰りなさい」

浜館先生が言った。

「何が入っているのだろう?」

団員は皆気になって仕方がなかった。

6　初めてのアメリカの味

その日くたくたになって家に着いた。

「もう大変だったんだから！　なんちゃらちゃらちゃらちゃらだったんだから」

美奈は帰るなり言った。

「それでどうだったの?」

「向こうの係のお姉さんに『すばらしい！』って誉められたんだよ」

「指が痛い、指が痛いってあんた文句ばかり言っていたじゃない……」

「うん、それはそうなんだけどね。アメリカ人ってすごいんだよ。『峠の我が家』を弾いてしばらく経つとみんな泣き出したんだよ。先生がね、言っていた……『みんな遠いアメリカから来ているものだからよけいに感動したんだろう』って……」

「それはあるでしょう。海の向こうに残してきた家族が恋しくなったんでしょうね」

「うん、美奈なんかも疎開していたとき、東京に帰りたくて泣いた。浜館先生は、言っていたよ。『人間の気持ちっていうのは国が違ってもいっしょなんだよ』って……でもね、不思議に思ったのは人間って身体が大きいと涙は何倍も出るのかなあ。まるで滝のよう…」

「それはどうかしら?」

「お母さん､ほらこれだよ。みんなもらったんだ。バスの中で開けようとしたら先生が『家に帰ってからにしなさい』って！」

飾り気のない茶色の紙袋を取り出した。

「何が入っているのかしら？」

「開けるよ……」

袋の口を破いたとたんいい匂いがした。食べ物のようだ。

「あ、チョコレートだ！」

袋の中をのぞき込む。茶色の包み紙にHの文字が見える、あのハーシーに違いない。

「もう一つ入っている。これは何だろう」

小さな弁当箱くらいの大きさの箱だ。取り出してみるが、書いてある英語が読めない。母が手に取ってみる。そしてその箱を開けた。

「サンドイッチだわ！」

「サンドイッチって何？」

「パンよ、間にハムとか野菜とかを挟んだパンなのよ」

「見たことも、食べたこともない、いい匂いがする！」

誰もがお腹をすかせていた。米の配給も少なくイモやタラの干物で済まされることもある。こんな御馳走には目も眩む。まるで食べ物の宝石を見ているようだ。

「これは、隣近所にも分けてあげなくちゃあいけないわ」

「お母さん、これって何人分？」

「一箱だから一人前だわね」

「これだけ一人で食べちゃうの？」

「アメリカ人だったら身体が大きいからぺろりと食べちゃうんじゃない」

母は包丁を持ってきた。四切れを二つに切って、半分を皿に乗せた。お隣に持っていく分だ。配給が少ない中ちょっとした物も隣近所で分け合っていた。

「匂いがおいしいよ。これ食べちゃうとなくなっちゃう！」

美奈はずっと匂いを嗅いでいた。と、電灯が消えた。いつもの停電だ。母がローソクを点す。その灯火に手に持ったサンドイッチをかざす。

「ねぇ、ねぇ、お母さん赤いものが光ったよ。これって何？」

「トマトよ」

「えっ、こんな赤いトマトみたこともない！」

ローソクの火は揺れている。パンの間に挟んだトマトがきりっと赤く光った。

「おいしい！」

一口囓ってみた。すると口の中に何とも言えない味が広がる。ふわっとしたものはパンだ。次に歯に挟まったのはハムだった。

「こういうのを食べている人がいるんだね！」

「あらほんとね……忘れていたお父さんにあげるのを」と言って、母はサンドイッチを切って父の陰膳に供えた。

「こんなにおいしいものがあるのね。お父さんにも食べさせてあげたいわね。きっとあちらでは食べるものに苦労しているでしょう」

母はしみじみという。

「お父さん、帰ってくるの？」

「わからない……」

ろうそくの炎が揺れた。

「他の友だちのところにはお父さんやお兄さんが帰ってきているのに、うちのお父さんはなぜ帰ってこないの？」

「きっといろいろわけがあるのでしょう……」

母は口ごもった。終戦になって無事でいるとの葉書が一通来てそれ以来音沙汰がない。ソ連兵によってシベリアに強制連行されたのではないか、とタセは疑っている。

「あ、点いた」

停電で消えていた電灯が点った。美奈は慌てて涙を拭いた。

「あのね、友だちのアキちゃんところのお父さん、知らせが来たんだっていっていたよ。ガダルカナルで亡くなったんだって……」

自分の父の話から友の父の話に話題を変えた。アキちゃんのところには戦死公報が届いたことを思い出した。

「それは気の毒ね……」

「本当は、アキちゃんね、ミドリ楽団に入って木琴を弾きたいと言っているの」

「あらいいわね。木琴を叩いていれば気持ちも晴れるのじゃない？」

「うん、それがね。お家ではダメって言われたんだって。お父さんが乗ってた船が敵の砲弾に当たって沈められちゃったんだから敵のアメリカ兵を慰問に行くようなことはしてはいけない。そうお母さんが言うんだって……」

「そうなの……」

「去年、戦争が終わったときにね、悔しくてみんなで復讐するって誓ったけど、今日病院に行ったけどアメリカ人が憎らしいとか思わなかったよ。反対に松葉杖をついているような病人が演奏を聴いて一生懸命拍手してくれたときは嬉しかったもん……」

「そうねえ、負けたことをいつまで根に持っていても何も始まらないわね。もう新しい生活が始まっているからね。アメリカとは上手くやっていかないとね……」

「うん、先生も言っていた。これからはアメリカ人とも仲良くして親善を深めなくてはならないって、もう君たちもあんな疎開生活は二度としたくないだろうって……」

「そうね。またあんたたちを疎開に送り出すのはたくさんだわ」

「うん、美奈も行きたくない。ノミ、シラミがうじゃうじゃいて思い出すだけでも気持ちが悪くなる……でもね、真正寺のことはときどき思い出すの。アコーデオンを8の字形に回して弾くっていうのができるようになったのはあそこ。手首で弾くんじゃなくて身体で弾くというのを教わって覚えたの。あの本堂の如来様がじっと見ていたけど……」

「あんた、如来様に見つめられているようで怖いって……」

「うん、怖かった。でも、練習を見つめられていて怖かったから上手になったのよ。だってね、お母さん、ミドリ楽団の三十二名の中に入るのは今は競争なんだよ。新学期に新しく入ってきた子なんかもいて、アコーデオンなんか上手い子がいるの！」

「ふぅん、そうなの」

「うん、ぼやぼやしていると出し抜かれちゃうかも」

「そうなったらそうなったで仕方ないじゃない」

「いやよ、今日みたいなことは団員でないと出会えないんじゃない。今日の演奏がとてもよかったというので、また次があるらしいの……」

「あら、そうなの」

「うん、うん、今度はね、またよその兵隊さんを慰問に行くんだって……」

「連合軍の傷病兵を慰問し、今度はまた別の兵隊さん。ミドリ楽団ってすごいわね」

「お母さん、なんだかんだ言っているうちにサンドイッチ、なくなっちゃった！」

サンドイッチを包んでいる包装紙を美奈は嘗めた。

「まあ、女の子がそんな大きな舌を出して嘗め回すなんて、みっともない！」

「だってね、こんなにおいしいもの食べたの生まれて始めてだよ。ハムなんて口の中でジュワって味がしみてくるんだから、噛んでいるうちにすぐになくなっちゃうんだもん」

美奈は包装紙にくっついているパン屑を拾って食べた。そしてその箱の匂いをクンクンと嗅ぐ。

「まあ、はしたない！」

「ねぇ、お母さんチョコ食べたい。ほんの少しだけでいいから」

「一粒だけよ」

茶色の包み紙を剥がすと銀紙が出てきた。その端をゆっくりとめくる。褐色のチョコが出てきた。切れ目に力を入れると、コキンと音を立てて割れる。かけらを口にする。口いっぱいに溶けたチョコが広がる。

「ああ、死にそうなほど甘い！」

7　オペレッタに挑戦

ミドリ楽団の米軍慰問演奏は大成功を収めた。この話、楽団員の口を通して友だちや隣近所に伝わる。「青い目の外人さんもびっくり！」という話は瞬く間に伝わった。折も折、代沢小学校のすぐそばの北沢八幡神社で緑陰子ども会が開かれる。その神社の境内で演奏してほしいという依頼があった。

「君らの演奏が聴いている人に勇気を与えるんだ。今、戦後復興とか言われているけど食べていくだけで精一杯で楽しむということがないんだ。この頃ラジオでは新しい歌謡曲が流れてきて皆これに囓りついている。音楽が心を和らげているんだ。停電になってローソクを点す。火がつくとホッとするだろう。あれだよ。音楽は心のローソクを点すようなものだ。そこはアメリカ人も日本人も同じだ。今、毎日苦労している人たち、特に地元の人、この人たちに演奏を聴いてもらうというのはとてもよいことなんだよ……」

浜館は、「音楽に国境はない」と言おうとしたが、それはやめて次のように言った。

「音楽は分け隔てなく人を愉しませることができるんだ。演奏をしてこれができるんだからこんな幸せなことはない！」と。

浜館は涙もろい。病院での慰問演奏が終わったとき、涙が湧いてきて止まらなかった。浅間では気温零下、手がかじかんで動かないのに学童に楽器を弾かせ、また、真正寺ではろくに食べられず力が出ないのに歌わせもした。それでも子どもたちは必死に自分についてきた。その子どもたちにアメリカ人が立ち上がり拍手を送っている、スタンディングオベーションだ。

「あの辛い疎開生活があったからこそなんだ！」

浜館はそう思った、共に子どもと苦労してきたからこそ今があると。

＊

「暑いね！」と言いながら、音楽室に浜館が入ってきた。手には紙束が握られている。楽譜に違いない。こういうときは話があるに決まっている。楽団員たちは練習をやめて汗を拭いた。もうどこかでセミが鳴いている。

「あのさ、病院に行った時のことなんだけどね。演奏の最後ではアメリカ人が皆立ち上がり、君らに大きな拍手をしてくれたね。どうしてあんなに感動したんだろう？」

「センセイ、またいきなり……」

団員の一人が応じるがいつものことである。

「感動したから感動した」とまた声がかかる。

「あのさ、どうして君らが演奏する音楽にアメリカ人は感動するんだろう？」

「…………？」、誰も応える者はいない。

「そうか難しいか。それじゃあ、具体的に聞こう。例えば『峠の我が家』は皆感動していた。涙を流していたね。あれはどうして？」

「センセイ、やっぱりアメリカが懐かしいからなんじゃないですか」

「そうか美奈はそう思うのか、それはある。でもね、一つ言えば終わり方なんだよ。最後はどうだった？」

「どんぴしゃ揃っていた。あのときね俺は『おおって！』思った」

月村勝の感想だ。

「うん、そうだ。そこだよ。終わりが揃っていたということは途中も揃っていたんだ。つまりはな、音が一つになって響いていたんだ、君らの楽器は一つ一つが小さい、ところがこれが合わさると大きな力となって響いてくる、音楽の力だ、これを君らが懸命に努力してきて高めたことがものを言ったんだ」

「センセ、言っていたじゃない。『ほら、これからは鉄砲じゃなくて、楽器を持って音で人の心を撃つんだ』って？」

　松井初子が椅子から立ち上がり、指揮棒を頭上でくるりと回す。

「えっ、そんなしゃれたことを言ったか？」

「言った言った。センセ、すぐ忘れるんだから！」

団員は口々に言う。

「そうだな。音がアメリカ人の心を打ったんだ。ただな、それだけじゃないんだ。メアリーさん感心していたよ。剥がれかかったタンバリンとか、角の欠けた木琴を君らが大事にして扱っていたことにとても感動していたよ」

「そう太鼓の皮もぼろぼろ、カスタネットもかすかす……」

　宮川太郎が歌った。

「なんだそれは、わけがわからん……でもなメアリーさん、君らの楽器をなんとか新しいのにしてあげたいと言っていたな。『アメリカの商工会議所では慈善運動が盛んだと言うんだね』。夢物語かもしれないが、ある日突然にどぉんと贈り物が届くかもしれないぞ」

「もしかして箱一杯のチョコ？」と、田中征男は目を輝かせる。

「食い意地ばかりが張っているんだなあ。楽器だよ、ピカピカの楽器がくるかもしれないぞ」

「センセ、夢、夢、そんなことはあるわけないよ」

勝は手を振ってノーと応える。

「あっはは、夢ね、そうかもしれない。でもな夢を持つのは大事だよ。希望を持って挑戦していく、この世界にはいつだって希望の海が広がっているんだよ……」

　浜館は両手を大きく広げてみせた。

「センセ、わざとらしい。何か魂胆があるんだよね」

「太郎、よく分かるな」

「分かるも何も、右手に持っているのは楽譜じゃない」

「ばれたか。そう新たなる挑戦だ」

「ほれきましたよ。ハマカンさん」

「うん、そうそう、ここほれワンワン……冗談だよ。それでな、君らに提案するけどな。日本の楽曲はもう手慣れていて、これは大丈夫だ。アメリカ民謡もだいぶ上手くなってきた。大事なのはたゆまない努力だ……」

「やっぱりね、魂胆、魂胆。次にセンセはオルガンに行く」

「よく分かるな。そう『これこのとおり』だ……」

浜館は、真正寺学寮歌風に言ってオルガンに向かう、そしてたちまちに弾き始める。

その音楽は、「チョロン、チャ、チョチャ……」で始まる、皆は「あれこれなんだろう?」という顔をしている。と、急に曲が賑やかになる。

「あれ、これ聴いたことがある」

「うん、ある、ある。『チャン、チョンチャチャチャ』だよね……」

弾いている曲は、誰もが一度は聴いたことがある。

「ああ、これね、みんな聴いたことあるよね。音が連続して生き生きとしていてね、まるで音の洪水さ。かっこいいだろう」

「センセ、何という曲なの?」

「うん、『天国と地獄』というんだ。オペレッタ、簡単にいうと小さなオペラかな。音が賑やかで楽しいよね」

浜館には考えていることがあった。子どもたちはフォスターは上手く弾ける。これを聴いたアメリカ人は「日本の子どもがこんな歌を知っているのか」と感心する。ある意味、外国人の興味を満足させているのではないかと彼は思っていた。

「これからはミドリ楽団のレパートリーをもう少し

広げていこうと思うんだ。それで、クラッシックに挑戦だ……な。今弾いたとおり面白いんだよ。よし、楽譜を配るからな……」

浜館はそこで一旦言葉を区切って皆を見回した。そして、続けた。

「それでな、これからのことだ。この間の慰問演奏の後でメアリーさんがアメリカンスクールの話をしていただろう。進駐軍もだいぶ落ち着いてきて家族ぐるみで来るようになったんだ。そうすると学校が必要になってくる。君らも知っている代々木練兵場、あそこは接収されてワシントンハイツとなって、今は住宅や学校を建てているんだ。アメリカンスクールだ。完成は来年で今来ている家族などは接収されたホテルで暮らしている。ホテル暮らしというものは窮屈なんだ。まずその人たちを慰問してほしいという依頼があった。これは八月末だ。夏休みには地元の緑陰子供会でも君たちの出番がある。やっぱり大事なのは聞き手がいるということだ。聞き手を楽しませて自分も楽しむ、そういうことができれば一番いいんだ。だからこの七月、八月は自分たちの出番を想像して練習に励むことにしよう。夏は暑くてつらい。けれども考えを変えて、汗を流してこの夏を楽しむようにすればいいんだ」

「夏を楽しむって……、先生それで思い出した。時間の経つのって早いなあ。あれは去年のことだよね。夏は練習が終わると、奈良井川でみんなと水遊びしていたんだよねえ。水が冷たくて、そして透き通っていた……」と月村。

「勝、その話やめてくれ。せつなくなっちゃうから」

太郎が悲しそうに言う。

「うん。でもさ、本当だったんだから。それとね、奈良井川の土手でのことは今でも忘れられない。男子の何人かであそこに集まってゆびきりげんまんしたんだ。アメリカへの復讐を誓って。ところが一年近く経ってみると復讐どころかアメリカ人と仲良くなっている。何か気が遠くなりそう……」

「確かにな、あっという間だった。きれいな流れの奈良井川が思い出されるな……そうだ、夏休みは練習が続くけど、終わってから皆と小田急に乗って多摩川へ行ってみよう。奈良井川にはかなわないけど行けば気持ちいいだろうなあ」

「うん、センセイそれはいい。行こう、行こう！」

「大賛成！」

楽団員は浜館の発案に喜んで、口々に歓声を上げた。

8　第一ホテル慰問

この夏休みミドリ楽団は練習で忙しかった。一つは新しい歌への挑戦があった。クラッシックを弾きこなすためには練習しかない。またもう一つ「青い目もびっくり」という楽団の評判は伝わって地元のお祭りやら子供会に呼ばれることが多くあったからだ。


「君らは方々で誉められたことでプライドが高くなったな」

浜館は実際そう感じていた。練習はさせられるものではない、自分でするものだ、慰問の成功は自覚を高めるという効果があった。やる気が生じていた。やればやるほど技量も上がる。二時間練習を続けても弱音を吐く子はいない。

慰問についての問い合わせも増えた。病院での成功が方々に伝わったようだ。

「浜は雄？　って聞こえるんだけどあれは『ハーアーユー』って英語の挨拶なんだね。『浜は雄』って電話が掛かってきたときは浜館先生になんだよ」

学校の事務の人は冗談を言う。そんな電話の一つが具体的な話になった。

「今度行くのは新橋にある第一ホテルだ。客室が六百以上ある日本でも一番大きなホテルなんだ。ここには家族で来ている兵隊さんがいるんだけど、ホテル暮らしはとても窮屈らしいんだ。それで今度慰問に行く。聞き手は将校さん、それに奥さんたちと小さな子どもたちだ。全部で四、五十名ぐらいだと聞いている。君たちは楽器を演奏してアメリカから来た人たちを楽しませてあげればよい。この間と同じように日本の童謡から入って、そしてアメリカでよく知られた曲をやる。この曲目は言ってある通りだ……」

「センセイ、最初は『青い海の物語』だけど、その次に入れてほしいのがあります……」

「太郎、それは何だ」

「『汽車汽車、ポッポポッポ、シュポッポッポ』です」

それを聞いて皆が笑う。

「違うんだよ。俺の好みで言っているんじゃないんだ。ほら、決部隊への慰問に行ったときこれを歌ったんだよね。俺は行けなかったんだ。でもさ、兵隊さんが喜んでみんなで歌ったと聞いて、とてもうらやましかった……」

「でもさ、あの歌さ、『兵隊さん、兵隊さん、万々歳』とあるんでもう歌わなくなったんだよ……」

「勝、違うよ。去年の暮れラジオの『紅白音楽試合』で、新しい曲となって歌われたんだよ。それがさ、楽しい歌なんだ。あれ聞いて俺、元気になったもん……」

「知っている知っている、『スピード、スピード、窓の外、畑もとぶとぶ、家もとぶ、走れ、走れ、走れ、鉄橋だ、鉄橋だ、たのしいな……』」

松井初子が歌ってみせた。すると皆が拍手した。

「そうそれそれ。聞いていると元気になるんだよ。だからぜひ入れてほしいんですよ」

「なるほど、そうか。元気になるというのが一番だ。よし、採用！」

「やった〜、汽車汽車……」

太郎は、そう歌って、ポッポポッポは太鼓を叩いてみせた。

＊

そして八月の末の土曜日の午後だ。ミドリ楽団の団員が待っていると、ブルブルン、軽やかなエンジン音を立てて二台のバスが学校にやって来た。屋根は白、ボディは青色だ。「かっこいい！」と。しかし、このバスには鼻があった。

「なんだ、ボンネットバスだ」

「なんだか臭い」、乗り込んだとたん美奈はゴホンと咳をした。

「これはな、葉巻の臭いだ」

「そっか、センセイ、アメリカのおじさんの臭いだね」

「太郎、うまいことを言うな」

葉巻と、それとほのかな香水の匂いと共にバスは出発した。交差点ではやはり優先通行、道をどんどん突っ切って走っていく。たちまちに新橋に着いた。目の前には大きなビルがあった。見上げると、屋上に近い壁に「第一ホテル」と書いてある。

玄関の回転扉から真っ白なボーイ服を着た男の人が何人も出てきた。そして楽器を運んでくれた。すべてが手際よい。玄関から入ると驚くことばかりだ。背の高い外人さんが多く行き交っている。

「涼しい！」

館内は冷房が効いている。

「エベレーターだ！」

「おい、恥ずかしいことというなよ。エレベーターだよ」

そのエレベーターに運ばれて上階に着く。扉が開くと驚きだ。

「絨毯だ」

「泥靴で汚すなよ」

やわかい赤い毛をおそるおそる踏んでボーイさんの後をついていく。そして一つの部屋に通された。天井にはシャンデリアが煌々とともっている。舞台がある。そこに横幕が掛かっている。「The Daizawa School Chirdoren's Band」と書いてある。

「先生、何て読むの？」

「代沢小学校学童合奏団だな」

「かっこいい、英語で俺らのことが書いてあるんだ！」

その下に、ボーイが次々に楽器を運んできて、浜館先生の指示を受けて並べる。

「さあ、すぐに音合わせだ」

宴会場にはにわかに音が響き渡る。木琴がキンコン、太鼓がドンツク、タンバリンがタンタンと、するとこれを聞きつけたのか小さな子どもたちがやってきた。

「まあ、お人形さんみたい」

アコーデオンを弾いていた美奈はつい見とれてしまった。茶色の目がくりくりしていて、金髪が見事にカールしている。花柄のスカートもかわいい。女の子だけでなく男の子も、透き通った青い目の子がいる。いかにもやんちゃな男の子が玩具のピストルを握っていてこちらに銃口を向けて来る。そのうちにこの子らのお母さんが入って来る。

「まあ！」と女子が口々に言う。そのお母さん方の着ているものが華やかだ。白、ピンク、薄紫、茶色、裾が長い。

「イブニングドレスよ」

松井初子が見とれている。

「おっぱいがこぼれている！」

太郎は口の中でそう言った。胸の開きが大きく膨らみがこぼれてきそうだった。男の子は思わず視線をそらした。

会場の椅子は埋まった。前の方には子どもたちが二十名ほど、その後ろにはご主人と奥さん。男の人は三分の二ぐらいが軍服で後はスーツだった。軍帽を被った人も会場に入るとそれを脱ぐ。

「イブニングパーティがあって、その演し物として君たちは呼ばれている。だから彼らにとっては音楽会なんだよ」

そんな説明を浜館から聞いていたが実感はなかった。ところがその人たちとじかに接すると、その服装といい態度といい、本当に音楽を皆が聞きに来ているのだと思った。

やがて時間になった、すると白いタキシードを着た人が前に立った。何を言っているのかわからない。が、楽団の紹介をしているようだ。

「コンダクター　ハツコ、マツイ」

松井初子は、ひょいと腰をかがめた。

「バンド　リーダー　ミスター　キクオ　ハマダテ」

舞台袖の先生も軽く頭を下げた。

「ザ、ファーストプログラム、ファンタジア　ザ・テール・オブ・ザ、ブルーシー」

そう言って松井初子を促した。けれども、意味が分からずに彼女はきょとんとしている。すると「青い海の物語」だと小声で浜館から指示が飛んだ。それで楽団員も「ザ・テール・オブ・ザ、ブルーシー」が「青い海の物語」だと分かった。

松井は指揮棒を上げる、そして皆を見て、トン、トン、ツーと合図をして振り下ろした。浜館菊雄作の幻想曲は、ゆったりとした海を表現していた。木琴が波をゆっくりとかきまわす。すると会場の青いイブニングドレスが揺れるように感じられた。アコーデオンが波を揺らし、そしてハーモニカが波を増幅し、そして太鼓が大波となった波を岸辺に打ち付ける、トライアングルが小波を演ずる。するとピンクのドレスが波のように揺れて、桜貝を波打ち際に寄せる。

静かに観客は聞いている。子どもたちも聞きほれている。演奏が終わると、誰かが一つ咳をした。それを合図に拍手が鳴り響く。

「コンポーズド・バイ・キクオ・ハマダテ　バンドリーダー」

司会者はこの歌が浜館菊雄作曲であることを告げているようだった。説明が終わると、間髪を入れず、静かな和音が流れる、「さくら　さくら」だ。妙なる異国の音楽に接した観客はじっと耳を傾けている。

見渡す限りに咲いている桜を聞き手は想像している のかコトリとも音を立てない。しかし、同じ船に乗った客が、同じ波の揺れに酔うかのようにかすかに体を揺らしている。

次は「汽車ポッポ」だ。合奏は軽快に走っていく、太郎は、新しい歌を口ずさんだ。

「スピード　スピード　窓の外　畑も　とぶ　とぶ　家もとぶ　走れ　走れ　走れ」と。一番先に反応したのが前にいる子どもたちだ。うれしがって手を、そして体を揺らしたりする。こうなると演奏者と聞き手とが一気に近づいてくる。

十八番の「カッコウワルツ」になると、もう子どもたちが乗りに乗ってきた。「カッコウ」と弾くと幼い子が嬉しそうに「うふふふ」と笑う。「トッテンペケポポポ」と鳴らすともう少し大きい子が「ふぁっほうふぁっほう」と笑う。観客と演奏者の間の空気が温かくなってきた。それが一気に爆発したのが「草競馬」だ。

序奏に入ったとたんもう拍手だ。最初はバラバラだったがだんだん揃ってきて、最後には、一気に盛り上がる。終わると大拍手だ。隣り合った者同士が、故国が懐かしくなったのか互いに感想を語り合っている。

フォスターの曲は、日本の宴会場をアメリカにしてしまった。人は耳から入ってきた音楽で体を温めるらしい。拍手の次は体のスイングだ。それも座席に収まりきれなくなった。「アメリカンパトロール」では、多くの人が立ち上がって体を揺らしスイングする。前の子どもたちも音感がいい。右に左に手を揺らすが、まるでお人形さんの踊りのようだった。

最後は、練習に練習を重ねてきた「天国と地獄」だ。

簡易楽器は小さいが、クラッシックの重厚な音を軽妙に奏でる。不思議なほどだった。

「君らに分からないだろうけどね。簡易楽器はお手軽なんだけどあなどれないんだぞ」

演奏が終わってみて、観客に伝わったかどうかはよくわかる。

終わると拍手があって、そしてスタンディングオベーション、これが鳴りやまない。それで、深々と礼をした松井初子は、顔を上げて、振り返る。そして、指揮棒を上げる。アンコールに対しての応答だ。それはつい最近編曲ができたばかりの「アップルソング」、歌謡曲の「リンゴの唄」である。続いて、「峠の我が家」だ。

曲は、故国を思い起こさせる。紫色やピンクのドレスが白いハンカチを出して涙をぬぐう。

最後は大きな拍手をもらって会は終わった。すると軍服を着た人が一人前に出てきて英語でしゃべる。何を言っているのかわからない。楽団員がきょとんとしていると、古沢末次郎さんが出てきた。「ディレクター、アンド、マネージャー」と紹介された古沢末次郎さんだ。「ミドリ楽団」の付き添い人である。

「今出てこられた方は、司令部のアーサー大尉で皆の気持ちを子どもたちに伝えてくれとのことだ。彼が言うには、ここ日本に来てこんな大きなカルチャーショックに出会ったのは初めてだと。音のハーモニィが素晴らしかったこと、演奏者の表情がよかったこと、日本固有の音楽をよく伝えていること、この三点が素晴らしかったと。これから多くの兵士たちが日本にくるけれども、君らは、ミュージシャンとして我々の仲間にも音楽の素晴らしさをぜひ伝えてほしいと」

「ミュージシャン！」、初めて聞く言葉だ。この話を聞いて、今度は楽団員三十二名が感動した。松井初子はハンカチを取り出して泣いている。

9　東京會舘へ

「ミドリ楽団」の第一ホテルでの評判は駐留米軍の各部署に伝わった。昭和二十一年になってＧＨＱによる統治も落ち着き、本国から家族を呼び寄せる兵士も多くなった。これにより関東一帯の駐留地で住宅や学校などの建設が始まった。特に学校の開校に備えてもう準備が始められていた。アメリカンスクールである。

子どもたちの異国での生活はストレスを生む。演奏が巧みな日本の児童楽団はアメリカンスクールにとっては魅力的だったようだ。

「方々から依頼が来ているんだけど、今度また慰問演奏に行くことが決まりました」

「センセイ、どこ？」

「丸の内の東京會舘だ……」

「知っている。お堀端にある超高級の結婚式場だ。めったに行けないんだ」と明。

東京會舘は皇居の真ん前にある十二階建てのビルだ。かつて上流階級の結婚式は会社ぐるみ、家ぐるみで行われた。最上階にある宴会場は五百ものテーブルがセットできる、都内でも数少ない大ホールだった。これが今は米軍によって接収されていた。

「そうだな。庶民には縁のないところだ。が、君らはここに行って演奏を披露する。お客さんは誰か？」

「マッカーサー元帥！」と太郎。

「冗談だろう、真っ赤な嘘」と明が応じる。

「東京會舘の西隣が帝国劇場、その次のビルが第一生命ビル、ここにマッカーサー元帥がいるんだよ……」と地理に詳しい勝が言う。

「よく知っているな。元帥は東京會舘のレストランにはよく来ているそうだ。それでな、当日のお客さんはアメリカンスクールの先生方なんだ。君らの演奏をぜひとも聴きたいんだって」

「センセ、俺たち引っ張りだこだね」

「うん、太郎の言う通り、もてもてだ……」

浜舘は、そこで一旦言葉を切って団員を見回した。

「君ら、『天狗になる』という言葉を聞いたことがあるだろう。いい気になることを言うんだ。いいか、人は新しいものに出会ったときに感動する。いってみれば君たちはその新しいものなんだ。アメリカ人はアメリカにいた、それがこの日本に来て楽器を上手く弾く子どもに出会った。これは感動すると思うんだ。ここのところだな……」

浜館は冷静だった。アメリカ人が「ミドリ楽団」の演奏を聴いて誉め讃える。

「本当に音楽的な感動なんだろうか？」

そんな疑念を持っていた。人は異邦を訪れたとき異なったものに出会えば感心する。彼らが上っ面の異国趣味に満足しているのではないかと思っていた。

「演奏は確かに上手くなった。それは努力の結果が実を結んだんだ。ただ欲を言えばもっと誇りを持ってほしいんだ。難しいことだけど日本人としての誇りだよ……」

ミドリ楽団の演奏活動は、アメリカ人に出会うことで始まった。向こうにとっても感動的である。が、子どもたちにとっても同じだ。むしろこちらの方がより衝撃的だった。

この間、第一ホテルに行った。玄関から中に入ったとたん別世界が広がっていた。シャンデリアや絨毯、お母さん方の色とりどりの華やかなドレス、青い目のお人形さんのような子、これらをつぶさに見て六年の男子の一人が呟いていた。

「戦争に勝つわけはないよな」

この一言が浜館には忘れられなかった。この子は疎開先で玉音放送を聞いて敵国アメリカへの復讐を数人と誓っていた。その彼は圧倒的な物量の差、物の潤沢さをつぶさに見てそう実感したようだ。

「センセ、チョコというお駄賃をもらっていいの？」

その子が聞いてきたことがあった。浜館は彼なりの誇りを持っているのだと感じていた。

教師と生徒という立場の違いを超えてそこは共感できると思っていた。ここに「日本人としての誇り」を感じたからだ。

「いいか器用に楽器を弾ければいいんじゃないんだ。疎開組は知っているよな。君らを勇気づけようとして『真正寺学寮歌』を作って歌ったら、村の子どもが逆に感動してしまった。音楽は人を勇気づけたり、気持ちを和ませたりするんだ。音楽の力というのか、章節、章節にこもっている気持ちが弾けるようになるともっと人は感動する。君らはそれを表現できる力をもっている。それでこれからは新しい曲に挑戦するんだ。『ミドリ楽団』はアメリカの曲だけでなく世界各国の曲もできる……」

浜館は学童たちの音感が高まっていることを感じていた。それをさらに高めさせたい。それには挑戦が必要だ。世界の音楽、民謡とかクラッシックに挑み、そこに子どもたちの誇りを持たせようとしていた。浜館はそう思って、新しい曲の編曲を終えたばかりだった。それは「ウィリアムテル序曲」だった。

「明るい曲だよ！」

新曲をいとも簡単に一言で紹介するときがある。このときが危ない。団員は誰もが「来るな」と思う。案の上だ、もうその次には楽譜が配られる。

浜館は「ガリ版先生」とも呼ばれていた。子どもたちがつけた先生の愛称だ。

「だってね、音楽室にいくといっつもガリガリ言わせてやっているの」

蝋原紙をやすり板の上に乗せ、鉄筆でガリガリと引っ掻いては文字や記号を書く。できたものを謄写版にかけて印刷する。凝り性である。楽器ごとの楽譜を作っていたために常にガリ版に鉄筆を走らせていた。

「ああ、疲れた」

彼は溜息をつくことがある。戦時中の栄養失調で腎臓を悪くしていた。が、彼は少し休んではまた取り掛かる。そのときは子どもらの笑顔を想像していた。新しい曲に出会えば彼らは必ず微笑む、それが彼には救いだった。

＊

九月の末の土曜日の午後に出迎えのバスが二台来た。乗り慣れたバスだ。ステップをトントン上って座席に座る。もう大体三十二名が座る席は決まっていた。

例によってスクールバスは都心に向かう。最初、築地に行ったときから四ヵ月ほどしか経っていない。あのときと同様、渋谷道玄坂を通って行く。ところが汚い焼け跡がもうだいぶ片付いていていた。

「やっぱりお堀の景色はいいね！」

三宅坂で道は左に曲がる、お堀によって深く抉られた向こうに皇居の緑が見える。堀に面した突き当りに聳えるビルが見えてくる。

「ほら見えて来た。お堀に面したビルで上の階にずらっと飾り窓がついているのがあるよね。あそこが東京會舘なんだ。俺ね、レストランでカレーを食った。何と言ってもうまかったのは福神漬けだった」

「じゃあ、明、今日はラッキョウが旨いかもな？」

太郎がすぐに応じる。そんな冗談を言っているうちに会館の玄関にバスは横付けとなった。ボーイが出迎える。大きな楽器は皆持ってくれる。

団員は玄関から中に入った。絨毯にエレベーターはもうホテルで経験済みだ

そのエレベーターに乗って十二階へと運ばれる。そして、会場へと入っていく。やはりここにもシャンデリアが輝いていた。

「あ、皇居だ。皇居の森が見える！」

皆、窓辺に寄って外を眺める。皇居前広場、その向こうには二重橋も。

「畏れ多いよ。こんな高いところから見ていいんか？」

勝の一言で疎開時代のことが思い出された。

「宮城遙拝！」

別の子が口にした。すると反射的に何人かの子は腰を九十度に折って宮城に向かって礼をする。疎開先で行っていた習癖がつい出てしまった。

「もうそんなことしなくていいんだよ」と浜館。

「そうだよなあ」

自分たちが毎朝ここに向かって礼をしてきたこと

がもう意味をなさなくなっていた。皆こもごもに宮城の景色を眺めた。そんなことをしているときに「カム、ヒヤ」と呼ぶ声がする。五、六人の女の人がいて、団員に来いと言っている。若い人もいたしお母さんみたいな人もいる。会場に来ている学校の先生のようだ。

「すごい優しそう！」

初子が言う。その人たちは誰もが笑顔を浮かべている。日本ではこんな笑顔では迎えられない。

「ドリンク！」

彼女らがコップを差し出す。中に黄色い液体が入っていた。

「色水か？」

皆は受け取って飲んだ、感想はそれぞれ「スッパァ！」という者も、「アマー！」という者もいた。それはアメリカから来たオレンジジュースだった。

その会場にはやがて人が集まってきて、並べられた椅子のほとんどが埋まった。やはり全体では女の先生が多い。青い目、茶色の目、黒人の人もいた。目が合うとやはり微笑む。

仏頂面で愛想のないのが日本の先生である。異国文化との出会いだ。団員たちは笑顔の向こうにアメリカが見えるような気がした。

時間が来て、音楽会が開かれる。まず音合わせをする。

「響きがいいよ！」と、小声で洩らしている子がいた。天井が高い、シャンデリアのガラスにはね返ってきれいな音が降ってくるようだった。

まず、太った女の人が出てきて会場に向かって挨拶をした。英語なので何を言っているのか分からないが、最後の言葉は分かった。

「ダイザワ、エレメンタリースクール、ミドリオーケストラ」

彼女はそう言って振り返り団員たちを手で示す。何十名もいるアメリカの先生方が拍手をした。

松井初子はもう手慣れている。位置に就くとさっと指揮棒をかざし、振り下ろす。とたんに演奏が始まる。「さくらさくら」だ。もう何度演奏したか分からない。音律を考えたこともなかった、ところがついさっき皇居を眺めた後ゆえかこの日本古謡は特別に心に響いてくる。浅間では毎朝全校生徒が野球場に集まった、このときに「宮城遥拝」の号令がかかるのだ。

それが今、まさにその宮城が見下ろせるところである。日本の代表的な曲を演奏していた。アメリカ人の前である。指揮を執っている初子はあらためて「自分は日本人なのだ」と思いもした。何とも言えない感情だった。続いて「荒城の月」だ。聞いている彼らが小声で「ジャパニーズスタイル」ということを言っていた。学校の先生らしく批評的だ。「メモライジング」とも。暗譜のことを言っているようだった。兵士や生徒のように音楽を聴いて大騒ぎをするようなことはない。静かに聞いている。ホールの音の響きがよいのか、音が彼らの耳に吸い込まれていくのか、腕が上がったような気がした。

「器楽合奏で上手く音が響き合うと天国が降ってくる」

浜館先生はときどき訳が分からないことを言う。

「センセ、今日は『天国が降ってきたよ』」

帰りのバスの中でそう言っている子もいた。

「センセ、リンゴに矢が当たりましたね」

松井初子が演奏の成功をそう評した。フィナーレは初めて披露する「ウィリアムテル序曲」だった。何度も練習していた。ところが、最後の締めが上手く行かず不安を抱えての演奏だった。機転を利かせたのが指揮者だ。彼女はいよいよというときに自ら深呼吸をして楽団員に促した。皆彼女に習って大きく息をする。そこでゆっくりと指揮棒を上げた。そして力強く振り下ろした。

「チャン、チャン、チャラ、ラッチャチャン……」

出だしは揃った。聴き手も身を乗り出してくる。そしてサビだ。

「チャラン、チャラン、チャララン、ツッツツ……」

木琴が駆ける、太鼓が転がる、トライアングルが刻む、ハモニカが走る、アコーデオンが突進する。

「皆、音に乗っている！」

誰もが思った。全員が音の船に乗って揺られ揺られて進んで行く、この曲は「スイス軍隊の行進」とも言われる。最後の「ジャジャン」は上手く決まって、演奏による行進を切れ味鋭く終わらせた。

とたんに会場にいるアメリカ人の先生方が一斉に立ち上がり、拍手を送る。鳴りやまない。そのアンコールへのお返しは十八番の「カッコウワルツ」だ。軽快に空を飛ぶように弾いて、吹いて、叩いて終わる。また拍手だ。おばさんの青い目が、若い黒人が、ワイシャツの男がハンカチを出して涙を拭いていた。

帰りのバスの中は皆うるさい。

「赤い服のおばさん、最後の挨拶の途中で泣いていたね」

「俺ね、何人の人と握手したかわからないよ」

「どうしてアメリカ人は笑顔が上手いの？」

「らっきょうはでなかったけどガムが出た」

お土産にもらった袋の中にはガムが入っていて、もうそれを食べている者もいる。

「先生、たくさんの人に取り囲まれていたね？」

「うん、そうだ。君らの演奏にみんな感動していたよ。あの先生方はアメリカンスクールの先生方なんだ。来年の開校に備えて準備しているらしいんだ。『学校が開校したら君たちにぜひ来てほしい』って頼まれたんだ……」

10　横浜オクタゴンシアター

東京會舘での器楽演奏は評判だった。「浜は雄？」というアメリカ人からの電話が代沢小学校に頻繁に掛かってきた。そんな時、秋になってこれまでのとは違う、新手の申し込みが飛び込んで来た。

「また慰問の依頼がきたんだけどね、今度はちょっと今までのとは違うんだ」

「センセ、どう違うの？」

「ホテルとかじゃなくて劇場なんだよ」

「どこの？」

「港横浜、横浜伊勢崎町にある大劇場だよ」

「えっ、大劇場で演奏するの？　驚きだぁ」

「先生、そこは何劇場っていうの？」

「名前が難しいんだ。アメリカ名でね『オクタゴンシアター』というんだ。横浜松竹劇場を米軍が接収して名前を変えたんだ。横浜一の劇場だから、横浜劇場ということだね」

「センセィ、その劇場って何名入るの？」

「うん、仲立ちをしてくれている古沢さんが言うには千名以上入るらしいんだ」

「えっ、千名も。それって誰がくるの？」

「もちろん、アメリカ軍の兵隊たちさ」

「兵隊さんが千名も？　何だか数を聞いただけで負けちゃいそうだね！」

「大丈夫だよ。君たちほどの腕前があれば打ち負かせるよ」

「横浜か、きっと海が見えるんだよね。行ってみたい」

学童は演奏することよりもバスに乗ることの方が楽しみだ。家庭で遠出をする機会が滅多にないこともあった。

「だけどな、今度は全員は行けないんだ」

「センセ、それってどういうこと？」

「うん、東京近辺だと、いつもの三十二名でいいんだけど、遠くとなると一日がかりだ。授業を抜けて行くことになるから学校にも迷惑がかかる。それとバス一台に団員と楽器を乗せていくとなると人数が限られてくる。だから今回はより抜きだな」

「先生、何人？」

「うん、木琴が三人、ハーモニカが七人、アコーデオンが五人、シンバルが二人、小太鼓一人、大太鼓一人、トライアングルが一人、それと指揮が一人だ。全部で何人、暗算してみた？」

「二十一名！」

「ご名算！」

「先生誰が行くの？」、「誰と誰？」、「オレは？」と口々に言う。

「うん、今回は劇場での初めての公演だ。観客は千名以上も入るんだって。だからいつも以上に緊張するし、また腕が問われる。人数をどうやって絞るか考えたんだ。六年生はもう来年の春で卒業だ。後に続く後輩たちもしっかりと育ってきている。だから思い切って四年、五年を中心にメンバーを選ぼうと思ったんだ……。ところが今回は横浜、イメージとしては海だな。そうすると『青い海の物語』が一番いい。これでフィナーレを飾る。これをきっちり演奏できるのはやはり六年生だな……」

「先生、六年生をそんなにおだてないでください」

「いや、松井な、君らはたいしたもんだよ。やっぱり思うには、君らは楽団に長くいた分、音楽の聴き分けが上手い、いい音も出せる。だから今回は六年生中心の選抜で臨む。いいか、少数精鋭で横浜を攻める。『ミドリ楽団』の斥候部隊だ。選ばれたものが敵情を視察して、今度は次の作戦に臨む。実はな、この後に東京の丸の内の会館でまた音楽会が行われる。それにはいつもの三十二名が出る。だから今度のは斥候隊だ。じゃあ、メンバーを発表する……」

「先生、いきなり！　三分ぐらい待ってよ。便所に行く時間ぐらいほしいよ」

「あのな、征男。発表はすぐ済む、便所は後だ。ではいくぞ！」

そう言って浜館はメモを取り出した。団員は緊張する。そんな中、横浜行きのメンバーが発表された。

「落ちた！」

「入った！」

音楽室は合否を聞いて大騒ぎになった。

「千登世ちゃん、よかったね」

「あっ、お姉ちゃん、私嬉しい」

　四年生から選ばれた木琴が千登世だった。美奈が面倒を見ていたこの子は音感がとても秀れている。努力して上手くなろうとしているところがいい。

「横浜劇場ではいっしょに頑張ろうね。行くときはお家まで迎えにいくから」

　お姉ちゃん気取りの美奈は励ました。

「ああ、それでな。今度のは向こうの要請で晴れ舞台に臨むんだ。お揃いを着ていくことになっている。靴と靴下は軍の関係筋が支給してくれる。それと洋服の生地もだ。また君たちのお母さん方には迷惑を掛けることになる。もう生地は学校に着いているので父母会を兼ねて集まりを開くことにする。それでお知らせのプリントを今日は持っていってくれ……」

　横浜劇場出演ということでこれに向けて練習を始めた。その間に父母会も開かれた。女の子のブラウスは花柄の生地、男の子のシャツの生地はブルーだった。二十人分の生地を裁ったり、切ったり、縫ったり、お母さん方は手分けをして何とか間に合わせた。

　その日はすぐに巡ってきた。秋晴れの土曜日、バスは学校まで迎えにきた。女子は花柄のちょうちん袖のブラウスに吊りスカート、男子はブルーのシャツに紺色ズボン。ステップを皆は軽やかに上っていく。

「かっちょいい！」

「いいなぁ、横浜まで行けるなんて」

　見送りに来た後輩たちだ。

　米軍差し回しのバスは、警笛を「プッ」とおならのように鳴らして横浜に向かった。

「トラックや乗用車をどんどん追い抜いていくよ。あれ！　川だ。これって何川？」

「多摩川だ。この橋を渡ると神奈川県川崎市、その先が横浜市だ。もうしばらくだな」

　浜館がそう説明をする。一帯にはまだ焼け跡が残っていた。やがて左側に海が見えてきた。そして横浜の中心伊勢崎町に着いた。下りると真っ白な高いビルが建っていた。白亜の殿堂、「横浜松竹劇場」だ。今は米軍に接収されている。

「しゃれているね！」

　通りに面した建物の角が丸くなっている。そこの上半分ガラス張りになっていた。

「先生、屋上の壁にOって字が見えるよ」

「うん、Octagonと書いてあるんだ。ここがオクタゴンシアターだ」

「こんな大きな劇場でやるの！」

　団員は皆目を丸くした。驚きは続く。劇場に入ると絨毯が敷いてある。ロビーにはまばゆいばかりのシャンデリアが点っていた。係の人が真鍮の把手を掴んで扉を開け、客席に入れてくれた。内部は暗いが、すぐに電気が点った。並んだ赤い客席の向こうに舞台が浮かび上がる。真っ先に目に入ったのは突き当たりの大黒幕《おおぐろまく》に描かれた大きな二連符である。取り囲んで花や星が回りにちりばめられている。その上には英語で書かれた横断幕。

「先生、英語で何て書いてあるの？」

「うん、一行目には“THE DAIZAWA SCHOOL”と、その下二行目は、“CHILDREN'S, BAND”と書いてある。つまり代沢小学校児童楽団部隊ということだな」

「かっこいい！」

「これって俺たちのために作ったんだ。驚き！」

　そう言っているときに灯りが消えた。また真っ暗になった。ところが今度また灯りが点いた。真ん中の二連符が鮮やかに浮かび上がる。

「スポットライトだ！」

　どうやら演奏中はこのスポットライトが楽団員に当たるようだ。

「俺たちは役者だ！」

「バンドマンだ！」

　有名な歌手や弾き手が米兵の慰問演奏をしていると楽団員は聞き知っていた。

「何だか夢の舞台にいるみたい」

美奈は独り言をいった。

その夢の舞台が開くまで楽団員は楽屋で待った。そのうち時間が近づいてくると劇場に人が集まってくる。そのざわめきが伝わってくる。

「食べられないや」

お昼御飯にサンドイッチが出た。「うまい！」とは言っていたが、量が多いのと緊張でなかなか喉を通らない。そうこうしているうちに係の人が呼びにきた。

「ザ・ダイザワスクール・バンドの出陣じゃ」

月村勝が格好つけるが、これには反応せず皆は息を潜めて通路を歩いていく。そして袖から舞台に入る。観客席と舞台は緞帳《どんちょう》で仕切られている。天井には灯りが点っているが薄暗い。そんな中を定められた席に着く。緞帳の向こうには大勢の人の気配が感じられる。千人もの人のざわめき、それも英語の声がする。緊張で体が硬くなる。

「トッチリトン、キャッコン」

大きな音がした。トライアングルを団員が落とした。これを聞きつけた幕の向こうの観客が笑う。そうして時間が経つ。

「ブゥゥゥルル……」

ブザーが鳴る。天井の電気が消える。しぃんとなったときに「ガルルルル」と音がした。緞帳を巻く音だ。静かにこれが上がって行く。するとスポットライトの明かりが楽団員二十一名全員を映し出す。とたんに拍手が沸き起こる。団員からは逆光で観客席は見えない。しかし力強い拍手の音、それで兵士たちだと分かる。

拍手が鳴りやんだところで松井が指揮棒を掲げる。館内が静まる。棒を下ろす。一曲目はG・ガーシュイン作曲の「スワニー」である、小気味よく行進曲風にアレンジされたものだ。アメリカ人はすぐに乗ってくる。たちまち手拍子が始まる。木琴が軽快に音を響かせてそれに応える。そして、次はS・フォスター「故郷の人々（スワニー河）」だ。これはほどよいテンポで明るく、ハーモニカがリードする。そしてアメリカンメドレーの三曲目はスピリチュアル「漕げよマイケル」だ。これを軽快にアコーデオンが鳴らす。小太鼓、大太鼓、タンバリンが彩りを添える。

アメリカ人は反応が早い。音楽が始まったとたんに体が揺れてくる。すぐにそれだけで我慢できなくなって手が動く、手拍子が劇場に割れんばかりに響く。そして口笛を吹く者がいる、わめく者がいる。

アメリカンメドレーの次は曲調を変えて和調だ。お得意の「さくらさくら」である。これは彼らは静かに聴き入った。続いて「荒城の月」そして「カッコーワルツ」だ。

「ミステリアス」「ファンタスティック」という声も聞こえてくる。児童音楽隊の演奏技量は彼らを音楽世界に誘った。劇場全体が演奏する度に熱気を帯びてきた。

「メリーウィドウワルツ」「野バラ」と来て、そして「アメリカンパトロール」だ、これで一気に盛り上がった。立ち上がって体を揺らし、そして拍手をする。

「アメリカ人は日本人三人分！」

千人収容の劇場が三千人のエネルギーで埋まるほどだった。楽団の演奏が緩急自在、それと洋と和の対照、そして彼らの故郷へとめまぐるしくミュージックは世界を駆け巡る。そして一気に「青い海の物語」になだれ込んだ。

「ブラボー！」

観客が叫ぶ。その後にアンコールに応え、十八番の「カッコウワルツ」を演奏した。またもや拍手が湧く。楽団の演奏が終わると、電気が点った。休憩に入った。

団員は舞台を降りた。そして今度は観客席の前の椅子に導かれた。これから上映される映画を見せてくれるとのこと。やがてブザーが鳴って映画が映し出される。

「天然色映画だ！」

「こんなの初めてだ」

「わぁ、きれいな女の人」

白いドレスをまとった美女が現れて何かを言い、そして歌う。

「何かぞくぞくしてくる。まるで別世界だね」

「何かしゃべっているけど、何て言っているの？」

「おい、うるさい。観客の邪魔になる。静かにしろ」

浜館から怒られて皆は黙った。黒いハットを被った男が歌い、相手の女性が歌で応える。ミュージカルだった。意味はわからないが目を楽しませてくれる。

やがてその映画も終わって、団員は東京への帰途についた。皆の興奮を積んでバスは劇場を離れた。

「映画の女の人の衣装が凄かったね。真っ白な帽子に真っ白なドレス。歌うときに顔が大きく映って、唇が真っ赤だった」

「いやあ、映画よりも俺は演奏の最後のところだよ。あれは凄かった、千人の拍手って凄いね。パチパチなんてものじゃない。ドンドンバチバチよ。俺の頭の中にはまだ拍手が鳴っている……」

「明、俺もだよ。最後は興奮して大太鼓をドバンと鳴らしたよ」

音楽会の演奏、それに続く映画、団員たちはまだその世界から抜け出ていなかった。

「最初さ、電気がパッと点いてさ、見るとごっつい兵隊さんばかり。もうびっくりだった」

「あの前の方にいた黒人兵は肩組んでダンスを踊っていたよ」

もう勝手に感想を語り合う。

「あれ、また川だ。東京に帰ってきたんだわ。何かもったないね。大事なものを横浜に置いてきちゃったみたい」

「千登世ちゃん、何、大事なものって？」

「ううん、わからない」

「わからなぃ、わからない」回りにいた子たちがミュージカル風に応える。

11　クリスマスのラジオ放送

「ミドリ楽団」には密かな愛唱歌がある。慰問で歌うことはないがバスの中ではよく歌う。二月から始まったラジオ番組「英語会話教室」の最初にかかる歌だ。「証城寺の狸囃子」に合わせて女の子が歌う。その最初が「カムカム　エーブリバデイ　ハウ　ドゥユドゥ」だ。楽団員で知らないものはいない。歌が終わると「カムカムおじさん」が出てくる。

「どうです本当に胸も躍る楽しい歌なんですから。愉快に跳ね上がるような気持ちでやりましょうね……」

「このカムカムおじさんってさ、学校の近くに住んでいるんだよ。会うと俺たちは『カムカム』というんだ。そうすると『カムカムおじさん』は『エブリィバディ』って巻き舌で答えてくれるんだよ」

中村四郎がカムカムおじさんの口調を真似る。

「あの番組では、『歌に乗せて英語を覚えよう』と言っているね。いい方法だよね。君らは慰問でアメリカ人に接することが多い。英語の一言でも覚えて使えば相手と心が通う」

浜館先生の薦めもあって番組は聞いている。この主題曲を歌うのは童謡歌手の坂田真理子、団員と年齢も違わない。英語で歌われるこの歌はハイカラでお洒落である。

「ほらカムカムおじさん、いつも言っているだろう。『愉快に跳ね上がるような気持ち』で歌おうってさ。ここが大事なんだ。楽しんで演奏すると、思いが上手く伝わる……」

浜館はカムカムおじさんの話をよく例として使った。

「どんどと歌おう、嬉しい歌を……また来て歌おう、嬉しい歌を……」

浜館は歌を口ずさんで音楽室に入ってきた。「証城寺の狸囃子」風である。

「こういうときって何かきっとあるんだよ」

「そうそう、あるある。先生何があるの？」

「うん、オクタゴンシアターで君らの演奏を聴いた人からリクエストがあって、もっと多くの人に聞けるようにしてほしいってさ」

「他の人に聞けるようにってどうするのですか？」

と初子。

「さて、どうする？」

「先生、じらさないでよ」

「うん、多くの人に聞いてもらうにはどうする？……ヒントは『カムカムおじさん』だ」

「まさか、先生、ラジオじゃないよね」

「四郎くん、ご名答、当たりだ。君らはラジオに出演して演奏する」

「げっほ！」

「先生、それは家のラジオでも聴けるの？」

「聴けるよ」

「だけど、生放送だったら聴けないよね。お父さんお母さんは聴けるけど、俺らは聴けない……」

「大丈夫だよ。今度のは録音だから。君らさ、『Radio TOKYO』って知っているか？」

「知らないよ」

「進駐軍放送のことだよ」

「ああ、知っている知っている。ダイヤルを回しているとピィピィガァガァの中から突然に英語放送が聞こえてくる……」

「そうそれだよ」

「その放送局ってどこにあるの？」

「ＮＨＫと同じだよ。内幸町にＮＨＫ放送会館があるんだ。ここの一部が米軍に接収されているんだ。進駐軍の『ラジオ東京』がここにある。収録はここのスタジオでやるんだ」

「先生、収録っていうことはお客さんがいないってことだよね。いつもはアイロンかけたシャツ着て行くんだけども、今度は靴下に穴が開いていていてもいいんだよね……」

「どうだろうなあ。この間だって米軍の写真班が来ていてフラッシュをピカピカ焚いていたろう。やっぱり写真は撮りに来るんだろうなあ。『ミドリ楽団大活躍。靴下の穴をかがる時間もないくらいの大忙し』なんて新聞に載ると面白いね！」

「面白くはないよ」

「先生、その放送はいつあるの？」

「十二月二十四日だ」

「だいぶ先の話だね」

「うん、収録は十二月の初めだ。それまで時間があるから練習をしておこう」

「ということはまた新曲？」

「いいか、十二月二十四日って何の日だ」

「クリスマスイブだ」

「そう、君らの演奏するクリスマスソングが全国の空に降るってことさ」

「じゃあ、新潟のおばあちゃんも聴ける？」

「うん、新潟でも北海道でも鹿児島でも」

「じゃあ、満州でも聞こえる？」

美奈は父親のことを思って聞いた。

「満州か。そこまで届くかどうかは聞いていないな」

「先生質問、俺鉱石ラジオ持っているんだけど聞こえる？」

「うん、勝、大丈夫だ。君らが演奏するジングルベルが、イヤホンから聞こえてくるよ」

「かっちょいい。俺は宝物の鉱石ラジオでふとんに潜って聴くぞ」

「先生、本当に曲は『ジングルベル』なの？」

「そうだね、クリスマスの曲で他にどんなのがあった？」

「きよしこの夜」

「赤鼻のトナカイ」

「もろびとこぞりて」

楽団員は口々に曲名を言う。

＊

「お姉ちゃん、あのとき気持ち悪いくらいに静かだった。木琴をキンコンって弾くと音がすっと壁に吸い込まれるようだったね」

千登世はスタジオでの録音の様子を言っていた。

「うん、いつもは演奏が始まる前にひそひそ話するのにね。みんな口をつぐんで気持ち悪いくらい静かだった。でもみんな音はきれいに出ていたわね。そんな中で千登世ちゃんは良かった。だってね、音が光っていたもん……」

「お姉ちゃん、音って光るの？」

「そうそう、他の子のと音が聴き分けられるからね……」

「嬉しい！」

「それとね、千登世ちゃん背が急に伸びてきたね。後ろ姿がきれいになってきた」

「あれ？　じゃあ前姿ってよくないってこと？」

「あははは、前姿がよいって聞いたことがないね」

美奈は大きな声で笑った。

「そうなのか」

「でもね、後ろ姿って大事なのよ。松井さんは後ろ姿がきれいだから指揮者に選ばれたっていうくらいだからね。この間の横浜での演奏でも前にいた兵隊さんがバックフィギアがプリーティとか言っていたというの。あの人すらっとしていて可愛くみえるの。それでね……」

「お姉ちゃん、それでねって、その後は？」

「その松井さんはもう来年の春に卒業していなくなっちゃうんだ。だから松井さんの代わりが出てこないと『ミドリ楽団』も続かないでしょう」

「そんなことないわよ。お姉ちゃん」

「そんなことあるの。それで私たちの間では、千登世ちゃんが一番ではないかと言っているのね」

「えっ、そうなの、お姉ちゃん。でも私ね、みんなの前に立つのは恥ずかしいの」

「大丈夫よ、自信を持てばいいのよ。千登世ちゃんは木琴をかっこよく叩くでしょう。右手を斜めに挙げているところなんかステキだよ。スティックを指揮棒に変えればいいのよ」

「そんなもんなのかなあ、あれ！」

応接間の柱時計がボンと鳴った。七時半だ。放送は八時から始まる。

今日は十二月二十四日、クリスマスイブの日だ。美奈は高性能ラジオがあるという千登世の家に来ていた。家は近くだ、美奈の母も来ることになっている。

「もうあと十五分になったわね。もうどきどきだわね。誰がラジオを合わせてくれるの？」

「お父さん」

そう言っていると千登世の家族が次々に集まってきた。お父さん、お母さん、お兄さん、妹に弟、そしてお婆さん。淀井家は家族が多い。

「こんばんは」

そういって美奈の母もやってきた。七時五十分を過ぎている。

「もうスイッチ入れてよ」と千登世。するとお父さんが立ち上がり、卓上のラジオのスイッチを「コキリ」と入れた、「ピィピィガァガァ」と鳴る。すると突然、「ウインド」とか「ミリバール」とか聞こえてきた。

「お父さん、そこそこ今気象通報をやっているんだよ」

千登世の兄がいう。すると「ホノルル」と聞こえてきた。アメリカの天気を言っているらしい。聴いているみんなは緊張してきた。「ミドリ楽団」の演奏はもう間もなくで始まる。

「ボン、ボン……」柱時計が八時を打つ。すると男性アナウンサーの明るい声が聞こえてきた「グットイブニング　エブリバディ」と。

「あっ、カムカムおじさんのエブリバディと同じだ」

「千登世、うるさいよ、黙れ」

お兄さんが叱る。そして、アナウンサーの英語は続く、やがてはっきりと聞こえてきた。「ジ・ダイザワスクール・チルドレンズバンド」と。

「始まるぞ、謹聴《きんちょう》、謹聴……」

「お父さん、わけのわかんないこと言わないで、静かにしてよ」とお母さん。

　流れてきたのは「ジングルベル」だった。美奈は胸を押さえた。千登世は両手を祈るように合わせた。

「あっ、木琴」、「あ、アコーデオン」、叩いたり、弾いたりしている楽団員の姿を音の向こうに浮かべていた。煌々と灯りの点ったスタジオの中の皆の姿を。

「ジングルベル」の次は「きよしこの夜」だ。歌詞にあるとおり今夜は「星は光」っている、ジングルベルが響き、星はきらめいている。忘れられない夜だ。自分たちが演奏している音楽がクリスマスイブの夜に鳴り響いている。

「お姉ちゃん、うちらの楽団の音が空から降ってきているよ！」

　千登世が言う。

「黙れ、黙れ、聞こえないじゃないか！」と兄が叱る。

第5章

ミドリ楽団世代交代

昭和二十二年（一九四七年）

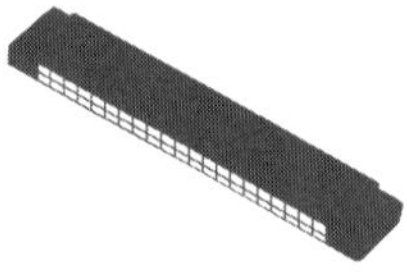

1　ミドリ楽団の六年生と涙の別れ

　クリスマス、そしてお正月と過ぎて、昭和二十二年となった。新年早々一月の二十日から全国の都市で学校給食が始まった。

「鼻をつまんで飲めばだいじょうぶ」

　脱脂粉乳のミルクは匂いがきつかった。けれども出された食事を残す子はいなかった。

「『ララ物資』というんだけどね。この団体の食糧援助で今度の給食は始まったんだよ」

　学校給食は「ララ物資」による援助だった。アメリカ合衆国の日本向け援助団体である。

「今度の給食では小学生三百万人が御世話になっているっていうんだ。ありがたいことだよ。これから何度も演奏に出掛けるけども、単なる慰問ではなく、全国の小学校を代表してアメリカの援助に対してのお礼をする。そういう意味が含まれるんだ……」

　浜館の言葉は、楽団員に対する励ましでもある。

　年が明けて演奏の依頼は相変わらず舞い込んでくる。むしろ増えていた。ところがミドリ楽団の人員事情は苦しくなってきていた。楽団の要だった六年生はこの三月に卒業する。疎開時代から経験を積んできた彼らの存在は大きい。演奏が巧みで楽器の扱いにも手慣れている。

「君らがいなくなるのは大きな痛手だよ。だけどな、人は順繰り、団員が入れ替わって楽団は引き継がれていく。それで君らにお願いしたいのは後輩の指導だ。卒業するまでにみっちりと仕込んでほしいんだよ」

「うん、先生、俺らの最後の仕事だ。頑張るよ」

　六年生はその約束どおりに年が明けると後輩の育成に掛かった。楽器ごとにリーダーを決めてつきっきりで指導に当たった。

　もう一つ大きな問題があった。六年生の松井初子は指揮者として楽団を引っ張ってきた。この指揮を

誰にゆだねるかだ、しかし、もう既に当てはあった
淀井千登世だ。

「四月から『ミドリ楽団』の指揮を執るのはキミだ。これは私だけがそう思うのではなく団員も皆思っている。松井も三月までにキミを特訓するって張り切っているから……」

浜館は彼女を呼んで説得した。

「先生、私人前に立つのが得意じゃないんです」

「大丈夫だよ。得意とか得意でないとかは、やってみて分かることなんだよ……」

千登世には自信がなかった。けれども団員から期待されていることは分かっていた。

「大丈夫よ。バチを指揮棒に持ち替えるだけよ。千登世ちゃんは音感いいから……」

美奈に相談すると前と同じように励ましてくれた。こうなったら「やるほかはない」。それで「やります」と伝えた。そして次の日から初子による指導が始まった。


「面白いわよ。千登世ちゃん知っているでしょう。交差点で交通整理をするおまわりさんね、止まれといったらみんな停まる。動けっていったら動く。あれと同じなのね。私のピアノの先生が言っていた。『音の交通整理をするのが指揮者なんだって』。でね、指揮者っていうと棒だけが目立つでしょう。でもね、これは音楽のテンポを保つためのもの、大事なのは棒を持っていない手、左手だね。ね、よく知っているでしょう。ほら、サビのところにきたら手のひらを上にしてどんどん上げていくでしょう……」

「ああ、そうそう、よくある」

「私好きなの。演奏が盛り上がっているところで左手を上にしてどんどん小刻みに上げていく。何かどきどきしちゃうの。皆の演奏がついてくると今度は聴いている人も乗ってくるの。だから左手は自分の気持ちを表すものだね……」

新人指揮者は松井の話を真剣に聞いている。指揮に限らず、去りゆく者はそれぞれの楽器の弾き方な

り、吹き方なりを後輩に伝授した。

　そして春三月が巡ってきて七人の六年生は学校を巣立とうとしていた。このとき下級生も含めて部員の全員が音楽室に集まって送別会を開いた。四年、五年にとって、今度の先輩には格別な思いがあった。それは先生も同じだ。

「今度、六年生は卒業していくけれども君たちについてはひときわ思い出が深い。だってな『ミドリ楽団』の核だったものな。四年生で疎開に行ったんだよな。最初は『代澤浅間楽団』、次が『真正寺楽団』、そして、東京に戻ってきてからは、『ミドリ楽団』だ。この新生楽団を引っ張ってきたのは君たちだ。代沢校の楽団の歴史を潜り抜けてきたんだよな。君ら色々あったろう……」

「先生、いっぱいあるよ。大豆の絞りカスを食って下痢が止まらなくて死ぬかと思った。それでも俺は太鼓を叩いていた。トントン止まれ下痢さんよって……」

「太郎、汚いことを言うな。だけど俺も思い出すよ。冬寒い時、あかぎれがひどくてハーモニカ吹いていると手から血がだらだら流れてれてくるんだ。それを嘗め嘗めして吹いていた」

　宮川太郎と玉本明、二人の六年生がこもごもに語った。

「名前は言えないけど、女子の先輩は下級生を炬燵に入れてくれないのね。二月に六年生が東京に戻ったでしょう。それでやっと炬燵に入れるようになったの……」

　こう言ったのは平原春江だった。

「ああ、いじめっていえば思い出すよな。みんな村の子にはいじめられたよな。殴られたり石を投げられたりした……」と月村勝。

「そうだな、辛いことが色々あった。でも歯を食いしばってやってきた。苦労した分一番上手くなったのも君らだよ。それと一番多くを経験したのが君たちだよ。陸軍の決部隊を真冬に慰問したときにお餅の入ったお汁粉が出たよな。こちらに帰ってきて米軍のキャンプを慰問したとき飛びっきりうまいサンドイッチが出た。どちらも泣けたよな。楽団の歴史を生きただけじゃなくて、時代の境目を生きてきたんだよ。日本広しと言えども味方も敵も慰問して喜ばれたなんてないだろう。君らにとっては一生の思い出になることだよな……」

「そうだ。アメリカ人は体がでっかいだけでなく、興奮すると日本人の三倍も大きな声を出して励ましてくれる。嬉しかった」

太郎がしみじみという。

「そうだな、私も君らも苦労してきた。時代の大波にもまれてきたんだ。でもな、楽団は変わらなかったんだよ。疎開に行くときに、どうして楽器を持っていくのと言われもした。帰ってきてアメリカ人を慰問すると、どうして敵のアメリカ人を楽しませるのかと言う人もいた。だけどな、先生は自分が好きな音楽を大切にしてきただけなんだ。人はあれこれ言うけれども、私は変わってはいない。世の中が変わったんだよ……」

「うんすごく変わった。一番よく覚えているのは教科書に真っ黒に墨が塗ってあったこと」

墨塗り教科書のことを松井初子は思い出した。

「そうそう、あれは嫌だったな」と他の六年生も頷いている。

「戦争に負けたからな。でもな、君らは頑張ったよ。慰問演奏すると日本の兵隊さんもアメリカの兵隊さんも喜んだ。敵とか味方とか関係ない、音楽には国境がないんだ。それでな、器楽演奏を楽しめるというときは平和なんだよ。やっぱりそうだよな。『子供の巡邏兵』を演奏しているときの君らの顔は輝いて見える。音楽はな、いいよ……」

「先生、またジガジサンですね。でも、先生がそう言われるので思い出したけれど、これまでで一番、印象深いのは真正寺で開いた音楽会です。とても静かで、それでいて熱い。ほら村の人はみんなムシロを敷いて聴いたでしょう。みんな色が黒かったけど目を光らせて聞いていた。あの人たちの顔が今でも忘れられません……」

「確かになあ。松井が言う通り村の人は日に焼けて黒い、目が白かった……」

連想が連想を生み、また次の情景が浮かんでくる。

「うん、思い出した。あのとき春江ちゃんの『絵日傘』の踊りはよかった。とても可愛いかった……」

初子が続ける、思い出は尽きることがない。

「君らは卒業していく。七人がいなくなるのは大きな痛手だ。時間のあるときには学校にきて後輩の面倒をみてほしいね」

「先生、大丈夫だよ、きっと来るよ……それで、今日は俺らには最後の日。先生みんなで『真正寺学寮歌』を歌おうよ」と太郎。

「よしよし、やろう！」

浜館はすぐさま応じてオルガンに向かう。六年生は立ち上がり、素速く横一列に並ぶ。一番を歌い、二番を歌い、そして三番になる。七人それぞれに疎開時代のあの場面、この場面を思い浮かべていた。そして、いよいよフィナーレのフレーズにくる。「父さま母さま、これこのとおり」卒業生は皆、泣いていた。それでも涙声を振り絞って最後まで歌いきった。

「六年生、ありがとう！」

下級生の五年、四年、三年、そして一、二年生が声を揃えて礼を言った。

2　騎兵第八軍婦人クラブ主催音楽会

四月になった。「ミドリ楽団」の団員はそれぞれ進級した。六年の精鋭が抜けたのは痛いが、幸運なこともある。大太鼓を太郎から受け継いだのは五年の早川新太郎だった。新学期に転校して来た彼は、何とちんどん屋の息子だった。東京下町で家は代々ちんどん屋をやっていた。戦争も終わって鳴り物も復活し始めた。それで闇市などで賑わい始めた郊外の街、ここで商売を再開させようと引っ越してきたらしい。

「もう腰つきからして違うよ！」

小太鼓の田中征男も舌を巻くほどに新太郎はバチ捌きが上手い。たちまちに正メンバーに入った。もう一人四年の転校生に安野洋子がいた。指揮に回った淀井千登世に代わって木琴を担当した。母親が音楽の先生で転勤によって校区に越して来た。やはり母親譲りで音感が秀れている。

それでも万全ではない。卒業生は後輩が心配で、放課後、それと土曜日には指導に来てくれた。また、休みの日の慰問には加勢してくれもした。

これまで慰問はもう何度もこなしてきていた。時に近隣の学校へ、そして米軍キャンプに、また都内のホテルなどへ行きもした。

そして、初夏になってこれまでとは変わった演奏依頼があった。

「今度は、また音楽会を開いてほしいとの連絡があった。今までは基地の兵隊さんとか基地内の学校への慰問だったけど今度のは違っている。『騎兵第八軍婦人クラブ』からの依頼だよ」

「何それ？」と美奈。

「うん、東京に進駐しているのがアメリカの第八軍の第一騎兵師団なんだ。ほら君らも見かけただろう馬の頭を描いた肩章をつけている兵隊を。あれだね。進駐軍の将校の奥さんたちの集まりらしいんだ」

「じゃあ、女の人ばっかり？」

「うん、そうなんだ。マダムと言った方がいいのかな。分かりやすくいうとお屋敷の奥さんだな。だからお行儀よく振る舞うように」

学童たちは兵隊や生徒は普段から目にしている。けれどもアメリカ人のマダムの集まりというのは見当がつかなかった。

「笑顔で相手の目を見るようにすればいいんだ」

浜館からはそんなことを教わったがにわかに上手くはいかない。心構えも整わないうちに、その日はやってきた。学校に迎えにきたバスは、都心へ一気に楽団員を運んでいった。丸の内の会館の玄関に着くとボーイが出てきて楽器を運んでくれる。。九階の会場へはエレベーターが運んでくれた。降りると、やはり絨毯が敷いてある。

「ああ、まずい、まずい！」

昼過ぎ学校を出てくるとき雨が降っていて道はぐちゃぐちゃだった。それで靴底には泥がついていた。

「絨毯に泥をこぼすな！」と先生。

それで抜き足差し足恐る恐る歩いていく。

やがて演奏会場に着いた。煌々とシャンデリアが点っていた。教室二つを合わせたぐらいの広さの会場には椅子が並べられていて、そこにはもう人が集まっていた。

「なんちゃらちゃらちゃら！」

美奈はつい口癖を唱えたほどだった。強烈だったからだ。まずは派手な色であり、そして次は匂いだった。

「お部屋に入ったときにもうびっくりくり。それがね、お母さん、みんなみんなおめかししているの。女の人ばっかりだったからよけいに凄かったの！」

美奈は家に帰って母に話した。

「お化粧していたということ？」

「うん、お洋服のね、色がとても派手なの。みんな色のきれいなお洋服を着ているの。青とか赤とか紫とか。まるでね、映画を見ているよう……」

「ああ、若いお母さんではなくて、もっと年が上のマダムなんだ」

「そうそう先生もそれを言ってた。偉い将校さんの奥さんなんだって」

「ああ、それは分かるわね」

「お母さん真っ赤なドレスを着た銀髪の女の人が『ウエルカム』といってみんなに握手をしてきたの。それがおかしいんだ。帰りのバスでね『俺、あのときさ、つい目をそらしちゃったよ。だってね、しゃがんで握手してくるからおっぱいが丸見えだもん』って男の子が言っていたの……」

「うふふふ、胸のところが大きく開いていたのね……」と母。

「そうそう大きく開いていて、男の子が恥ずかしくなったと言っていたけど、女の子だってね、そうだよ。慣れていないものね。ドレスだってね、ひらひらがついていたり、切り込みがあったりするしね。それと首飾りに、大きな指輪……それとね匂い。あれが凄かった」

「香水のことね？」

「そうそう香水、みんなつけていてそれがぷぅんと匂ってくる」

学校の回りには田舎の香水に満ちていた、肥溜めだ。そんな世界から本物の香水が匂うところに行ったものだから刺激が強い。何人かはむせかえったりクシャミをしたりしたほどだ。すっかり匂いに当てられてしまった。

色とりどりのマダムで溢れた部屋、そこはパーティー会場でステージがある。黒光りのするグランドピアノが置いてあった。演奏はここで行う。持って来た楽器をボーイが次々に運んできてくれた。木琴を置く台や椅子などはいつもは学校用の椅子机だ。ところが台には白いクロスが掛けられていて椅子もクッションがついていた。

その宴会場の椅子には五、六十名ほどの女性が座っている。しとやかで物静か、将校の奥さんらしい品格がある。金髪や銀髪、赤毛、そして顔の彫りが深い。

「まるで映画女優みたい！」

ステージから見ていた安野洋子が呟く。ただ綺麗なだけではなくその出で立ちから教養や知性が感じられた。楽団員はいつもよりももっと緊張した。

「それでね、お母さん。千登世ちゃんが指揮者としてスピーチをしたの。家でずっと練習して、それで私も何度も聞かされたの」

「どうだったの？」

「お話が腐らないことをえくされんとっていうのかな?」
「全くバカね、それはエクセレントというのよ、素晴らしいってこと」
「そうそう、素晴らしかったよ。あはは」

*

「皆さんこんにちは、私たちは東京世田谷の代沢小の音楽クラブ『ミドリ楽団』です。この楽団は四年生から六年生までの三十二名で成り立っています。私は今日の指揮を執る五年生の淀井千登世です。私たちは音楽を演奏することが好きで、毎日練習をしています。

嬉しいことに、私たちの演奏を聞いていただけるということで今日は来ました。今ここにいる団員を含めて代沢小の私たちは皆さんのお国の助けを戴いています。給食ではミルクやパンを戴いております。この支えが全国の小学校に及んでいると聞いています。これに対しての感謝の気持ちをこめて私たちは演奏をいたします……」

千登世は一語一語をはっきりと言った。日本語は分からないはずなのに通訳が訳す前から何人かは頷いていた。

「最初は日本の歌をご紹介します。皆さんに日本のことを知ってほしいからです。次に皆さんのお国の歌を演奏します。お国のことは誰も知りません、でも、フォスターの『草競馬』を練習していると広い広い平原を駆けていく馬が想像されました。これだけではなくお国の音楽のリズムの明るさも感じました。私たちを指導してくださる浜館先生は、音楽に国境がないということをよくおっしゃいます。今日の音楽会が日本とアメリカの架け橋になることを願っています。歌を通して私たちの思いが伝われば嬉しいです。それでは、最初は日本の有名な歌『さくらさくら』です……」

この淀井の日本語を通訳が英語で話をした。終わり近くになって聴き手の皆が何度も何度も頷く場面があった。先生から聞かされていた「ミュージック　ダズ　ノットハブ　ザ　ボーダー」と言うところである。

まず「さくらさくら」を奏でた。しっとりとした曲調のこれをご婦人方がしっかりと聴いている。兵隊や生徒、また先生とも違う。彼らの前では演奏する音が食べられるという感じがあった。ところが今度の場合は静かに吸われていくという風だった。だから三人分の拍手をしはしない。曲が終わって数拍の間をおいて拍手が起こった。しとやかな手でなされるのか音にも品がある。

「拍手もまた音楽的なんだ」

これは浜館先生の評である。言われてみれば確かにそうだ。静かだが心が籠もっていた。「ミドリ楽団」もマダムの前での演奏に慣れてきた。会場の雰囲気に合わせ奏でる。それで日本の曲、そしてアメリカの曲と弾いた。

「やっぱり『峠の我が家』では白いハンカチで涙拭いている人いたよ！」

「うん、でもみんな静かに泣いていたよ」

これもバスの中での評である。病院や劇場とはまた違う、だらだら涙を流すというのではない。静かに涙を流しては拭うという風だった。

後半は、「子供の巡邏兵」「ウィリアムテル序曲」「メリーウィドーワルツ」、などクラシックを演奏した。そして最後を飾ったのは交響曲「第９番『新世界より』第４楽章」である。合奏するときの緩急が難しい。しかし、今日のために何度も演奏してきた。

サビは、「ランランラン、ラララ、ランラララン……」だ、主楽器の木琴、ハモニカ、アコーデオンが見事に引っ張っていく。が、太鼓がタンタンと鳴り、タンバリンがドンジャラと響き、トライアングルチンチロリンと音の味付けをする。そして、最後の締めくくり、チャ、チャ、チャ、チャを決めた。

終わって四秒も五秒もあったろうか。その空白が長く感じられた。女性達が立ち上がる。衣擦れの音が聞こえた。そして拍手がわき起こる。音楽的な拍手が静かに響き渡った。

アンコールに応えて、十八番である「カッコウワルツ」を演奏した。クラッシックとは違う世界がまた会場に「新世界」を開いた。ここでも彼女らの反応はまた違う。多くがハンカチを出して目を拭う。これが母親としての感情だったとは後で分かったことだ。

演奏が終わって「騎兵第八軍婦人クラブ」の代表のエミリーさんが挨拶に立った。

「今日は皆さんの歌を聴いて心が震えるような感動を覚えました。私たちはあらかじめ聞かされておりました。団員の六年生は、戦争が激しくなってこの東京を離れ、田舎に疎開されたそうですね。お父さんやお母さんがいなくてとてもさびしい思いをされたと。そんな中で楽器を手放すことなく一生懸命練習したのですね。そして今がある……」

この話を聴いて六年生は「真正寺学寮歌」の一節、「父様母様これこのとおり」を思い起こしていた。女子はハンカチで涙を拭いていた。そのエミリーさんのスピーチは続く。

「ここにいる私たちクラブ員の多くには子どもがいます。可愛い子どもを手放すことがどんなに悲しく辛いことかよく知っております。そういうあなたたちが今日は音楽会を開いてくださいました。最後はドボルザークの『新世界』でした。この歌を聴いて思ったことがございます。ともすれば人間は自分中心だと思いがちです。しかし、あなた方の歌を聴いてこの日本には私たちとは異なった文化があることに気づきました。私たちのアメリカとこの日本は不幸なことに敵対し戦争をしました。共に大勢の犠牲者を出して戦争はやっと終わりました。アメリカと日本は友好国になりました。これからが大事ですね。ただ単に手を結ぶというのではなく、お互いを理解してこそ平和は保たれます。私たちは今回、あなた方の演奏を通して日本を、日本人を知ることができました。あなた方は、あなた方の国は立派な文化を持っておられると知りました。浜館先生は、『音楽に国境はない』とおっしゃっているそうですが、本当に今日はそのことを知りました。皆さんには、この婦人クラブを代表して、私、エミリーが感謝の言葉を申し述べさせていただきました。ありがとう……」

「ミドリ楽団」団員に向かって古沢さんがスピーチの内容を伝えた。今度は団員がこれに拍手を送った。するとエミリーさんが花束を持って近づいてきた。目にも鮮やかな真っ赤なバラである。淀井千登世がそれを受け取った。また拍手がわき起こった。

「めそめそしていた千登世ちゃん、大きくなったわ」

美奈は彼女に最初に出会ったときを思い出していた。

楽団員はクラブの人たちに見送られてて会館を出た。玄関を出て外の光と空気に触れたときに「終わった！」と実感できた。バスに乗る。そして学校に着いて降りる。

「空気が田舎だ。懐かしい！」

誰かが言ったが皆同感だった。ここで解散だ。そのときに先生が言った。

「君たちはよく頑張ったよ。エミリーさんが君たちのことを誉めていたけどもあれはお世辞ではない。人間の心をつかむのは難しい。でも君たちのことをしっかりと捉えていた。二つ大事なことを言われた。一つは戦争中の苦労があったから今があると言われたことだ。これは間違いがないことだ。もう一つは君らの演奏を通して日本を知ったと言われた。とても大事なことだよ。ただ器用に音楽を演奏したからではない。音楽に込められている心が演奏を通して伝わったんだよ。君たちには日本人としての誇りを持てと言っている。今日はその誇りが伝わったんだよ……いいか、それははっきりと言っておこう。それで、今日はまた婦人クラブの皆さんからお菓子をいただいた」

「やったぜ！」

「新太郎、そんなはしゃぐな。大事なことはお菓子をもらうために演奏しているのではないということだよ……この日本の空の下には多くの大人や子どもが苦労しながら生活を送っている。その人たちを代表して音楽を伝えているんだ。そこに誇りを持つんだ。それはもう立派に通用するようになってきた。学校の楽団は戦争前から行ってきた。全国のどこの学校にもないことなんだ。この頃君たちの練習を他の学校の先生が見に来ることが多くなったろう。理由は簡単だ、君たちの演奏をお手本にしたいからなんだ……今、新たな話としてきているのは君たちの演奏をレコードにしようとする動きがあるんだ。何のためにするのか。『簡易楽器模範合奏』というものなんだ。分かりやすく言えば、このレコードを作って全国の小学校に買ってもらうという企画だ。つまりは君たちの演奏がお手本になるということなんだ」

「レコードになるの！」

「うん、そうだ……」

「夢みたい！」

「うん、夢みたいな話、それにな、他にもある」

「先生、それは何。教えて……」

「ほらもう薄暗くなってきた。君ら家に帰らないと……」

「なんだ、またヒミツになっちゃうんだ！」

3　金魚にぎょぎょぎょ

夏休みが終わってしばらく経った頃、大変なことが起こった。台風襲来だ。

「ゴォーって凄い音がして家が揺れるんだ。俺んところ代田の丘にあって風がまともにあたるんだ、高圧線がヒュウヒュウなってガタンガタタンと家が音をたてる。今にも吹き飛ばされそうで怖かったよ」

田中征男はカスリーンと名づけられた台風の恐怖を語った。これが九月十五日から十六日にかけてやってきた。十七日「利根川の堤防決壊――関東一都六縣に大水害――」（「朝日新聞」）、十八日「濁流東京に達す――葛飾区三ヶ所に浸入」と報じた。代沢小のある東京西部ではさほど被害は大きくなかったが、東部では大変なことになった。東京だけでも床下浸水七万二千戸、床上浸水一万五千戸もの被害を受けた。連日ラジオや新聞はこれを報道していた。

堤防の決壊箇所が多く水はなかなか引かなかった。半月ほど経った十月になって浜館から話があった。

「君たちは東京の下町が水害で大きな被害を受けていることは知っているね。まだ水も引かないところがあって学校などの施設で被災者は避難暮らしをしています。食糧や水などでもだいぶ苦しい生活を強いられています。狭いところにいるわけだから精神的にも参っているようです。私は今この代沢小にいますが、前任校は江東区の大島第三小学校です。被害のあった地域ですね。かつて勤めていたところから情報が私のところに入ってくるのです。それで関係筋からの『ミドリ楽団』へ被災地慰問の要望がありました。一応水は引いてはきていますが、後片付けがあったり、まだ泥だらけのところがあったりします。だから全員に行けとは言いません。行ってもよいという人、希望者だけで今回は行こうと思います」

「先生、俺行くよ」

「私も、行く」

この話を聞いた団員のほとんどが参加を申し出た。

「よし分かった。じゃあ、先生は家の人あてにプリントを作ります。君たちもちゃんと説明をするんだよ。台風の浸水被害に遭った人の慰問に行くということを。それでここは大事なことなんだからよく聞きなさい」

「聞きます、聞きます……」

「米軍の慰問に行く場合は、それぞれ関係する部署からバスが来て、みんなを運んで行ってくれる。だから交通費はかからない。だけど今回の場合は、台風被害で困っている人々をお見舞いに行くわけだから迎えのバスは来ません。電車で行くのだから電車賃がかかる。下北沢から小田急線を使って新宿で乗り換え、国電総武線で小岩まで行きます。距離はけっこうあるけども君らは学童団体として割引で行けます。それでもお金がかかります。それがいくらかかるか、注意事項も合わせてプリントに書いておきます。それで今度の日曜日の朝から行きます、お弁当が要ります。それといつもは靴を履いていくんだけど……」

「分かったセンセイ、下駄だね！」と四郎。

「なるほど、下駄を履いた『ミドリ楽団』か。けれども下駄だと足を取られるだろう。現地はぬかるんでいるから、だから長靴だ」

「長靴を履いた『ミドリ楽団』、かっこいい！」

「どこが、不細工だわ！」と美奈が怒る。

「まあ、できれば長靴だ。しかし、家庭の事情もあるからどうしてもだめな場合は下駄でもよい」

「先生、楽器は？」

「問題はそこだ、大太鼓はＯＢが運んでくれる。アコーデオンも小さい子のはＯＢが持ってくれる。木琴は背中に括りつけるんだな」

「先生、みっともない木琴亀になっちゃうわ」

安野洋子が口をとがらせた。

「それはな、一つ一つ文句を言えばある。けどもな、避難所で暮らしている人に音楽を届けて気持ちを楽にしてあげる、そのために行くんだよ。だからこちらも助け合っていかなくてはな……」

＊

その日、秋晴れの日曜日、「ミドリ楽団長靴部隊」は学校に集まった。音楽室から楽器を持ち出して下北沢駅に向かった。楽団ＯＢも加えて三十数名だ。駅手前の南口の坂に掛かったとき背中のタンバリンの鈴が鳴った。

「懐かしい。あの疎開に行く日の夜、この鈴の音を聞いて、歌おうということになって『勝利の日まで』を歌いながらここを通って行ったんだ」

この慰問に加わったOBの竹田やすしが言った。

「先輩、思い出話をしないでくださいよ。泣けてしまいますから！」とこれもOBの太郎。

駅へ行く道、地下道、跨線橋などはあの日と同じ、疎開に行く日の夜が思い起こされる。その下北沢駅に着いて小田急で新宿へ、そしてここで総武線に乗り換える。

「あんたたちそんな格好してどこへ行くんだね」

電車で、一人のお婆さんが聞いてきた。

「台風被害を受けた人のところへ楽器を持って慰問に行くところです」

淀井千登世が答えた。

「ああ、殊勝な心がけだねぇ……」

彼女は信玄袋からサイフを取り出し、何枚かのお札を無造作に取り出した。

「そんなの受け取れません」

「義援金だよ。被災した人たちに渡しとくれ」

「分かりました。着いたらその人たちに渡します」

やがて電車はゴォーガタタンと音を立てる。鉄橋だった。これをいくつも渡って行くと回りの景色が違ってきた。浸水被害を受けた地域だ。家々の屋根にふとんが干してある。壁が泥だらけの家もある。水は完全には引いていない。実りの秋なのに田圃は泥水に浸かっている。

駅に着いてからは歩いた。目についたのは水に浸かって膨れ上がった畳だ。それがあちこちに山と積まれていた。やがて住宅地を外れると田圃があった。そこはまだ水に浸かっていて池のようになっていた。

「あっ、魚、魚」

先頭部隊の団員が口々に声を上げる。田圃の池にいる魚を見つけた。

「赤いのがいっぱいいるよ」

「これって金魚だよ、金魚。うじょうじょいるよ」

水の引いてしまった泥田ではその金魚が苦しがっ

ているのか何匹も跳ねている。
「赤いべべ着た可愛い金魚、おめめをさましている
けど、ごちそうできないな。誰かおふを持って来て
いないか?」
「ばか、新太郎。慰問に行くのに誰がおふなんか持っ
て来るか?」とやすし。
「だけどさ、何で田圃に金魚がこんなにいるの?」
「ここの江戸川区は金魚の養魚場があることで有名
なんだよ。ところが水害に襲われて何万匹という金
魚が逃げだしちゃったんだよ」
　浜館は子どもたちにそう説明した。
「もったいないし、かわいそうだよ。帰るときに掬っ
て持って帰ろうか」
「持って帰る?　どうやって持って帰るんだ。征男
バケツ持ってきたのか?」
「まあまあ、太郎。在校生をそんなにいじめるなよ。
あはは……行こう行こう」
　浜館に促されて歩き出す。が、あそこでもここで
も金魚が白い腹を見せて跳ねている。
「かわいそう」
　奈美が言うが、どうにもできない。そのぴちぴち
と動く赤い腹のいる田圃の間を行くと、道の向こう
に学校が見えてきた。
「やっと着いた!」
　長靴部隊はそこに着いて講堂に入った。そこは避
難所となっていて大勢の人がいる。床にはふとんも
敷いてある。おじいさん、おばあさん、赤子を抱え
たお母さん、そして子どもたちがいる。ふとんの島
があちこちに散らばっていて雑然としている。
「ミドリ楽団」は講堂の舞台に立った。開始時間が
近づくと係の人が「集まってください」と呼びかけ
た。ところがほとんど集まらない。十数人の子ども
たちがようやっと集まっただけだ。舞台では演奏の
準備はできた。が、会場の方では楽団に興味を持っ
ていない。何人かの幼児が「きゃっきゃっと」言っ
て鬼ごっこをしている。大人は集まって雑談をして

いる。

「浜館先生すみません。らちがあきませんので始めてください」

避難所の責任者の人が来て謝った。それを受けて先生は、千登世に開始の合図を送った。頷いた彼女は指揮台に立った。指揮棒を上げた。そして左手を上にして何度も挙げた。

「出だしでかまそうっていう合図だよ」

新太郎が敏感にそのサインを読んで、みんなに伝えた。千登世が指揮棒を振り下ろす。

「ソミ、ソミ、レドレド～、レレミファ～レ、ミミファソ～ミ、ソ～ミ、ソ～ミ、ファミレド～」

「ミドリ楽団」十八番の「カッコウワルツ」だ。この楽曲が講堂中に響き渡った。鬼ごっこをしていた子どもが立ち止まり、びっくりして舞台を見る。雑談していた人たちも顔を向ける。雑然としていた講堂の空気が音楽で染められる。

すると子どもたちが前に集まってきた。「カッコウワルツ」が終わると、間髪を入れず、次に移った、これも慰問では度々演奏していた「アメリカンパトロール」だ。軽快な行進曲に魅せられて次には中学生も集まってきた。

千登世はますます乗って来た。左手をどんどん上にあげる動作を繰り返す。そして、次々に曲を披露する「おおスザンナ」になるともう被災民はほとんどが舞台の前に集まってきた。「草競馬」になったとき、突然千登世が観客の方を向いて両手を上下に揺らした。みんなで手拍子を取れとのサインである。最初はみんなはとまどっていたが前にいる子どもたちからぱちゃんぱちゃんと拍手をし出した。それが若い人や年寄りまで移っていく。人々が音楽に馴染んできたところで今度は童謡だ。

「ふるさと」「里の秋」「村祭り」と季節にちなんだ曲を演奏する。すると老人たちがハンカチやタオルを取り出して涙を拭き始めた。

「あれはね、長いこと家に帰れずに避難生活しているからきっとね、家のことを思い出したんだよ」

帰りのことだ。金魚がぴちぴち跳ねる田の間の道を駅へと戻っていった。そのときの浜館の話だ。

「うん、うん、講堂の出口とところでおじさんやおばさんが次々に手を出してきて、握手をしてくれたんだよ」と美奈が言う。

「俺ね、おばさんが手握ってくるから握り返したんだ。そしたらごつごつするんだ。あめ玉だったよ」

久しぶりの太郎節だが、その独特の口調を覚えている子も少なくなった。

「私ね、おせんべいをもらったの。『おめさませば御馳走するぞ』……」

洋子は歌いながら煎餅を粉々にして金魚にほぅり投げた。が、反応はない。

「でもどうやっても生き返らないね、『赤いべべ着た可愛いきんぎょ』」と美奈。

「ほら、空が赤くなってきたわ」

千登世が空を指差す。

西の空が赤く染まっていた。するとだれからともなく歌が出てくる。

「夕焼け小焼けで日が暮れて／山のお寺の鐘がなる／お手てつないで皆帰ろう……」

「やっぱり『ミドリ楽団』はいいね。俺は羨ましくなった。中学なんかやめて小学生に戻りたいよ……」

竹田やすしがそう洩らした。

4　動物園での再会

「君らさ、象のトンキーとワンリーって覚えているか？」

浜館は楽団員に聞いた。

「ああ、小さいときにトンキーの芸を見たことあるよ」

「上野動物園には三頭の象がいたんだよな。これってどうなったか知っているか？」

「死んじゃったんだよ」

いつもはおとなしい阿川俊太が答えた。この新学期に縁故疎開していた岩手から戻ってきた。そして「ミドリ楽団」に入部してきた六年生だ。

「そう、代沢校の疎開は十九年八月十二日だったな。実はその一年前の八月に動物園の猛獣を処分しなさいという命令が出たんだ。戦況が悪くなっていることを都民に知らせるため毒殺してしまったんだ。ところがゾウは体が大きいから注射もできない。毒入りの餌も食べない。それで結局餌をあげないことにしたんだ。可哀想だけど命令には逆らえない。餌をもらえない象はとうとう餓死してしまったんだよ……今だから言えるんだけど、この話戦争中は軍事機密だね。これをどうして先生が知っているかというと獣医学校が学区域だったからだよ。美奈のお父さんもここの教官だったね。代沢校に通っている子のお父さんに関係者が多いから話を聞けたんだよ……」

「象って、かわいそう！」口々に団員は言う。

昭和十八年八月十六日、二十七頭の猛獣処分が命ぜられた。ヒグマ、ライオン、トラなどを毒殺、毒入りの餌を食べない動物は槍で刺され、首を絞めて殺した。象は餓死させた。

「そのね、殺された動物を俺見たよ！」

「ええっ、俊太先輩、ほんとう？」と下級生。

「だって俺のところ獣医学校の隣だもん。運動場なんか丸見えだよ。二年生のときのことだけど陸軍のトラックが何台も入って来てね。兵隊さんが荷台から死んだ動物を運んでいたよ。怖かった。トラかヒョウか分からないけどだらんと垂れた尻尾を見たよ」

代沢小の近くには陸軍獣医学校があった。昭和十八年八月十七日から九月二十三日までの間に猛獣処分が行われた。屍体はこの学校に運ばれて解剖されている。

「へぇ、びっくりする話だね」

「うん、そうなんだ。獣医学校の人が猛獣の処分に関わっているんだ……」

浜館はここで言い淀んだ。どこまで話したらいいかと考えたからだ。しかし、彼は話を続けた。

「獣医さんは皆動物好きなんだよ。だから猛獣を殺すなんて耐えられなかったんだ。獣医学校の先生も薬殺を命ぜられて泣く泣く注射したんだ。それで、全く知られていない話があるんだ。聞きたいか……」

「うん、センセイ、聞きたい」

「実は上野動物園のライオンはこっそりとこの獣医学校に運ばれたんだ。薬殺するに忍びなかったんだろうね。でも、いつまでもここで飼っているわけにはいかない。結局は防火用水の中に檻に入ったまま沈められて殺されたんだ」

「あ、そのプール知っている。トンボがヤゴを産み付けに来ていたんだ。でもね、岩手からこっちへ帰ってきて驚いた。獣医学校は焼けていたんだよ」

「そうそう、二十年の五月に空襲があって学校は焼けた。ここにはウラヌスという馬の骨格標本があったんだけどそれも燃えたんだ。オリンピックの馬術競技で金メダルを取った西竹一大佐の愛馬だよ。大佐は硫黄島で戦死してしまったけどね……」

「とってもふしぎだよね。陸軍獣医学校は戦争で焼けてなくなっちゃった。ところが今は跡地に学校が建てられているんだ。下代田中学だよ」

阿川俊太は進学先をそこに決めていた。

「その下代田中に私も行くんだよ」

美奈は言う。来年三月に卒業する六年生の大半はこの新生中学に進学する。

「巡り合わせってあるのかもしれないな。それでな、上野動物園も戦争で動物がいなくなったんだ。それでも戦争が終わって一息ついたのか動物園に行く人が増えているんだ。動物園の方でも、それで新しいことをしようということで計画を立てたんだ。その一つが音楽会の開催なんだ。動物園には屋外ステージがある。今度の依頼はそこで『ミドリ楽団』に演奏をしてほしいというんだ……」

「先生、ということは動物園にタダで入れるんですよね？」

「それはそうだよ。来園者に君たちが音楽を提供するんだから。だからタダもタダ、動物なんか見放題だよ。もう好きなだけ見ていいよ」

「行きたい。動物をたらふく見てみたい！」

全員が動物園行きを希望した。音楽会は午後からだが、お弁当持参で行く。午前中は「動物をたらふく見る」ことにした。

秋も深まってきたその日も天気は良かった。楽団員は電車で上野へ向かった。今度は楽器は車で運んでくれる。お弁当だけをリュックに入れて持って行けばよい。新宿から山手線に乗り上野に着いた。日曜日で多くの親子連れが動物園に向かっていた。売札所には長い行列ができている。が、園の係の人は楽団員を別の入り口から入れてくれた。

「何か動物よりも人間の方が多いみたいだ……」

楽団員は解散となったがみんな団子状に歩いて行く。が、檻を覗いている人は多くいるが動物の姿はあまり見えない。

「あ、キリンだ。みんな集まっている」

多くの人の頭越しにキリンの頭がにょきりと見えた。しかし、人垣ができていてじっくりは見られない。

「あっちはラクダがいるようだけど、見るのはラクダじゃないみたい」

動物の数が少ない、空っぽの檻もある、何かがいるとそこには人垣ができる。猿山でも猿の方が少なく見ている人間の方が多い。

「ほら、猿は恥ずかしがっちゃってみんな顔を赤くしているよ！」

「バァカ、あれは元から赤いんだよ……」

「先生は動物は増えてきているって言っていたけど少ないよね。これじゃあたらふく見られないよ」

シロクマ池にシロクマはいない、ヒグマ舎にもヒグマはいない。そして象舎も空っぽだ。砂が撒かれた庭もがらんとしている。団員はここで立ち止まった。

「ここにトンキーがいたんだよね」

「これも獣医学校の職員から聞いた話なんだけどね、象は喉が渇いても水も飲ませてもらえなかったんだ。そうするとトンキーは芸をすれば餌も水ももらえると思って足を折り曲げて地面に膝をついて、鼻を高々とあげて『ぐぉっ』て吠えたというんだ。とてもかわいそうで見ていられなかったと……」

「センセイ、むごいね。戦争は関係のない動物までめちゃくちゃにしちゃうんだね」

　みんな黙って象の運動場を見つめていた。

「あれ、あっちは賑やかだね！」

もらった地図で見ると象舎の向こうは猛獣舎だ。

「新しい動物が入ってきたのかなあ。行ってみよう」

団員は揃って鳴き声のする方に行ってみた。すると猛獣舎にはぎっしりと動物がいる。

「お尻がいっぱいだよ。何だこれは？」

「ブタだ。ブタ、ブタばっかり！」

檻の中にはお尻が丸丸と肥えたブタが押し合いへし合いしてブゥブゥブゥ鳴いている。

「猛獣がブタに化けちゃったんじゃないの？」

「センセイどうしてこんなにブタがいるの？」

「戦争で食糧がなくなってきてこれの増産ということでブタやニワトリやアヒルなどを飼っていたんだ。そのときのブタだね。猛獣は薬殺してしまったから見せられる動物がいない。その猛獣の代役をブタがしているんだろうね。この頃では餌を寄贈してくれた人には子豚とか子ウサギが当たる抽選券を配っていると係の人が話していたよ」

「何だかブタをたらふく見ても、もう一つ動物園に来たという気がしないね」

＊

　上野動物園の屋外ステージは、鹿舎の前にあった。舞台を取り囲む椅子にはもう大勢の観客が詰めかけていた。子ども連れの家族がほとんどだ。お弁当を食べたり、おやつを頬張ったりして待っている。

最初に舞台に立ったのは児童合唱団だ。名のある合唱団で歌も上手い。色づいてきた上野公園の森に歌声は朗々と響いた。数曲を歌った後に舞台を下りた。すぐさま「ミドリ楽団」は舞台に上がった。いつもは屋内での演奏だが今日は屋外だ。雰囲気が違う。時に猿が吠える。そして木々の上では「カァァラル」とカラスが鳴く。楽団員は戸外の音に負けてしまうのではないかという不安を持った。

実際、千登世が指揮棒を上げたとたん「クワァクワァ」と馬鹿にするようにからすが鳴いた。観客が笑った。仕切り直しだ。楽団員三十二人は千登世を見つめる。まずは動物シリーズでお得意の「カッコウワルツ」からだ、「カッコウ」と始まると、あたかもカラスが呼応したように「ケッコウ」と応じる。観客も器楽合奏の響きに触れて身を乗り出した。次は「うさぎのダンス」だ、すると面白いことが起こった。

「タラッタ　ラッタ　ラッタ／ラッタ　ラッタ　ラッタラ」と子どもたちが歌い出す。そればかりか「あしで　蹴り　蹴り／ピョッコ　ピョッコ　踊る」幼児たちがあっちこっちで踊り出す。

動物シリーズは続く。ウサギの次はウマ、「おうま」だ。これも子どもたちが一緒になって歌い出す。そしてヤギ「めえめえ子やぎ」になる、これもどこからか「めへへめへへ」とヤギが鳴く。野外ステージのドラマだ。

動物シリーズは一旦終わる。ここにいる観客は日本人ばかりではない、多くの外国人がいる。進駐軍の兵士である。彼らの入場料はタダである。休みの日には多くが気晴らしにここにやってきていた。音楽会にもあちこちにその兵士の姿が見られた。

動物の歌から次は一転してアメリカの歌だ。これももう十八番になった「アメリカンパトロール」だ。明るくて気持ちがよい。が、これを聞いて兵士たちが俄然元気づいた。彼らはやっぱり熱い。手を叩き、口笛を吹き、そして立ち上がって体を揺らす。

特に右手にいる黒人兵三人が乗りに乗っている。音楽に合わせてダンスをする。それがまた上手い。まわりの日本人が見とれるくらいだった。

なぜ彼らが「ミドリ楽団」の演奏を聞いてあんなに興奮したのか後で分かった。演奏会を終えて正門から出ると彼ら黒人三人の兵隊が待っていた。

「Nice to see you again!」

「センセイ、何て言っているの？」

「また会えて嬉しいっていっている……この間、横浜のオクタゴンシアターに来ていた人たちらしい」

「そうなんだ。だからあんなに騒いでいたんだ」

三人は黒くて大きな手を差し出して握手を求めてきた。団員は次々に手を出す。そのうちに一人の黒人が両手を大きく広げ「This is a present for you」と言った。そして、朗々と歌う。

「オールドブラックジョーだ！」

他の二人も団員からタンバリンを借りて拍子を取る。すると団員だけではなくそこらじゅうにいる人が集まってきた。彼の歌声はしみ通る。最終フレーズ、「"Old Black Joe"」に来て静かに終わる。すると何重にも集まった人たちから大きな大きな拍手がわき起こった。歌手のバーマン軍曹は帽子を取って深々と礼をした。もうそのときは上野公園も暮れかかっていた。

5　アメリカンスクール慰問

十二月の晴れた日のことだ。代沢小に二台のバスがまた横付けになった。「ミドリ楽団」の団員はこれに乗り込んだ。

「いい匂いがする！」、美奈は大きく息を吸った。

「今度のはスクールバス、これに乗っている子どもたちの匂いだよ」

「香水つけているの？」

「これはな石鹸だよ。いい石鹸を使っているんだよ」

浜館の説明を聞いて皆は鼻をヒクヒクと動かした。

「センセ、今日は徳光君はどうしてついてきたの？」

　楽団員は三十二名、それに団員でない五年生の徳光明君が乗っていた。

「淀井、よく気づいたな。あはは、どうしてだろうな。それはヒミツさ、後で分かるよ」

　石鹸の匂いのするバスは、ヒミツも一つ乗せて代々木のワシントンハイツに向かった。交差点ではやはり優先して通してくれた。代沢小学校からは三十分ほどでゲートに着いた。ここから先は日本人は入れない、オフリミットである。しかし、門衛のMPはチェックすることなく通した。バスはゆっくりとハイツ内に入っていった。

「すげぇ、芝生だ」

　広々としたハイツの丘は芝生で覆われている。そこに白や青の色ペンキで塗られた家々が建っていた。

「でっかい車だぁ」と車好きの四郎。

　見たこともない大きな乗用車が動いていたり、停まっていたりする。

「あれは、シボレーとかフォードというアメリカの車だ」

　浜舘が説明をする、皆は窓に齧りついて外の風景を見ている。

「まるでアメリカに来たみたい！」

「教会があるよ！」

　楽団員はせわしげに首を動かし、左右の窓を見回す。

　陽当たりのよい芝生の上でお母さんが二人の女の子を遊ばせている。水玉模様のスカートに金髪、その彼女が走ると真っ白の小さいワンピースが追いかける。

「映画を見ているみたい！」

　皆感想を口々に言う。学校といくらも離れていないところに外国がある。あれこれと驚いているうちに一つの建物に着いた。そこがアメリカンスクールだった。庭に子どもたちが大勢いる。着ている衣服の色合いがカラフルだ。

「お母さん、もうびっくり。ホテルの時と違ってじっくり見ちゃった。まるでみんなお人形さん。髪は金髪、目は青色、お顔も鼻とかが尖っていてね、その子が目の前で拍手したり、笑ったりするんだから。違う星に行ったみたいだった」

　美奈はそのときのことを家で母に報告した。

「違う星ね、上手いこと言うわね」

「あの子たちお行儀がいいんだよ。先生は銭は取らない、ジェントルマンだと冗談言っていたよ」

　楽団員が楽器を持って降りると、「プット、イットアップ」と言って楽器を受け取って運んでくれる。これは上級生の男の子たちだ。

「その子たちはね、会場に入ると今度は下級生を椅子に座らせるの。先生に言われてやるんじゃなくて自分の考えでやっているみたいだった……それで、その上級生は通路の階段に座って演奏を聴いているの」

　ミドリ楽団の団員は小学生だ。聴く方も同じくらいの年齢らしい。しかし血色がよく肉づきもよい。

「あれな栄養が違うんだ。食べ物が違うんだよ」

　田中征男の感想だ。疎開時代イモばっかり食べていたことが思い出された。しかし、どうも食べ物の違いだけではない。物の見方や考え方が違っていることが分かってきた。

　これまでの慰問は大人が相手だった。しかし今度は小学生だ。年齢が近い分構えなくてもよいようにも思えた。

「でも俺らよりも大きいよ」

　同年代ゆえに牽制するということはある。猿同士の出会いと一緒だ。「この人たち何する人なの？」とちらちらと視線を交わす。ステージと客席との間には見えない国境線が引かれているように思えた。

　時間になっていよいよ演奏が始まる。この時に徳光明君がひょこひょこと出てきた。楽団員も生徒たちも注目する。彼はぴょこんと頭を下げる、そして顔を上げると。

「エブリバディ、ハロー、オブ、ジ、アメリカンスクール……」

何とまあ流れるような英語で挨拶をする。団員はびっくりだ。浜舘は彼に挨拶をさせるために連れてきたのだった。通訳の父に英語を習っているというだけのことはある。淀みなくしゃべって退場する。拍手が起こる。

すぐに淀井千登世がステージに立つ。指揮棒をかざす。緊張が走る。振り下ろされて演奏は始まる。この日のために練習してきた新曲だ。ところが前奏が終わったとたん、生徒全員が立ち上がった。そして、歌を歌い始める。

「俺はね、びっくりしたよ。だってさ、練習した曲が『代々木スクール校歌』だってこと知らなかったんだもん。いきなり立ち上がって歌い出したんでハモニカ落としそうになっちゃったんだよ……」

「四郎、俺もだよ！」

「私も！」

帰りのバスの中で皆口々に言う。浜舘はあらかじめ校歌の楽譜を手に入れていたようだ。それを「今度演奏する歌曲だ、しっかり練習しよう」と言っただけだった。

「先生、いじわるだよ」

団員は言ったが、浜舘はにやにや笑っているだけである。彼は、プログラムをよく変えることがある。普通は日本の童謡から入る「さくらさくら」だ。アメリカンスクールではこれを変更して外国のものを先にした。ホテルや劇場と学校では違う。しっとりとした曲調の日本のものでいくよりも、賑やかにやったほうがいい、音の洪水で行こうと判断した。練習に練習を重ねてきた「天国と地獄」だ。これを校歌の次にぶつけるという計画だ。

「さあ天国に行くのか？　地獄に行くのか？　それは分かりましぇん」

新太郎ががおどけてみせていた。校歌が終わって生徒は着席した。いよいよこれからだ。拍手が鳴りやんだ。その音が小さくなったのを見計らって彼女はさっと指揮棒を掲げる。会場がしぃんとなる。

音の扉が開かれようとする瞬間だ。天国に行くのか地獄に行くのかだ。棒が一瞬に空を切った。木琴が一斉に鳴った。「チロリン、チャチュチョ、ウン、ピヨ、ピヨ、ピヨ、チャチャチャチャチャチャチャチャチャ……」。流れるようにそして音同士が絡むように響いた。ここに続けてハモニカとアコーデオンが加わる。

とたんに音を聴いている子たちの顔が輝いた。青い目の女の子は目を丸くした。黒目で金髪の男の子は口をあんぐりとあけた。サビに入って曲が盛り上がってくると自然と皆が足拍子で応える。それと同時に彼らは身体を揺らす。するとついさっきまで張られていた国境線がなくなった。

トライアングルがチンと刻み、太鼓がトントンと鳴り、ハモニカがピィプルと言う。

「調子に乗っている。ジャバジャバ」

美奈はアコーデオンを弾きながら思った。自分でも上手く8の字を描いていると思った。やがてその「天国と地獄」が終わった。弾み響く拍手の音だ。どうやらそれは天国から送られてきたもののようだ。

「やっぱり三人前だよ」

劇場でアメリカ人一人は三人前の拍手をすると感じた。子どもも同じだ。小さくても熱がこもっている。三人分というのが確かに合っている。

続いて「漕げよマイケル」「峠の我が家」などアメリカの曲を弾いた。ところが不思議なことに「峠の我が家」では誰も泣く子がいない。小さな女の子が「ビューティフル！」と言って懸命に手を叩く。ミドリ楽団の団員はそれに感動してこちらが目頭を熱くした。

曲が進むにつれ会場の空気がどんどん柔らかくなってくる。すると音も冴え渡る。終わりがぴったりと揃い、そして次もぴっちりと始まる。どんどんと曲は進行していき、とうとう「アップルソング」

となった。何のことはない「リンゴの歌」だ、浜館はこの曲の明るさが気に入っていてプログラムによく入れていた。いわくつきだった。

「学校の教育現場で歌謡曲を演奏するなんて、けしからん」

　校内で練習している音を聞きつけて生徒の親がねじ込んできた。

「音楽はいいものはいいのです。心に訴えるものは童謡でも歌謡曲でも同じなんです」

　浜館はこの批判にぴしゃりと反論した。そういう経緯は青い目の子どもたちには分からない。演奏すると手拍子、足拍子で応えてくる。やはり気持ちに響くものがあった。「アップルソング」の次はいよいよ最後、これは「ずいずいずっころばし」である。これをアップテンポで弾き、吹き、叩いた。団員は声には出さなかったが歌っていた。

「井戸のまわりで／お茶碗欠いたのだぁれ」とっぴんしゃん、で終わった。すると観客の子どもたちが立ち上がって拍手する。

「とても美しくて、感動しました」

　アメリカンスクールの校長先生が出てきてみんなに握手を求めていた。聴いている子どもたちも立ち去ることなく、拍手を送る。アンコールは「汽車ポッポ」から始まったが、しまいには持ち歌がなくなりそうなほどだった。ミドリ楽団の団員にとって同じ年代の子どもの大喝采は大きな喜びだ。

「可愛い女の子が手を出してきて俺の手を強く握るんだよ。俺最高にどきどきしちゃったよ！　その子いい匂いしていた」

　中村四郎が言う。

「お前、惚れたのか！」とみんなが冷やかす。

「お母さんね、中村君さ、何だか顔を赤くさせていたんだよ。うふふ」

　美奈はその時のことを忘れずに母に報告した。

6　疎開組、母校との別れ

登壇したその女子は深々とお辞儀をした。そして顔を上げると、大きな声で「答辞！」と言い、これを読み上げる。

代沢小学校の諸先生、並びに在校生のみなさま、いよいよお別れするときが参りました。私たち六年生は今日この日、学校に別れを告げ明日から新しい道を歩いていきます。

思えば、この六年は長い年月でした。その中で一番思い出深いのは三年生の夏に信州に疎開したことです。最初は浅間温泉でした。秋から冬をここで過ごしました。そして昭和二十年が明けてすぐに先輩の六年生が受験準備で東京へ帰って行かれました。そのときの総代が「空襲下の帝都へ帰ります」と重々しく決意を述べられました。これははっきりと覚えております。帰って行かれる先輩たちは、また置いていかれる私たちは、どうなるのだろう、とても不安に思いました。ところが時間は瞬く間に過ぎいつの間にか私たちは六年生となり今ここに立っています。

この母校をいよいよ立ち去ることになって、懐かしい場面が次々に浮かんできます。多くは疎開生活です。ひもじい思いをしたこと、とても寒くてたまらなかったこと、いじめられて辛かったことなどが走馬燈のように次々に浮かんでは消えていきます。何よりも悲しかったのは再疎開でした。浅間温泉も爆撃されるかもしれない。それで二十年四月には塩尻方面へ向かいました。浅間温泉では皆一緒でした。ところが再疎開先では皆ばらばらです。いくつものお寺に分宿しました。駅で友と別れるときはどんなにか悲しかったことでしょう。

それだけに二十年十一月になって下北沢駅に

皆で着いた時はどんなにか嬉しかったことでしょう。辛いこともあり、嬉しいこともありました。しかし間違いないことはこの苦しい六年間を懸命に頑張ってきたことです。とても大事なのはこの道のりです。一人一人が道を歩いて来ました。その中で誰もが困難にぶつかりました。それでもここで何かを見つけたと信じています。私は、器楽というものに出会いました。これで救われたように思います。辛くても苦しくても楽器を持って弾けばそれが忘れられました。人が打ち込めることをみつけるのはとても大事だと知りました。

集団疎開はお父さんやお母さんから離れてみんなと田舎で生活することです。平和になった今二度とこういうことはないだろうと思います。けれども私たち六年生は苦しい疎開生活があったことで多くを学ぶことができました。

ここに今、一年から五年の皆さんがおられます。これからの月日を過ごしていく中でいろいろな出会いがあると思います。そんな中から一つ自分に合ったものをぜひみつけてほしいと思います。これが後輩の皆さんへの伝言です。

終わりにのぞみ、諸先生、ならびに私たちを育てて下さったお父様やお母様方、そして後輩の皆さんにお礼を申し述べます。最後に皆様方のご健康をお祈りいたして、これを答辞といたします。

昭和二十三年三月二十五日

代沢小学校卒業生総代　津村　美奈

美奈は答辞を読み終わって礼をした。とたんにふと口を衝いて出たのは、「ジャバラバラ」だ、大きな区切りがついた、長い長い六年間が終わったと思った。

「お姉ちゃん、立派だったよ」

淀井千登世が卒業式が終わった後、言ってきた。

「うん、ありがとう。後は千登世ちゃんたちに頼むわね……」

六年生の楽団員はこれで卒業だ、後のすべてを後輩に託し、校門を出た。

第6章

新生ミドリ楽団

昭和二十三年（一九四八年）

ミドリ楽団：第１回アニーパイル劇場公演 1948 年９月８日

アニーパイル劇場 1948 年９月

1948年8月ミドリ楽団発表演奏会

ミドリ楽団　築地本願寺での映画撮影　1948年11月

アメリカの兵隊さんも大喜び

かあいゝ子供ばかりの合奏団

おそろいの着物を着たかわいゝ男女の子供たちばかりの合奏隊が、ピアノの音に合せてかわいらしいメロデーをかなでる。シンバルや木琴を上手にならす子供のうしろに大ダイコや小ダイコを打つもの、トライアングルをならす子、ハーモニカやアコーデオンをもった子のしんけんな顔、顔、……われるようにわく拍手のあらし、"まあすばらしい"なんてかわいゝのでしよう"とさゝやく声の下からアンコールのひびき―これは東京都世田ヶ谷区代沢小学校の「ミドリ合奏隊」が、東京築地にある聖ロカ病院に病気やけがで入院しているアメリカの兵隊さんやその家族たちを慰めようと訪れた時のようすです。三年生から六年までのかわいゝ男女約三十五人のヨイコたちが浜飯衛雄先生の指導で「ミドリ合奏隊」をつくったのは一昨年の春でした。数年前から学校で合奏はしていたのですが、浜飯先生はリズム楽器ばかりでなく和音のでるメロデーをやろうといろいろ苦心して「ミドリ合奏隊」をつくり、好きな子供たちを集め、いろいろな曲を合奏にあうように編曲してかあいゝメロディーをやっていたのです

おそろいの服も

牧師さんの贈り物

たまたまPTAの古沢おじさんがこの合奏をきいて、アメリカの人たちに"日本の子供は音楽が好きだ"ということを知ってもらおうと聖ロカ病院を慰問をしたのがはじまりで、アメリカの人たちからひっぱりだこ、東京都内幸町にある大阪ホテルや第一ホテルなどの進駐軍の家族の人たちばかりのところにぜひ来て下さい"といわれ今では毎週一回は迎えに来るそうです。代々木にあるアメリカのワシントン・ハイツスクールやバンカス・クラブにもよばれているうちに、ララ物資の係りをしている牧師さんが"服装をととのえてあげよう"とシャツや半ズボン、靴下から靴まで、お嬢ちゃんには上衣やスカートなどかわいいおそろいの服ができたわけです。進駐軍の人たちからたいへん上手だと折紙をつけられました。

アコーデオンの津江元子ちゃん（一三）京子ちゃん（九ッ）の姉妹は"アメリカの病院にいる兵隊さんなどがとてもうれしそうな姿を見て一生けんめいやりたいと思いました。ことにアメリカン・スクールのお友だちが手や足で曲に合せて喜んでくれたのはとても楽しかった。いつでも大型のバスで送り迎えしてもらい、お家まで送って下さるのでとてもうれしいのです"と楽しそう。

浜飯先生に合奏隊のことについておききすると"楽器の特長を生かし、子供たちの腕前に合うように編曲してからたいへん調子がよいのです。この合奏はどんな子供もすぐ入れるのが特長です。一部分の子供だけでなく、みんなにやってもらいたいと思っています"とお話になりました。（写真上は合奏中の"ミドリ合奏隊"）

少年タイムス
WEDNESDAY, SEPTEMBER 29, 1948

少年タイムス 1948 年 9 月 29 日付

Page Two PACIFIC STARS and STRIPES Aug. 13

Osaka Youths' Band In Popular Demand

By BETH EVERETT, Staff Writer

A children's band from the Daizawa Elementary School which has played twice during the past two weeks in the Osaka hotel dining room through the dinner hour has proven so popular with the sophisticated Osaka audience that they have been requested to appear again next week.

The performances are sponsored by the Osaka Club.

The 30 to 35 children who play in the band range from eight to 12 years in age. The band instruments are the zylophone, accordion, harmonica, tambourine, triangle and drums. The program includes American folk songs, nursery jingles and several simple Japanese melodies.

The players perform with verve and enthusiasm. The over-all impression is that they are a well-trained and talented group. One of the accordion players who attracted special attention is Kyoko Tsunoe, diminuitive eight-year old child whose sister also plays in the band. Kyoko's performance gives an impression of great nonchalance and ease. She has played with the group for the past year.

This band made numerous appearances throughout occupation installations. It is one of many school groups in the Tokyo area, and was elected to represent Setagaya-ku ward in the last elementary school competition in Tokyo.

Occupation installations who have heard their performance include the 49th General Hospital 361st Station Hospital, Octagon Theater, Yokohama, Washington Heights School Dai Iti hotel and Osaka hotel.

The children will perform at the Ernie Pyle Theater the nights of September 8, 9 and 10.

'Eunice' Due Here

Tropical storm Eunice, located 480 miles southeast of Tokyo at 10 o'clock last night, is scheduled to bring rain and dusty winds to the Tokyo and Nagoya areas over the weekend, according to the typhoon warning network of the 43rd Weather Wing.

A previously reported storm, Chris, is reported to be dissipating and will move over the southern Ryukyus tomorrow with maximum winds of 45 miles per hour near the center.

星条旗新聞 1948 年 8 月 13 日付

1　評判の人気楽団

昭和二十三年四月、楽団員は皆、一学年ずつ進級した。新四年生が楽団のメンバーに加わり、新生「ミドリ楽団」は三十二名で発足した。疎開を経験した子は少なくなっていく一方だった。

下の学年の部員、一年二年三年は予備軍だ。部活で練習を積み重ね、上手くなったら「ミドリ楽団」の団員に選ばれる。楽団員になることは名誉だった。

「Mは、かっこいい！」

今年から「ミドリ楽団」の団員は左胸にMマークをつけるようになった。楽団の頭文字を取ったものだ。これが下級生の励みになった。いずれは団員になってMマークを胸につけて演奏する。

「胸に、胸に、輝くMマーク」

学校には「ミドリ楽団」を迎えるためのバスが来る。楽団員はお揃いの制服を着ていた。胸にはMマークをつけてバスのステップをトントンと駆け上っていく。部員のみならず学校の児童もこれを見て、カッコイイと思った。

この頃に発行された新聞「少年タイムス」（SEPTEMBER.29.1948）には、楽団の活動全般が紹介されている。

まず魅力が述べられる。この新聞見出しは「かあい、子どもばかりの合奏団」となっている。

お揃いの着物を着たかわいゝ男女の合奏隊が、ピアノの音に合わせてかわいらしいメロデーをかなでる。シンバルや木琴を上手にならす子どものうしろに大ダイコや小ダイコを打つもの、トライアングルをならす子、ハーモニカやアコーデオンを持ったしんけんな顔、顔、……われるようにわく拍手のあらし、〝まあすばらしい〟〝なんて可愛いのでしょう〟とさゝやく声の下から又アンコールのひびき……

まだ年の端もいかない可愛らしい子が美しいメロディを奏でる。ここが最も魅力的だったようだ。その器楽演奏も音が揃っていて素晴らしい。日本にこんな子どももがいるのか「アメリカの兵隊さんも大喜び」だった。

次に「お揃いの着物」について触れている。「ミドリ楽団」の献身的な慰問活動に共感していた人がいた。これを紹介する記事の見出しは、「お揃いの服もていて牧師さんの贈り物」とあり、「ララ物資の係をしている牧師さんが〝服装をととのえてあげよう〟とシャツや半ズボン、靴下から靴まで、お嬢ちゃんには上衣やスカートなど可愛いお揃いの服ができたわけです。進駐軍の人たちからたいへん上手だと折紙をつけられました」と続けている。

さらに、演奏のことについて浜館の談話を載せている。「〝楽器の特徴を生かし、子どもたちの腕前に合うように編曲してからたいへん調子がよいのです。この合奏はどんな子どもでもすぐ入れるのが特長です」と。浜館は編曲の手練れだ、メンバーの一人一人の力量を知った上で曲を編み直す。それぞれに役割があること、またそれぞれが面白がるように曲を書き換え、上手く彼らが演奏できるように譜を作ってしまう。得意技だった。

「少年タイムス」には、「ミドリ楽団」がいかに人気があったかが書かれいる。「アメリカ人の人たちからひっぱりだこ、東京都内幸町にある大阪ホテルや第一ホテルなどの進駐軍の家族の人たちばかりのところに〝ぜひ来てください〟と言われて今では毎週一回は迎えにくるそうです。代々木にあるアメリカンのワシントン・ハイツスクールやバンカス・クラブにも呼ばれている」とある。「ミドリ楽団」は、進駐軍の折紙つきの音楽隊であちこちから引く手あまただった。

代々木のワシントンハイツのアメリカンスクールは学校からも近い。何か行事があると引っ張り出されていた。ここには頻繁に訪れていた。

最初に訪問した頃よりもここはさらに整備されてきれいになっていた。東京の中にできたアメリカの住宅地、広い芝生の間に絵のような洋館、目も覚めるような場だった。

「アメリカのギャングが乗っているような大きな車が、ドッドッドッドッって普通に走っていたよ」

「映画に出てくるような俳優、サングラスの若い男とスカーフを巻いた女の人がオープンカーに乗っていてね、走るときに赤いスカーフがひらひらって揺れていたんだよ」

楽団員たちが実際に目撃した様子を興奮気味に口々に語った。

「あれはね、タヌキが化けたんだよ」

「センセイ、ウソ！」

「君たちは知らないだろうけど、ワシントンハイツは前は代々木の原といって、タヌキがよく化けて出ていたところなんだ……」

冗談なのか本当なのか分からない話をして浜館は学童たちをよく煙に巻いた。しかしこれに仕掛けがあるから要注意だ。

「今度アメリカンスクールに行くけど、新しい曲を持って行く。それはこれだ」

いつも通りオルガンで曲を弾く。そして例のガリ版で刷った音譜を配る。

「先生、曲の名は何ですか？」と千登世が聞いた。

「『いつか王子さまが』っていうのかな」

「何、それって何の曲？」

「まあ、明るくて楽しい曲だ、幸せを運ぶ曲でもある、やってみよう」

「皆様、こういう時って気を付けないとですね。また引っ掛かるのですよ」

千登世は馬鹿丁寧に言った。彼女は前のことを覚えていた。「とりあえず新曲だから練習をしておこう」って気軽に言われた。その曲を代々木スクールで演奏したところ皆が突然皆立ち上がった。団員は目を白黒させた。何のことはない校歌だった。

「先生なんかまた仕掛けがあるんじゃない？」

　田中征男は疑っている。

「いやないない。楽しんで弾けばいいんだ」

　そして当日、淀井千登世がこれを指揮した。

「何かね、『王子さま』がっていうところが怪しいのね。何かの歌だってことは分かるけども、本当のことはわからないの。浜館先生は知っているけど、団員は知らない。だからきっと演奏すると何かが起こるのだと私思っていたの……」

　実際にこの曲を演奏するとアメリカンスクールの子どもたちからどよめきが起こった。予想もしていなかった曲が演奏されたが、彼らは見事に反応し、歌い出した。

「何だ歌があるんだ！」

　楽団員は初めて気づいた。アメリカの子はよく知っている歌だった。

「先生にまたはめられた。先生についていくとどんなことが起こるか分からない。心臓が三つぐらいないと『ミドリ楽団』はつとまらないよ」

　早川新太郎がぼやく。

「世の中すべてのことが分かっていたらつまらないよ。分からないところにドラマは生まれるんだ。この歌は、ディズニー映画『白雪姫』の主題曲なんだ。白雪姫が、いつか白馬に乗った王子様が自分を迎えに来てくれると歌う場面なんだ。アメリカでは映画が封切られているからみんな知っている。けれども日本ではまだだから誰も知らない。この楽譜をアメリカの関係者からようやっと手に入れて編曲したんだ。日本では初演奏だね……」

「先生、意地悪。また私たちをドキドキさせるんだから……」と千登世。

2　日比谷「大阪ホテル」での音楽会

慰問演奏は続いていた。米軍によって接収されたホテルやクラブが都内に多くあった。そこからの演奏要請が引きも切らず続いている。それで楽団員は日々忙しい。しかしいいことずくめでもない。

「おめえら俺たちはアメリカと死に物狂いで戦ったんだ。そんな奴らの慰問に行くなんて許せない」

ホテルでの慰問が終わってバスで帰ろうとしたときに一人の男が近づいてきた。酒臭かった。彼は少年航空兵で特攻に行きそびれたらしい。

「気にすることはない」

浜館は楽団員に言った。が、いちゃもんを付けられて気持ちいいはずはない。これ以来皆浮かぬ顔をしていた。そんなときに浜館は団員を音楽室に集めた。

「この間は、酔っ払いにいちゃもんを付けられて君らは心傷つけられた」

「うん、ぐさっとナイフを突き付けられたみたいで嫌だった」

新太郎にしては珍しく顔をしかめた。

「うん、確かに嫌だね。彼は慰問には行くなと言っていた。でもさ、慰問っていうのは何だろうね？」

「…………」

「じゃあ、質問を変える。慰問の『慰』ってどういう意味なんだ？」

「難しい漢字だけど先生、あれは慰めるということですよね」

六年生の中村四郎が答えた。

「そうだね。苦しんでいる人を見舞うことを慰問という。台風被害に苦しんでいた人たちを慰問に行って喜ばれた。今は兵隊さんを見舞うことが多い。どうして見舞うんだ？」

「さびしい思いをしているから？」

「そうだね。君たちの何人かは疎開経験があるよね。家に帰りたくても帰れないでとても辛かった。兵隊さんも皆同じだよ。疎開しているときに日本の陸軍の兵隊さんを慰問した。寒い中で厳しい訓練をしていた彼らは君らの演奏を聞いて喜んでくれた。アメリカ兵にしても日本の兵にしても故国を遠く離れてきている。さびしくて辛いものがある。でも君ら、いかここは当時者である君たちには分からないだろう……けどな、まだなりの小さい子どもが懸命に演奏する姿というのはとても美しいものなんだ。これは敵も味方もないいんだ。大げさかもしれないけどな、君らは命の輝きを持っているんだ。だからよけいに慰められる……」

「センセイ、俺らはピカピカ光っているの？」

「新太郎、そうだよ。先生にはない輝きがある。それはね、若いからということはある。けれども大事なことは君らが懸命に頑張っていることだよ。そこは誇っていいことなんだよ。あんな特攻崩れの兄さんの言葉に負けるな！」

「気が滅入っていたけど少し気持ちが楽になったよ。先生……」

「そうだね、確かに戦争があって日本は負けた。ところが今は敗戦から立ち上がって皆頑張りはじめている。アメリカの支えというのは大きい。ララ物資による学校給食もアメリカからの援助だろう。助けてもらったらありがとうという、礼儀だね。君らの演奏は、ありがとう演奏だと言ってもよい。日本を代表して、日本の小学生を代表して『ありがとう演奏』をしているんだ」

　これを聞いた楽団員は刺激されることがあったようで、次々質問をする。

「本当に日本代表なの？」

「うん、そこも自信を持っていい。君らのことはアメリカ軍の駐留軍司令部もよく知っている。今度、日比谷の米軍司令部宿舎『ホテル大阪』に慰問に行くことになった。これも君たちへの信頼から来ているんだ。一週間おきにここへ行って米軍将校の前で演奏するんだ……」

「将校って、お偉いさん？」

「そうそう、それでもう申し出が来ているんだ」

「先生、申し出って何？」

「取材だよ。取材の申し出」

「どこから？」

「スターズ　アンド　ストライプスって言うんだ」

「そんなの聞いたことがないよ」

「まあ、それはそうだよな。スターは星なんだ。ストライプは縞柄。よく見かける国旗だろう」

「アメリカ国旗？」

「そう当たり。だから日本名でいうと『星条旗新聞』というんだ。アメリカ合衆国の新聞なんだよ……」

「へぇ、そうするとアメリカでも見られるの？」

「そうだよ。だってアメリカ合衆国の公的新聞だもの？」

「すげえ、俺ら国際的になったんだ」

「それでな、もっと驚くニュースがある！」

「またか、先生、心臓が五つぐらいないと『ミドリ楽団』はつとまらなくなったね」

「確かにな。じゃあ、後二つ付け足せ」

「シンゾウさん、シンゾウさん、今三つあるシンゾウを、シンゾウして二つ増やしてください、お願いします……先生、お祈りしたから大丈夫だよ」

新太郎はおどけてみせた。

「よし、分かった。君ら有楽町にある『東京宝塚劇場』って知っているよな」

「知っている！」と四郎が甲高い声で応えた。

「知っているわ。だって『宝塚歌劇』の東京公演会場だもの」とこれは安野洋子だ。

「この劇場は、今はアメリカ軍に接収されていて『アーニー・パイル劇場』と呼ばれているんだ。ここで公演をすることになったんだ。横浜のオクタゴン劇場よりもずっと大きくて客席数が約二千五百もあるんだ」

「でっかい、大劇場なんだ！」

「うん、日本で最も大きい劇場だ。いいか驚くな」

「先生、もう驚きっぱなしだよ……」

「じゃあ、もう一つ驚いておしまいだ。あの九月にここで三日間、『ミドリ楽団』は連続公演をすることになったんだ！」

「エー、凄い！」皆が一斉に歓声を上げた。

「ぎゃっほ、これはたまらん、たまらん、ちんちん、ちんどん！」

新太郎は、チンドン太鼓を真似る。左手で太鼓を、右手で鐘を空叩きしながら練り歩く。

「東西、東西、このたび、『ミドリ楽団』は、東京有楽町の『アニー・パイル大劇場』にて、一世一代の『カッコウワルツ』を披露するものであります……」

口上を述べると、団員が「よっ、珍太郎！」と言って冷やかす。

3 「星条旗新聞」の大予告

夏になって「大阪ホテル」での公演は終わった。この時に「星条旗新聞」の記者が本当に来た。記事は八月十三日の新聞に載るとのことだった。その記事が浜館の所に送られて来たのは一週間ぐらい経ってからだった。それで、音楽室に楽団員を集めてこの新聞を見せた。

「先生、何て書いてあるの？」

「オオサカ、ユースバンド、イン、ポピュラー、デマンド？」

「英語で言われてもちんぷんかんぷん。センセイ、それはどういう意味なんですか」

洋子が質問をした。

「先生だって英語はそんなに得意じゃない。だいたいでいいか？」

「うん、だいたいでよし、許す」と、これは新太郎。

「それが先生に向かっていう言葉か？　あのな『ホテル大阪で演奏した児童楽団はとても人気があった。音楽を聞いた人からの要望も高いということで二週続けての出演となった』と書いてある」

「誉められているんだ！」

「そうだよ。あのときみんな聴き入っていたもの。『アメリカンパトロール』の演奏が始まったらフォークに肉を突き刺したまま聞いている人がいた」

「曲が終わったらやっと食べていた。俺もその人見ていた、デブの人だよね」

「デブなんて言っちゃいけないんだよ。でもさ、拍手をしないでみんな皿やカップをナイフとかフォークで叩いていた。あれがうるさいくらいだったね」

楽団員はそのときのことを思い出して口々に言う。

「先生、他には何か書いてないの？」

「うんうん、なるほどね……」

「センセイ、そんなニヤニヤして自分だけ喜んでないで、僕たちにもちゃんと教えてよ」

「そうだな、ここにプレイヤーって書いてあるけど、君たちの演奏についていっているんだな。『演奏者は力強さとそれと熱意とをもって演奏していた』ということだろうな……それともっといいこと書いてあるな……」

「センセイなんて書いてあるの教えてよ」

「ゼイアーア　ウェルトレインド　アンド　タレンテッド　グループ……ほう、たいしたもんだ」

「そんなこと言われてもちんぷんかんぷん。何て書いてあるの？」

洋子がまた聞いた。

「『君らは非常によく訓練されていてとても才能が豊かな楽団だ』ということかな、これは誉め過ぎだよな……」

「センセイそんなことないよ。あのとき最後はアンコール責めで、曲の貯金がなくなりそうだったじゃない」と新太郎。

「拍手がどんどんどんどん盛り上がって、二曲も三曲もアンコールに応えていたら本当に曲がなくなってきてどうしようかと思ったものね……」

指揮の千登世も最後のまとめあげをどのようにしたらいいか困っていたという。

「新聞では君たちを、パフォーマーだと言っている。役者というのかな。君たちは人々を楽しませてくれる児童楽団だということを言っている。アメリカ人っていうのは誉めるのが上手いね。あ、それで『ミドリ楽団』の予告が出ているよ」

「何て書いてあるの？」

「『The childoren will perform at the Enie Pyle Theataer the nights of September 8,9,and10』と書いてあるんだ。つまりは、代沢小の児童楽団は、アニー・パイル劇場で、九月八日、九日、十日の夜、三日間にわたって公演に打って出るって書いてあるんだ」

「そんなことが英字新聞に書いてあるんだ。凄いね」

「センセイ、その九月ってすぐだよね。もう何だか怖いよ、急に胃が痛くなってきた」

　征男は大げさに腹を押さえる。

「うん、何かね、ドキドキしてくるよ。だって二千五百人も入る大劇場なんだよね。俺こないだ悪い夢見ちゃった。演奏しているときに突然、いくらハーモニカ吹いても音が鳴らないんだよ。まずいと思って舞台から引っ込もうとして走るんだけど、足が穴に取られて動けない。すぽんと抜けたと思ったら夢だった……」

　四郎は、悪夢を思い返したかのように顔を険しくした。

4　大劇場アニー・パイルへ

　有楽町の「東京宝塚劇場」は、今は「アニー・パイル劇場」と呼ばれている。ここの晴れ舞台にいよいよ「ミドリ楽団」が出演する。一日限りではなく三日間の連続公演だ。その日、昭和二十三年九月八日は巡ってきた。

　公演はイブニング、夕方から開催される。初日はリハーサルもある。それで昼過ぎに迎えのバスがやってきた。晴れ舞台への出発を見ようと、教員、父母、在校生などが集まってきた。その中で楽団員たちは一際華やかだ。実際、三十二名の左胸にはMバッチが輝いている。皆、誇らしげだ。目を細めてそれを眺めているのは楽団員の母親たちである。

「やっぱり女の子はこうやって揃うと可愛いね。特にあの赤いリボンの髪飾りは似合ってる。苦労して作っただけのことはあるわ」

　女の子はブルーの吊りスカートに花柄のブラウス。靴もソックスも黒。

「男の子も悪くないわよ。あのシャツのボタンが大きくて目立つわ。でもシャツの襟が尖っていて痛そう」

　男子は黒い半ズボンに四つボタンの薄青いシャツ。やはり靴とソックスは黒。

「生地を切って縫い上げて、アイロン掛け。ここのところもう二晩ぐらい徹夜。私は多少裁縫の心得があるから何とかできたんだけど、それでも大変だったわ」

　靴と靴下とズボンとスカートはララ物資から支給された。ところがシャツとブラウスは生地での支給だった。

「うん、生地はしっかりしていて色もいい。でも型紙作りからっていうのは大変だった。淀井さんのお母さんがこれを作ってくださったから助かったけど……」

　お母さん方も得意不得意があって上衣ができるまでは大変だった。それでも手分けして何とか間に合って今日の日を迎えられた。

「せっかくの晴れ舞台なんだけども劇場は日本人立ち入り禁止。親の私たちだって入れない。せめてここで見送るしかないわね」

　楽団員の母親たちがそんな話をしているときにバスがやって来た。二台である。

「おーい前から順々に乗れ」

　楽団の総監督が指示をする。

「先生、今日はお洒落だね」

　浜館は、ダブルのスーツを着ていて普段とは違う。

「おお、津村か、今日はありがとうな。助かるよ」

　ミドリ楽団の大舞台、これを成功させるには精鋭が必要だ。それで卒業生の美奈が手伝いに来ていた。

「あっ、お姉ちゃん」

美奈がバスに乗るとそう声を掛けた者がいる。千登世だった。

「あら、ひさしぶりだねえ。今日は大役だね」

「もう今からドキドキなの？　二千五百人の前で大丈夫かなあ？」

「大丈夫よ。あなたは指揮者、だからお客さんは見なくていいのよ。団員だけを見てチャンチャンって気楽に棒を振ればいいのよ」

「チャンチャンって気楽にって、できるかしら」

バスが動き出した。窓の外で「がんばって」との声、それがたちまちに消えてゆく。窓の外に景色が流れて行く。渋谷の道玄坂を下っている。

「前と比べると渋谷もきれいになったね。あれは二年前だよね。最初聖路加病院に行くときにここ通ったけど焼け跡がまだいっぱいあったんだけどね」

「そう言われて思い出したけど、あの時は目が窓に届かなくて、よく見えなかったの。今日はよく見える。あはは……」

隣の席に座った千登世が言う。

「そうだったんだ。千登世ちゃん、急に背が伸びたものね。浜館先生言っていたよ。千登世ちゃんなしにはミドリ楽団は成り立たないって。この間、大阪ホテルではアンコールの貯金がなくなりそうなくらいだったんだってね？」

「そうそう……どぎまぎして、あせって、『真正寺学寮歌』が思い浮かんだんだけど、みんな知らないしね」

「面白いわね。『みんな明るい私もぼくも』って千登世ちゃんが歌って指揮を執ったらみんなぽかんとするでしょうね。あはは」

「あ、お堀端だ！」

バスは三宅坂を右折し左にお堀を見て走って行く。土手の緑と抉られたお堀の景色が目に優しい。

「ここを過ぎるとアニー・パイル劇場もすぐだわね」

と美奈。

「あ、もうドキドキだわ。この間、浜館先生言っていたの。『君たち楽団員は、プアーではない、エクセレントなんだよ』と。アニー・パイルで演奏するには厳しい審査があるんだって、それを通らないと許可は下りないんだって……」

米軍は「東京宝塚劇場」を接収し、「アニー・パイル劇場」と名付けた。敗戦、四カ月後の十二月二十五日に開場した。米兵の慰問を中心とする劇場で出演したのは日本人である。芸能関係の演奏技術などについては審査があり、これを通って初めて「芸能審査証」が交付される。興業ごとに「芸能人紹介状」が必要だ。これに格付けの印が捺されている。それがExcellent, Good, Fain, Poorの四段階である。

「うん、その話は私も聞いたわ」

下代田中学一年生になった美奈は先生に呼ばれて、アニー・パイルへの出演を頼まれた。

「今度アニー・パイル劇場に審査を通って出演することになった。楽団の演奏技術が認められたからなんだと思う。しかし、忘れてはならないのはこれまでの努力だ。疎開しているときも片時も楽器を離さずに練習をしてきたのは君たちだった。それが今度のことに結びついたのは間違いないんだよ。それで君にはお願いがある、その晴れ舞台に卒業生を代表して参加してもらいたいんだよ」

美奈はこの申し出を喜んで受けた。劇場で見聞きしたことをしっかり記憶して他の卒業生に伝えようと思った。

やがてバスは、アニー・パイル劇場に着いた。団員はバスから降りる。するとそこには見上げるばかりの高いビルが建っていた。

「上の方に赤い字で書いてあるよ。E・R・N・I・E・P・L・E……」

「アニー・パイルって書いてあるんだ。カッコイイ！」

建物ばかりではない劇場前の歩道は水で洗われている。建物の回りは塵一つ落ちていない。ほこりだらけの東京の街を知っている学童には驚きだった。

「あっ、警備の人だ」

入口のところには日本人の警備員と腕章を巻いた背の高いMPが立っている。そのアメリカ人の目が驚くほどに青い。怖々と団員は彼らの間を通り抜けて行く。そして日本人オフリミットとされた劇場の中に入る。

「涼しい！」

外はまだ夏、日ざしが照りつけて暑かったが、中は冷房が効いていた。これは既に東京會舘で経験済みだ。しかしここは効き方が違う。絨毯にしても、シャンデリアにしても一層豪華だった。目を瞠るほどに多くの灯りが昼間なのに煌々と点っている。

「こんなに電気を使って大丈夫か？」

「君らはそんな心配することはないよ。ここの地下には自家発電装置があっていくら使っても平気なんだよ。不夜城と言われているくらいだから」

「先生、じゃあ帰りにお土産に電気をもらえないかな。俺なんか家で『また電気の付けっぱなし』って言われてしょっちゅう怒られているんだから……」

「新太郎、分かったよ。じゃあ、電気の缶詰をお土産にくれるように言ってやろう」

「電気の缶詰なんてあるのか。さすがアメリカだ！」

「冗談だよ。そんなのがあるわけはないだろう。あはは」

5　目と口に走った衝撃

「それでは、皆さんを劇場に案内します。まずは客席に入ってもらいます。まだ舞台では前のグループが練習をしていますから、それを席に座って見学します。そのときに舞台とか幕とかがどうなっているのかよく見てください」

案内に立ったのは日本人だった、進行係の人だ。その人に導かれて客席に入る。

「すげえ椅子」

「広い！」

　赤い椅子がずっと向こうまで並んでいる。天井も高い。

「椅子がふかふかだ」

　団員は赤い椅子に座る。すぐ目の前の緞帳は下りたままだ。

「リハいきます！」

　誰かの声、すると「ブゥゥゥ」とブザーが鳴る。そして客席の電気が消える。すると緞帳がゆっくりと上がっていく。舞台が見えてきた。

「何これ？」

　若い女の人が横にずらりと並んでいた。それは衝撃だった。

「ゲホ！　凄い短いスカート。パンツ丸見えだ！」

「ゲホ」は新太郎の口癖だ。驚いたときに口を衝いて出てくるらしい。

「太股をあんな見せちゃっていいの？」とこれは四郎。

「あれは下着じゃないか、こんなの見ていいのか？」と征男も応ずる。

「違うわよ。あれは踊り子さんよ。踊りをするときの衣装なのよ」と洋子がたしなめる。

「ダメだ、目の毒だ。目をつぶれ！」

「四郎、だけどそんなことしたらもったいないよ」

「バカなことを言うなよ、新太郎。何がもったいないんだよ。言えよ」

「そんなことをいいながらお前だって目を開けているじゃないか」

　男の子たちは興奮している。そこへ金髪の外国人男性が出てきて、「アップ、アップ、アップ」と言って手を叩く。すると彼女らは互いに手を組み、拍子に合わせて右、左と足を大きく上げる。

「ああ、これがラインダンスなのね」と美奈。

「何だか、こっちがアップ、アップ、アップしちゃいそうだよ」と四郎。

「私だって何だか恥ずかしいわ。だって『女の子は脚を見せてはいけません』って、お母さんがいつも言うんだもん」

千登世が言う。ミドリ楽団はいきなり太もものパンチを見舞われた。男の子も、女の子も、そして先生もあっけに取られた。

この舞台の間口は三十八メートルあった。ここいっぱいを使って踊り子が跳ね回る。彼女らは「アニー・パイル劇場専属舞踏団」の団員だ。この第一回募集には三百人の応募があって女子は六十人が採用されている。彼女らには朝から昼過ぎまでダンスのレッスンが課せられていた。団員はこれに遭遇したのだ。

踊り子のダンス練習がすむと、舞台要員が指揮台、木琴を置く台、それと楽器を並べた。リハーサルの用意が調って団員は舞台上に立った。準備は整った。

「見ての通り劇場は広い。ここに観客が一杯入ると君らは緊張してしまうかもしれない。だけどこの間君たちは新聞で誉められていたよな。とても力強く、熱心に演奏していたって。やっぱり大事なのはのびのびと力強く演奏することだよ。いいか肩の力を抜いて柔らかく吹いて、弾いて、叩くんだ。音楽を演奏することを楽しむといいんだよ……」

リハーサルが始まろうとするときに浜館はそう楽団員に伝えた。

「ガンバリナサイ、タノシミナサイ、ソウスレバ、スクワレマァス！」

ララ物資の係の牧師さんが励ました。二人の話が終わると千登世が指揮台に登る。これには青い布が掛けられていた。背のすらりとした彼女はここに立つとよけいに映える。指揮棒を構える。皆、視線を集中する。棒が振られ、彼女の頭の赤いリボンが揺れたとたんに音楽は始まった。まずは軽快な行進曲から始まった。さすが大劇場だ。誰もが、音の響きがまるで違うと思った。しかし、演奏の音は客席にスッと吸い込まれていく。

「本番では大丈夫だろうか？」

団員の誰もが不安に思った。

＊

「みんなよく聞け、本番までは時間がある。この間に腹ごしらえをしておく。劇場から軽食が出される。これから地下にある『レッドクロス』という食堂に行く。そのときに今配っている食券を出すんだ。そうするとおいしい御飯がもらえる」

「先生、何が出るの。おにぎり？」

「それは聞いていない。行ってからのお楽しみだな。あはは……」

浜館から食券を受け取った団員たちは、地下への階段を下りていった。

「あっ、美味そうな匂いだ」

「この匂い、おにぎりじゃなさそうだよ」

地下に着くと赤い看板が目についた。「RED CLOTH」と書かれている。食堂に入ると右手に長いカウンターがあった。奥に白い服を着たコックさん、日本人だった。ここに券を出すようだ。団員は並んで順にこれを出す。しばらくすると次々に皿に乗った大きなパンが出てくる。それをトレイに乗せて進むと係の人がコップに入った飲み物をくれる。

「先生、このパンは何？」

「ハンバーガーっていうんだ」

「ゲホ！　でっかい。これが軽食なの？」

パンの間に大きな肉の塊が挟まっている。

「牛肉だぁ！」

肉は貴重品だ、ふだんこれを口にすることはない。

「こんな大きいの食らいつけないよ」

トレイを持った団員はカウンターの左手にある長机と椅子の方へ向かう。

「お～い、みんな、あそこの大きい柱のところにSって字が見えるだろう。『シュガー』のことだ。あそこに砂糖だとか、ケチャップだとか、カラシだとか、玉ねぎの刻んだのとかがある。普通はパンの間に挟まっているお肉に玉ねぎを乗せ、ケチャップをかける。あそこに行って好きなだけかけたり取ったりしていいんだよ……」

「ゲホ、ゲホ、取り放題、食い放題ってことだ、もうびっくりくりくり！」

「すげえ、玉ねぎの刻んだものが山盛りだ」

「ゲ、角砂糖が山盛りだ。これはどうするの？」

「それはコーヒーに入れるんだよ」と先生。

　太い柱の四周を囲むカウンターに団員が群がった。玉ねぎを山盛りに乗せる子、ケチャップを肉が見えなくなるまでどっさりとかける子。中には角砂糖をハンバーガーに挟む子もいる。

「うめえ！」

「本物の肉だぜ。クジラの肉じゃないぞ」

「なんだこれは、苦くてシュワシュワする。これってコーヒー？」

「それはコーラというんだ。ジュースなんだよ」と先生。

「おまえ、人食い人種みたいだぜ。口の周りにいっぱい血をつけているぞ」

　その人食い人種は方々にいた。ケチャップをたっぷりかけたことで、口の回りが真っ赤になっている。

「ケチャップチャプチャプお代わりだい」といってまたカウンターのところに小走りに行くものもいた。

「ケチャップ、ケチャケチャ、食い放題、タマネギ、ネギネギ、食い放題……」

　ゲホ新太郎は、ケチャ新太郎になって赤い口で歌っている。

「そんな下手くそな歌をうたうなよ」

　四郎は四郎で大盛りの玉ねぎに涙を流しながら食らいついている。

6　アニー・パイル劇場の一夜

「本番、三分前です。スタンバイします！」

　舞台進行の係の声が飛んできて、団員は緊張した。トップには指揮者が一人、一列目は木琴が四人、二列目はアコーデオンが八人、三列目はハーモニカが十二人、ここまでは椅子がある。次の四列目は立っている。タンバリン二人、小太鼓二人、トライアングル二人、シンバル一人、大太鼓一人である。

「ああ、もうドキドキしちゃう」と洋子。

「おしっこがもれそう」と征男。

「うるさい黙れ」と新太郎。

「本番、一分前！」

指揮者も団員も観客席に向かい整列し頭を下げる。すると舞台の電気が消え、真っ暗になる。緞帳一つ隔てた向こうの観客のざわめきが伝わってくる。話し声の塊、「あうあうわう」、日本語の騒々しさとは全く違う。と、「ブー」とベルが鳴る。とたんに静かになる。

「がぎぎ、がぎぎ、がぎぎぎぎ」

天井で音がする、ゆっくりと緞帳が上がる。すると真向かいからのスポットライトの光りがこうこうと照りつけてくる。青みがかったライトに指揮者のシルエットが浮かび上がる。そして全員にも光りが浴びせられる。すると一斉に拍手がわき起こる。

「ふゅぃ、ふひゅぃ」と口笛を吹くものもいる。

「ゲホ！　凄い人」

赤い座席には人、人、人、三階席まで人で埋まっている。多くは軍服を着ている。しかし女の人も混ざっている。進駐米軍の家族も来ていた。その彼らの拍手がやんだ。すると千登世は身を起こし、くるりと半回転し指揮棒を上げる。そして間髪を入れず振り下ろす。楽曲が流れ出る。会場は不意を衝かれてざわめくが、すぐにサビに入る。

「……タンタッタ、タッタタッタ、タラララララッタッタ……」

数秒経って彼らはどっと立ち上がる、兵士は軍帽を女性は手を胸にあてがって歌い出す。曲は「星条旗よ永遠なれ」だ、アメリカ国歌である。歌声は段々に高まり、会場全体に歌が響きわたる。

「歌は出会いなんだよ」と浜館は言う。団員も聴き手がどんな反応をするのか予測ができなかった。ところが急にみんなが立ち上がって歌い始めた。聴き手と演奏者の温かい出会いだった。それが証拠に指揮者は左手をどんどん煽っていた。

気持ちのいい出会いが出来たあとは、団員たちも気を楽にした。次は、フォスター・メドレーだ。「草競馬」「スワニー河」「おお スザンナ」「オールド・ブラック・ジョー」と立て続けに演奏する。「草競馬」が、タンタンタンタンタン、タタタ、タンタラランと始まると、もう一斉に手拍子が始まる。やはり彼らは力づよい、会場中が割れんばかりだった。

「あれ、どうしたんだろう？」

不思議なことが起こった。劇場には二千五百人ほどがいる。フォスターの場合もそうだが、アメリカンメドレーなどになると反応が偏ってくる。二階の方で騒ぎ出して拍手したり口笛吹いたり、また踊ったりもする。その曲が終わると今度は会場下手のところが騒ぎだすという始末だった。

「アメリカっていうのは広い国だね、南部、北部に別れているからね。それと北軍、南軍に別れて戦ったことがあるんで、郷土色があるんだね。スワニー川は南部なんだ。これに反応したのは南部の人だったんだね」

先生が後で解説してくれた。

「ミドリ楽団」による演奏は、次第に熱を帯びていった。アメリカの歌は、やはり兵隊たちの郷愁を刺激するらしい。感極まって歌い出したり、踊り始めたりする者もいる。中には涙が止まらないらしくずっとハンカチで涙を拭いている兵士もいた。

「ファンタスティック！」

お得意の「アメリカン・パトロール」を弾いたときだった。会場から大きな声が上がった。すると他でもまた「ミステリアス！」との声。この曲は慣れているだけに自在だった。

「音のバトンタッチでいくんだぞ」

曲を演奏するときに楽器が音をバトンタッチして

いく。木琴が前に出て、そして引っ込み、次にはアコーデオンが、ハーモニカが同じことをする。他の楽器もこれに加わる。小太鼓がトントンと大太鼓がドンドン、トライアングルがチィン、シンバルがジャンジャンと味付けをする。その変化が聞いている方には「ミステリアス」であった。

あちらのお国の音楽が終われば、次はこちらのお国の音楽の紹介だ。今度は、指揮棒が柔らかく振られる。おなじみの「さくらさくら」である。さっきまでは熱狂的だったが、緩やかな趣きの和風の曲になると皆自然と静かになる。

「ストレンジ」

会場で誰かがそう言った。彼らにはちょっと風変わりに聞こえるらしい。が、観客は音を吸い込むように聴き入っている。続いて「夕焼け小焼け」「靴が鳴る」「春の小川」と童謡メドレーでいく。おっとりと、しっとりとした空気が流れていく。

「京子ちゃんや美奈姉ちゃんの笑顔が見える」

千登世は指揮をしながらアコーデオンを弾いている二人を見ている。

「しっかりと応援してくれている！」

そう思いもする。この間の「星条旗新聞」にはアコーデオン奏者の津野京子ちゃんが特別に目を引いたと書いてあった。千登世には分かった。彼女の響きのいい音が本当は曲全体をリードしている。指揮者とその二人の笑顔の交歓はここにあった。

弾き手のリーダーがいて演奏が滑らかになる。京子ちゃんや美奈姉ちゃんがその役をしている。いい音を出せばみんなも乗ってくる。そんなとき千登世は左手でみんなを煽った。

アメリカンメドレー、童謡メドレーが終わり、演奏会も後半に掛かって、クラシックや民謡やら自分たちの得意分野へと入る。最初は「子供の巡邏兵」だ、「ラララッタ、ララ、ララ、ラララ……」に始まり、楽器が軽快に駆け巡る。すると会場の観衆が手拍子で応える。これが終わったとたん、「カッコウワルツ」

だ。もうめまぐるしい。しかし会場の熱気は衰えない。一曲、一曲、終わる度に、「ブラボー」、「ブラボー」とあっちこっちから賞賛の声が上がる。もう後は音の洪水だ。「ウイリアムテル序曲」、はたまた「新世界より」と続く。そしていよいよ終曲に差し掛かった。指揮者はここで一拍置いた。するとスポットもこの演出に色を添えた。青い光りが千登世を照らす。

「プリティガール」

会場から声が掛かる。彼女は両手でスカートの裾をつまみ、軽くスカートを持ち上げような仕草をした。するとまた拍手があがる。それが終わるのを見計らって、太鼓にスポットが当たる。大太鼓と小太鼓だ。

「何が始まるんだろう?」

会場はしぃーんとなった。とたんに指揮者が太鼓に合図を送る。するとこれの合奏がはじまる。

「トトン、ト、トット、トトントトット……」

十数秒経ってから他の楽器が一斉に演奏に加わる。それはジャズだった。「シング・シング・シング」である。観客はすぐに反応して総立ちとなる。拍手をし、そして体を揺らす。それだけでなく踊り出す者もいる。

しばらくすると冷房が止まったかと思われるほどに空気が熱くなった。「チャラン、ランラ、ラララ」とサビにくる。すると手で楽器を真似る。ラッパを作ったり、手をスティック代わりにしてドラムを叩いたり、クラリネット代わりに両こぶしを吹いたり……。

「会場中が音楽に酔っているようで不思議だった。何かね、気づくと自分の体全体がリズムを刻んでいるんだよね」

新太郎がそのときのことを思い出してそう言った。

「うん、最後が良かった。特に太鼓が」と千登世。

曲のフィナーレはかっきりと決まった。これは最後列が受け持った。まずはタンバリンとトライアングルがリズムを打ち、そして、締めの音は小太鼓がドドと鳴り、大太鼓がドドンと響いて終わった。そのときに会場中が急に静かになった。そしてしばらく経つ。

「ブラボー」

会場から一斉に声が上がる。皆立ち上がっての拍手だ。スタンディング・オーベーションである。団員は立ち上がって深々と礼をする。

そこへ舞台の袖から黒服を着た人が現れた。ララの牧師さんだ。手には大きなバラの花束を持っていた。それを千登世が受け取った。会場からはまた大拍手が湧く。そして、次には「アンコール」の大合唱だった。

アニー・パイルの忘れられない夜は、たちまちに更けていった。

7 「ミドリ楽団」世界へ

十月のある日、団員は音楽室に呼び集められた。

「これまでとは違う企画が来たものでその説明をしようと思って集まってもらったんだ」

「センセ、それはどんなものなんですか?」

「聞きたいか?」

「うん、そんなもったいぶらないで聞かせて……」

「映画だよ。映画に撮るというんだよ」

「映画?」

「うん、映画といっても劇映画じゃなくて、ニュース映画に撮りたいっていうんだ。君たちの活動をニュース映画に撮ってアメリカ本土に届けたいというのだよ……」

「アメリカに?」

「先生、ニューヨーク?」

「それはそうさ。シカゴ、サンフランシスコ、ワシントン、全米と言えばアメリカ中ということさ。それだけじゃないよ。パラマウント映画社は世界的に有名なんだ。だから君たちの映ったニュース映画は世界各国に配給される。だからヨーロッパでも流されるはずだよ」

「イギリスとか、フランスとかにも？」と四郎が質問した。

「うん、そうだよ。全世界にな」と先生。

「ゲホ、音楽でもって米英撃滅か！」

「かっこいい！」

団員は歓声をあげた。

「先生、それはどこで撮るの？」

「場所は、築地本願寺だ。このお寺、知っている者はいるか？」

「変な形のお寺だよね」

「そうそう、本堂の屋根は半円形、てっぺんにはトゲみたいな塔、それと玄関には宮殿のような柱が建っている。本堂に上っていく石段も有名だ。その階段で撮るんだそうだ」

「なんでそんなところで？」

「うん、絵になるらしいんだ……」

「浜館先生、アニー・パイル劇場で大成功を収めましたね。ミドリ楽団の評判はアメリカにも伝わっています。それでニュース映画社の方から演奏風景を撮りたいということを言ってきました。何しろ、アメリカで伝えるニュースですから背景が大事なんですよ。それで検討した結果、築地本願寺に決まりました。あそこは一風変わっているでしょう、エキゾチックな感じを出すのに好都合ということで決まったんですよ」

古沢末次郎さんから浜館にそんな話があった。

「先生、それはいつ？」

「十一月に入ってすぐ」

「十一月だと寒いよ。半ズボンだよね」

団員は服装が心配だった。

「大丈夫だよ。映画っていうのは明るくないとダメらしいんだ。雨の日とか曇りの日はダメで、天気のいい日に撮りたいって言うんだ。それとな、映画を撮るといっても全部を撮るわけはないんだ、ニュースとして流れるのは数分だよ。できるだけ暖かい日を選んで、二曲ぐらい演奏して、さっと撮ってお終いだ……」

「先生、質問」

「なんだ、千登世？」

「そのニュース映画って日本でも見られますか？」

「そうだ、それは聞いておきたいですよ！」と他の団員も。

「そのニュースはまず全米の映画館で流される。これの公開はニュースだから早い。しかし日本に来るまでは少し時間がかかる。だけどな、日本の映画館でも上映されるはずだ。そうだな、早ければ今年中にでも見られるよ」

「だったら恥かかないようにしないと、ズボンに大きな継ぎが見えていたらまずいよな」

　征男が言うと、みんな笑う。ところが衣装のことは各家庭では大きな問題だった。

「うちの母ちゃん、本当は、繕いものが下手なんだ。それで、『ただでさえお父さんのチンドン衣装で苦労しているんだから、あんたのまで面倒みられない。いつも着ていくものについて心配しなきゃならないなら、楽団はやめなさいよ』って言うんだよ。俺はやめないけどね……」

「まあ、しかし今度は、この前にアニー・パイルで使ったものそのままでいいんだよ。特別に準備することはない。洗濯しておくだけでいいんだよ」と浜館は諭した。

「あっ、俺、Mバッチなくした。先生一つぐらい残っている？」

「大丈夫だよ」

「よかったぁ。Mをつけて世界に、夢みたいだぁ」

「ミドリ楽団」が映画に出演してアメリカで公開される。エンパイア・ステート・ビルなどが聳え立つ摩天楼、あのニューヨークでも上映されるという。

「でも、なんだか怖い気もするよ」
「世界の檜舞台に立つ」ことへの期待と戦きが楽団員にはあった。

8　築地本願寺へ

十一月になって急に寒くなった。ところが巡って来た撮影日は、晴れて暖かい日だった。いつも通り学校に集合した。団員に加えて美奈もまた応援で加わった。

楽団員が次々に集まってきた。服装はこの間のアニーパイルに出たときと一緒だ。女子はやっぱり髪に赤いリボンを付けている。ところが一人だけ違っていた。

「まあ、可愛い、千登世ちゃん！」

振り袖姿で千登世が現れた。目の覚めるような紫色の地に桜の花があしらわれていた。頭には他の女子と同じリボンをつけている。

「このね、帯を結ぶのが大変だったの。お母さんに着せてもらってやっとできたの……」

「淀井さんだけが着物になったんだけど、これは訳あってのことなんだ。前にも言ったけど、今日撮影するのは外国向けのものだ。日本の着物を着た女の子が『ミドリ楽団』の指揮を執る。これを撮影して今の日本を紹介したいというんだ。だから単なるニュースではない。つい三年前のことだね、日本は戦争に負けた。だけれどもその敗戦から立ち上がって、今この国は新生日本として生まれ変わりつつある。その一例が君たちなんだよ。のびのびと君たちが音楽を演奏する様子を見てどう思うかな？　恐らくは多くの外国人は、『ああ、あの日本も平和になったんだ』と感じるはずだ。これをきっかけにして平和になった日本を外国に知ってもらえたら嬉しいじゃないか……」

「俺らは日本代表だ、ふんどし締め直さなきゃならんな！」

「新太郎、ふんどしじゃないだろう。猿股だろう?」

「失礼いたしやした」

これを聞いて皆がドッと笑う。

やがていつも通りバスがやってきた。乗り込むと築地本願寺へと直行した。正門から境内に入って行く、窓から眺めると数名の人影が見える、映画撮影チームのようだ。団員たちは緊張してバスから降りた。すると腕に腕章を巻いたカメラマンが寄ってきた。新聞カメラマンとのことだ。そこにカウボーイハット、あごに髭をたくわえたアメリカ人がやってきた。

「パラマウントニュース社のジョンソンです」

そのおじさんは絶えず笑みを浮かべている。脇に日本人通訳がいて彼の言ったことを団員に伝えてくれる。

「君たち、まず最初に伝えなければなりません……さて、あなたたちにとっていいニュースと悪いニュースがあります。さてどちらから聞きたいでしょう?」

日本人通訳が、ニヤニヤしながらこれを訳した。

「いいニュースから!」

団員のほとんどがそう答えた。

「よし、分かった。いいニュースは、今日皆さんはハーシー・チョコレートをお土産にもらえることです」

「わぁい、やった、やった。サンキュー」

「でも、悪い方のは?」とすかさず四郎が聞く。

「そう悪いニュースだ。いいかよく聞け、君たちにとんでもない命令が出た。撮影が終わるまで笑みを絶やさないということだ。音楽を演奏しながら微笑む。あっはっは……」

通訳は、最後の笑い声まで通訳してくれた。これは「アメリカ流の冗談です」と。それを聞いて団員たちは笑った。緊張がたちまち解けた。これが監督の作戦だったようだ。

撮影隊はジョンソン監督、カメラマン、通訳、音声担当、反射板（レフ版）担当の他に服装の映りなどをチェックする女性、それと映画会社の人、さらに新聞記者など十数名がいた。監督は、大階段を前に両指で四角い形を作り、のぞき込んでいる。構図を考えているらしい。

どうやらそれが決まった。監督は通訳を呼び、団員の配置の指示をする。既に段の一番下には長机と長椅子が用意されている。まず木琴四人がそこに並んだ。

「次は石の段の五段目だ。そこに六人のアコーデオンのお嬢ちゃんが座る。よしそれでよい……左右の一人ずつは四段目に立つ……そうそう六人を挟むようにする。そうそうそうだ！」

監督は日本語の通訳に次々と指示をする。

「いいか、今度は十人のバットボーイだ」と監督。

「俺らが持っているのはバットじゃありません、ハーモニカです」

「バットというのはハーモニカではないんだよ」

通訳が言う。

「じゃあ、何？」

「やんちゃなっていうことかな？　元気がいいということだよ」その通訳は笑っている。

「そういう意味なんだ。ま、いいか」

「で、君らはハーモニカは、横一列に並ぶ。右と左に五人ずつ並んで、真ん中を開ける。そうすると後ろの大太鼓の腹が見える。君らは立ったままだ、よし……」

「それじゃあ、最後列だ。男子の五段上だ。左から九人だな。最初がタンバリン、次がシンバル、真ん中に大太鼓、そして小太鼓、最後がトライアングルだ。もう少し体をつめて、そうそうそんな感じだ」

「ミドリ楽団」三十二名が配置に着いた。

「君たち、そこで楽器が弾けるかやってみてくれ」

監督が指示をする。通訳が伝える。皆は手にした楽器を取って音を出してみる。石段の上の立ち位置は少し不安定だ。音は重心が定まらないと上手く出ない。

「ウェイト！」

監督はそう言って通訳に話し掛けた。それを引き取って彼が代わっていう。

「監督がこれから『聖者の行進』という歌を歌うから、君たちは楽器を置いて、手拍子で歌のリズムを取ってくれ！」

監督は「ＯＫ？」と聞く。団員は「オッケー」と応ずる。とたんに髭の監督は朗々と歌い出した。団員はそれに合わせて手拍子を取った。音が合ってくると監督はしぐさで体全体で拍子を取れという。団員は体を揺らす。「グッド、ベリーグッド！」と言う。終わるとすぐに撮影に掛かるという。監督助手が小さな黒板を持って来た。カチンコだ。

「テイクワン、テスト」

そう叫んで、黒板についている拍子木を「カチン」と鳴らす。すると振り袖姿の指揮者がタクトを上げる。風が吹いてきて紫色の袖を揺らす。千登世は構わずに棒を振り下ろした。監督の指示によるスイングが効いたのか演奏は上手くいった。

「よし本番、テイクツー行くぞ」

助監督が言う。すると女性が列の間に入ってきて何人かの服のゆがみを直す。それが終わるとさっと彼女が引く。カチンコがカタリと鳴る。とたんに境内に「さくらさくら」の楽曲が鳴り響く、お参りの人が見つめる。ハトもきょとんと首を傾げる。が、風が大きく吹いて演奏を邪魔した。

「カット、カット」

再びやり直しだ。が、二度目は大丈夫だった。次が「おおスザンナ」だ。築地本願寺にお参りに来た人たちがもう観客になって数十人もいた。終わると拍手が鳴った。そして最後は「アメリカンパトロール」。これも一回目は調子が合わず、カットになって三回目で無事終了した。

「グッド、君らはよくやった。今日撮った映画を見てきっと日本のことを世界の人たちは知ることだろうね。戦争に負けた国が立ち上がって動き出したというふうに思ってくれれば幸いだ。最後にいいニュースと悪いニュースがある。どちらを聞きたいか」

「いいニュース！」

　団員も監督の冗談に慣れてきた。

「いいニュースは、わがパラマウント映画社の無料招待券がもらえることだ」

「悪いニュースは？」

「君たち全員を、許可なくしてお寺の境内で音楽合奏をした罪で逮捕する！……あはは、俺もギャング映画の見過ぎだ。それでは君たちグットラック、バイバイ、今日はいい音楽を聴かせてくれてありがとう……」

　ジョンソンさんはハットを取ってこくんとお辞儀をした。そしてその帽子を振りながら行ってしまった。西部劇ではなく築地劇も一時間ちょっとで終わってしまった。あっけなくてさびしいほどだった。

9　自由と平和

「終わったわね」と美奈。

「うん、終わった」と千登世。

　バスは大通りを行く。窓には蘇《よみがえ》った東京の街が流れて行く。それを二人して眺めている。

「お姉ちゃん、今日は何かいいことあったの？……だって学校に来たときから嬉しそうな顔していたし、さっきの演奏でもいい顔をしていたよ。一番乗っていたし」

「そういうふうに見えたのね！」

「やっぱりいいことあったんだね？」

「うん、一昨日手紙が来たのよお父さんから。収容が解かれて帰ってくるんだって……」

　満州にいる父は抑留されていた。手紙が来て初めて分かった。

「そういうことなの？　それは嬉しいわね」

「そう、嬉しいことなの。でも、こういう話誰でも彼でも話せないのよね。同級生の中には出征したままのお父さんとかお兄さんとかがいるでしょう。この間だって、お友達の加藤さんのところにもお兄さんの戦死公報が届いたのだって、沖縄で亡くなったんだっていうの。そのお骨が届いたんだけど箱を開けたら珊瑚のかけらが一つだけ入っていたというのね」

「私の同級生アキちゃんのお父さんもシベリアにいることは分かったの。でも帰ってこられるかどうか分からないって……あっちは寒いから病気で死んでしまわないか家では心配しているんだって……」

「戦争は終わったっていうけどまだ終わっていないのかもしれないね……駅とかには傷痍軍人さんたちが一杯いるでしょう……アコーデオンで軍歌を弾いているけど、悲しいのよね。私はいつも明るい歌ばかり弾いているから何かね気がひけるの……」

「ねえ、ねえ、お姉ちゃん。あそこのアメリカの兵隊さんたちこちらのバスに手を振っている。アニー・パイルに来ていた人たちかなあ?」

「あらあら、見えなくなっちゃう。あのアニー・パイルでの公演も、あっという間に過ぎてしまったわね……でも今も覚えている場面があるわ。あなた、牧師さんからバラの花束もらっていたでしょう。スポットライトが赤いバラをキラキラと照らしていたわね。忘れられないね」

「うんお姉ちゃん。何かね、今思うと何もかもが夢みたい。ほら疎開のお寺にいたときにアメリカの戦闘機が低空飛行でやってきたでしょう。あのとき操縦士が見えたでしょう。金髪が見えたときは恐ろしいと思ったものね。それが今は、あの人たちの前で音楽を演奏しているんだものね」

「そう、何もかにも変わったわね。でもね、この間、映画撮影のことで浜館先生に呼ばれて会ったのね。そしたら、『俺は変わらないんだが時代が変わったんだ』と言っておられた。先生は戦争前から楽団作って器楽演奏していたでしょう。音楽を好きなようにやれる時代じゃなかったのに自分は好きでやってきて今がある。時代の方が変わったんだねって……」

「うんうん、もう何もかにもびっくりするくらい変わった」

千登世は声を大きくして言った。

「あの疎開時代を想い出すんだけど、規則でがんじがらめだったわね。何をするにもびくびくしていた。でもね、音楽の練習になると違っていた。思いっきり弾いても怒られないのよね、お腹が空いていてたまらなかったけど演奏するときは楽しかった……ほら、『音楽は幾ら演奏しても腹の足しにはならないが心の足しにはなる』と先生は言っておられたけど、夢中で弾いているときは食べ物のことなんか忘れていられたわね」

「お姉ちゃん、その夢中になるってことが自由ってことなの？……この間の、アニー・パイルでの兵隊さんたちって自由だよね。手を叩いたり、体を揺らしたり、おまけにこうやってダンスまでして……」

「そうそう口笛吹いたり、足でリズムを取ったりしてみんな楽しそうだったわね」

あの時の場面が美奈にもありありと思い出された。

「兵隊さんがああいうふうになると『ミドリ楽団』のみんなも乗ってくるのよね……それでね、お姉ちゃん、今日はちょっと感動したことがあったの。右手の指揮棒は動かし方が決まっているでしょう。でも左手は自由なのよね。指揮をしていて皆と気持ちがあったとき、左手が先に動いて行くの。今日の『アメリカンパトロール』でもあの最後のところ、お姉ちゃんのアコーデオンがとても弾んでいて音をリードしていたでしょう。それでどんどん左手を上げいったらみんなついてくるの。あのときの気持ちは最高、天にも昇るような気持ち……」

「音楽の恵みなのかもね。ほら千登世ちゃん見てあそこの歩道」

窓をのぞくと、銀座の歩道の並木が流れ、そこを女の人がきびきびと歩いていく。その赤いスカートを二人とも目で追った。

「風切って歩いているみたい」

「銀座の街ってだいぶきれいになったわね。前はビルの壁に黒い焼け焦げがあって汚れていたけれど……あれ、ほら見て。信玄袋を持ったお婆さんと杖ついたお爺さんが時計台を見上げているよ。お上《のぼ》りさんかしら？」

「おねえちゃん、きっとそうよ」

「こんどはほらこっち、あのおじさん、ワンちゃん連れている」

「あのシェパードまだ小犬だよ。しっぽが可愛いもん」

「何かね、日本に本当に平和が戻ってきたのかもしれないわね……」

「うん」と千登世が頷いた。

　二人して眺める街には柔らかい秋の陽が注いでいた。

Miss Takako Oguri, 11, one of the soloists of the Daizawa School Children's Band tries out the 44-key xylophone, a gift from the Seattle Chamber of Commerce, as members of the American Chamber of Commerce in Japan look on interestedly. They are from left to right Robert Melson, Paul Aurell, Clement Jennings, L. W. Chamberlain, Charles Linton, and F. E. Stone. The girl with the baton is Miss Chiyeko Suzuki, leader of the band. The picture was taken on September 22 at the Daizawa Primary School.

Nippon Times

Children's Band Here Gets Gift Of Instruments From Seattle

Six American businessmen were the enchanted audience of a children's band which performed several numbers including Gounod's Ave Maria, Liszt's Hungarian Rhapsody and Mozart's Serenade in a Tokyo grammar school Friday last week.

The concert by more than a dozen little but extremely talented musicians of the Daizawa School Children's Band was given to commemorate the presentation of two xylophones and three dozen harmonicas to the band by the Seattle Chamber of Commerce, Washington, U.S.A. The members of the American Chamber of Commerce in Japan attended the function as proxies of the donors.

The musical instruments were given to the famed children's band by the Seattle businessmen who had been deeply impressed with the band when it played before them during their recent visit here.

The Daizawa Children's Band consists of some 25 pupils between the ages of eight and 12 of the Daizawa Primary School, located at Kitazawa 1-chome, Setagaya-ku, Tokyo.

When the band peforms with all of its members it has three xylophones, eight accordions, seven harmonicas, three tambourines, two triangles and drums and a few other instruments.

In last week's performance, the band, conducted by 11-year-old Miss Chiyeko Suzuki, played an ensemble and solo.

Credit for the remarkable achievement by the small musicians must go to Kikuo Hamada.e, the band's organizer and teacher, who trained the members all by himself since its beginning in 1939. Every year in March the graduating band members are replaced by younger ones and new members from the first graders trained.

Since the spring of 1946, the band has given more than 100 concerts before various Occupation audiences in Tokyo and Yokohama. The places they have covered include most of the clubs, Ernie Pyle Theater, Octagon Theater, Bill Chickering Theater, Tokyo General Hospital, 361st and 155th Station Hospitals, and all the American schools in the two cities.

The Daizawa Children's band also broadcast twice from the Tokyo station of AFRS, during August in 1950 and will continue to do so in the future. The popularity of the group of child musicians is commensurate with their technical skill. And some Americans have been making efforts, according to Mr. S. Furusawa, manager and director of the band, to find a sponsor for a goodwill concert tour of the band in the United States.

1950年２月　シアトル市長など代沢小へ楽器寄贈

エピローグ

本書『ミドリ楽団物語』は昭和二十三年十一月で終わっている。この後、彼らはどうなったのだろうか。冒頭では昭和二十五年（一九五〇）の「毎日小学生新聞」の記事を紹介した。これから九年経った昭和三十四年（一九五九）一月十日の同紙のトップにも写真入りで出ている。見出しは「20年の歴史を持つ『ミドリ楽団』」とあり、「米人学校で演奏」――青い目のお友達大喜び――とある。

代沢校の「ミドリ楽団」は、浜館菊雄先生の指導で、りっぱな器楽演奏をやるので評判です。二十年前、まだ小学校に器楽楽団がないころから、浜館先生が楽団を作り、だんだん音楽教育が盛んになり、いまでは「器楽の代沢校」として、広く知られています。

楽団は五、六年生を中心に、全学年のお友だちからなりたち、木琴、ハーモニカ、アコーデオン、バイオリン、オルガンなど、いろいろあり、とてもよくまとまっています。

「ミドリ楽団」が、ワシントン・ハイツのアメリカンスクールに招かれたのは、ことしで六回目です。毎年お正月休みが明けると、招かれてきました。ですからアメリカン・スクールのお友だちは代沢校のお友だちには特別の親しみを感じています。九日も、朝から心待ちに待っていました。

「ミドリ楽団」は、歴史を積み重ね、そして進化していた。楽器も増え、バイオリンやオルガンも加わった。木琴とあるが、写真には大型のシロホンが写っている。これは米国からの寄贈品だ。昭和二十五年九月二十日、シアトルから代沢校に来校したシアトル市長を初めとする六人の議員団により寄贈されたものだ。これを伝える英字新聞は、「Children's Band Here Gets Gift Of Instruments From Seattle」との見出しで記事を載せている。三台のシロホン（木琴）、ハーモニカ三十六本、アコーデオンは七台、三台のタンバリン、二台のトライアングル、一台のドラム、その他の楽器とある。大プレゼントだ。彼らがわざわざ来校してこれらを贈っている。「ミドリ楽団」の評判がアメリカまで伝わっていたからであろう。にこやかに笑みを浮かべる六人の紳士、そしてシロホンを奏でたり、アコーデオンを弾く女子など六人、これが記念写真に収まっている。

「ミドリ楽団」はパラマウント映画ニュースに出たり、進駐軍放送ＡＦＥＲにも出演したりしてアメリカでも知られるようになった。そのことから楽団をアメリカに呼ぼうという話が持ち上がった。新聞記事にこれを伝えるものがある。大見出しは「夢みる渡米の日」とある。その小見出しは「みどりバンドは一生懸命」とある。

〝これならアメリカへ演奏旅行をしても大丈夫〟と日本にいるアメリカ人たちから折紙をつけられ渡米の日を夢みながら懸命の練習をつゞける小学生の楽団がある。

この記事は、「元総司令部勤務のウォルター・Ｒ・ハッチンソン氏は親米豆使節としてこの楽団を渡米させようといま努力してくれている」と記す。この親善豆使節として渡米するという夢は叶わなかった。しかし「ミドリ楽団」は全米デビューを果たしている。

学校の歴史を記録した『だいざわ』創立百周年記

念誌がある。ここで「ミドリ楽団の活躍」を取り上げている。以下はその締めくくりの文章である。

昭和二十五年十二月十六日に、極東に駐在する全米軍に向けて、進駐軍放送AFRSから放送されたみどり楽団のクリスマスソングや日本の歌は、同時にテレビニュースとして収録、クリスマスの日に全米にテレビ放送された。

新聞や雑誌、ラジオ放送やニュース映画にもなって、広く世の中に明るい話題をふりまいたのである。

戦後復興は困難を極めた。しかし、暗いニュースが続く中で「ミドリ楽団」の活躍は国民に明るい話題をもたらした。この楽団の演奏が「全米にテレビ放送」されるというニュースは、「朝日新聞」、「毎日新聞」もこの年の十二月十七日付の三面に写真入りで報じている。振り袖姿の六年生が指揮を執り、「白雪姫」や日本の童謡を演奏したという。毎日新聞の記事は「『アメリカーナ』で最後を飾り大成功のうちに撮影は終わった」と伝えている。戦後における彼らの活躍は華々しい。占領軍が彼らの演奏を通して日本を知ったこと。国民も彼らの活躍に希望を見出したこと。また、全国の小学校の器楽演奏の模範となったこと。歴史に埋もれていたこのエピソードは児童音楽文化史という観点からも記録に残されるべきだろう。

「ミドリ楽団」の活動は、敵国同士だった日米を近づける、日米親善をより深めさせる役割を果たした。また、同年代の子に希望を与えたものだ。当時この楽団の演奏に接した一人の少年は、「初めて聞くアメリカの音楽は私にとって強烈な印象であり、今まで聞いたどんな音楽とも違っていた」（今井明）と話していた。

前述の『だいざわ』に、浜館は思い出を語っている。「いつも大型バスで送り迎え、その上、好きな音楽を演奏して、揃いの服や楽器のプレゼントに子どもたちは大喜びでしたよ」と。アメリカ軍の洒落たバスに制服を着て乗り込んでいく団員たちの姿は明るくて爽やかだった。敗戦後の荒涼とした風景の中でひと際清涼で、夢のような話である。

熱血漢、浜館菊雄、この物語の中心人物だ。彼がこの楽団を産み、そして育てた。戦前器楽クラブを起こし、戦中も楽器を疎開先まで運んだ。そして学童を音楽に親しませた。これらの継続があったればこそ、戦後において楽団は開花した。それ故サブタイトルを「戦火を潜り抜けた児童楽団」としたのだ。

＊

ここまで「ミドリ楽団」の行方を記した。ここから は、それぞれ社会に巣立って行った楽団員の行方を記したい。私の手許に一枚の写真がある。全部で三十数人ほどが写っている集合写真だ。その年月日は昭和三十年（一九五五）八月二十一日だ。場所は、洗馬の真正寺の本堂前だ。

あの疎開時代が懐かしい。真正寺にいた一人は「私たちは簡易楽器による楽団をやっていたので……なにしろ宿舎のお寺で毎日合宿をしていたようなもの」（『洗馬小百年誌』田中千尋）と述べている。思いはそれぞれだが、これが十年も経ってみるとあの辛い疎開生活が恋しく思われた。ぜひ同期会をということで「真正寺楽団」のメンバーが訪れた。写真を見るといい青年男女だ。もう二十代も中頃だ。中には小さな子どもが三人ほどいる。もう何名かは結婚していたことが分かる。男女ともに成人して仕事に就いて働いている。

真正寺を昼間訪れ、恐らく夜は、第一番目の疎開先浅間温泉に泊まったのだろう。宿泊先であの疎開時代を彼らは語った。中には酔って涙を流す者もいた。

「ハマカンはよく百面相したよな。ひょっとことかお猿を、ああ懐かしい」

彼らの多くは市井人として生活を送ったのではないかと思うが、反対に世界的な音楽奏者となった人もいる。マリンバの安倍圭子さんだ。彼女の自伝はレベッカ・ケイトによって著されている。『安部圭子　マリンバと歩んだ音楽人生――A VIRTUOSIC LIFE――』（二〇一一年）だ。この第二章は「ミドリ楽団――演奏家としてのスタート」となっている。

圭子にとって幸運なことに、浜館はその時代の小学校教師としては異例の存在だった。彼は小学校教師の伝統としてすべての教科を教えていたが、代沢子ども楽団（代沢小学校の課外活動だったのでこう名付けられたが、浜館の生徒たちにはミドリ楽団と呼ばれていた）の活動に特に力を入れていた。それは戦時中のストレスに満ちた時代に子どもたちに音楽活動を与えるためであったが、32名の子どもからなり、シロホン4台、アコーデオン8台、ハーモニカ10、タンバリン8、太鼓2という編成であった。多くのレパートリィを持ち、その歳の年齢の子どもとしては驚くべきことに、すべての演奏を暗譜で行った。コンサートでは通常20曲演奏したが、どの曲も、習得するのに放課後4時間ほどの練習をした。

「ミドリ楽団」から巣立っていった一人を挙げたが、この他ジャズ歌手や童謡歌手、楽器奏者、ダンサー、俳優などになった者もいる。「ミドリ楽団」系譜の芸能、文化人の人脈が密かに形成されていた。みな楽団に加わって感性なり技なりを身につけたことが影響している。児童楽団としては非常にレベルの高いものだったことが分かる。浜館菊雄先生は一九九四年一月二日に九十歳の生涯を閉じられたが、彼が播いた種は今もどこかで花を咲かせ続けている。

戦争中は敵国同士だった日本と米国であったが、彼が創設した児童楽団がこの二つの国の友好を取り持った。この「ミドリ楽団」の事績を歴史的事実として記録しておきたい。

浜館菊雄、彼は一刻であり、一徹でもあった。そして、もう一つ大事な点は常に子どもに寄り添っていたことだ。この音楽を熱愛する教師への深い感銘があったらばこそ、私は創ったことだ、この物語を。

おわりに

人は言葉によって規定される。私自身、何者なのか、言葉での説明が困難だ。ジャンルとしては雑多なものに手を染めている。童話、ノンフィクション、物語などだ。かつて集英社新書で『日本鉄道詩紀行』を出した。鉄道詩紀行作家というのは感性にはフィットするが社会には通用しない。雑誌「ＢＥ－ＰＡＬ」でこの本の書評を書いた人がいた。その肩書きは「自転車通勤家」だ。形容として素晴らしい。肩書きは先に言い出したものが勝ちだとはいうものの簡単ではない。私はあらゆる境界を越えて文化を漁っている。狐狸伝説、ダイダラボッチ、高射砲、鉄塔、鉄道などなど。このことから自称「文化探査者」と名乗っている。これを真面目に訴えているが注目されることはない。通常記事には童話作家だとか、ノンフィクション作家だとして紹介される。

このところ続けて書いてきたのが信州松本からの特攻を素材としたノンフィクションである。私自身の常なる主題は、本流よりも支流だ。縁辺に隠れ潜んだ真実を掘り起こすことをライフワークとしている。ここ数年、秘められたこの戦史を調べ上げ、長編ノンフィクションを三巻完成させた。

人間、一つのイメージが固定化することはある。「ノンフィクション作家が書いているからこの人の本はノンフィクションに違いなかろう」と。しかし、今度のものは創作物語である。手法を変えての挑戦だ。

この話の発掘のとっかかりは代沢校の「鉛筆部隊」からである。この取材過程で「楽器部隊」の話に偶然に出会った。「鉛筆部隊」の場合は大勢の証言者もいて、資料も数多く残っていた。ところが「楽器部隊」は反対だ。関係者が少数であったことだ。学年進行にわたるにせよ「ミドリ楽団」の精鋭はたった三十二名だった。戦後七十年も経過していることから関係者に当たることは至難であった。

そんな中で楽団指導者の浜館菊雄先生の娘さん片山淳子さんに出会った。彼女は戦時の疎開から戦後の「ミドリ楽団」まですべてに関わっている。この彼女から多くの証言を得、また資料も手に入れることができた。この片山さんに行き会わなかったらこの物語を編むことはなかった。

しかし、彼女は「何しろ子どもの頃の出来事ですからね」と言われた。学童時代の体験がすべてが記憶にあるわけではない。言えば、事実は存在しているが通史は残っていない。これを記録として残すにはストーリーを書く他はない。私は片山さんの証言、そして残っている事実の断片を元にイマジネーションを膨らませ、そしてこれを中心にして創作、一篇の物語を描いた。

手法としてノンフィクションでまとめることもあり得た。しかし、事実はあっても細部の史実は残っていない。片山淳子さんの証言や提供を受けた資料で歴史事実はある程度掴めた。『ミドリ楽団物語』の出発点のポイントは、米軍中央病院を訪れたことだ。これは昭和二十一年五月だった。また、アニー・パイル劇場での三日連続公演は二十三年九月のことであり、パラマウント映画社の築地本願寺での撮影はこの年の十一月である。が、百数十回とされる慰問演奏の詳細な記録はない。

「ミドリ楽団」の一つ一つの史実は推測、推量でこれを埋めるしかなかった。各所慰問の時系列の組み立てが最も困難だった。個々の音楽会の場面も筆者の想像によるものだ。

それゆえに歴史事実とピタリと符合しているわけではないことは断っておきたい。時系列的にはあやふやさが残るが、エピソードは聞き書きを元に描いた。全くの虚構というわけではない。証言者の片山淳子さんは、場面場面の印象をよく覚えておられる。『井筒の湯』の音楽会では洋舞の上手い人が兵隊服で出てきて軍歌に合わせて歌った」「安曇野の陸軍部隊に慰問に行ったとき、雪でぬかるむ道を兵隊さんにおんぶされて行った」「大釜にお汁粉が用意されていた」とか。またアニー・パイル劇場に行ったときの印象的な場面は、「踊り子さんが脚を上げて練習しているのを見てびっくりした」との証言に基づいたものだ。

また物語では洗馬「真正寺」の音楽会の様子を描いた。これは真正寺住職橘浩明さんの提供の資料による。彼の祖母橘弥生さんの日記である。これには「家の学童は皆音楽の出来る子ども、なぜならば先生が軽音楽の大家故、浅間からこちらへ疎開してくる時、音楽の出来そうな子どものみを集めて連れて来たとのこと」とか、学童らが「お礼にとブラスバンドを聞かせてもらい、小さいのによく出来ると（国防婦人）会員たちは感心していた。舞踊のできる四年生の女の子（絵日傘）、独唱の上手な五年生ぐらいの女の子（浜辺の歌）もいて上手に歌い、皆全員が拍手をしほめていた」などと記録されていた。

現実にあった出来事を描いたものがノンフィクション、想像上の出来事を描いたものが物語だとされる。これを書き終えてみて一つの感慨が湧いてくる、旧来のジャンル分けの境界を書いたのではないかと思いもする、ここに新ジャンルの可能性を思ったことだ。

戦後七十年経って、過去の記憶が急速に失われ、戦争経験者はどんどんいなくなりつつある。が、戦争はやはり酷いものだ。一旦始まったら終わらない。その間人はどんどん死んでいく。「どうあっても戦争はするな」と体験者からは聞いてきた。人間は辛いことは忘れるが、戦争経験は世代を超えて受け継いでいく必要がある。物語として伝えるというのは、消えゆく戦争の継承方法の一つであると思った。

　誤解のないように言っておきたいのは、この物語は事実をもとに場面場面を想像して書いたものであるということだ。基本大人にはモデルがいるが、何十人といる子どもはすべて想像上の人物として描いた。ただ唯一例外がある。昭和二十年一月二十四日に田町小学校で東京に帰る六年生の送別式が行われた。このときに「代沢国民学校卒業生総代　山本一代」と書いたがこれは実際の答辞を引用したことから実名を記した。

　教員については当時の三本杉国松校長、引率の浜館菊雄訓導、柳内達雄訓導は実名とした。また楽団のプロデューサーだった古沢末次郎さんも同じだ。「蔦の湯」のご主人二木義彦さん、「真正寺」の住職英彦橘英豊さん、そのお上さんだった橘弥生さんの名も実名とした。彼らの発言内容などは資料や証言などから想像して描いたものであることを改めて断っておきたい。なお、地名、校名、旅館名、寺院名などはすべて実名を記した。

　最後になるが、片山淳子さんの記憶と証言、彼女から提供された資料や写真、これらを縫い合わせてこの物語を編むことができた。もう八十歳になられる彼女は病を患って体を悪くされていた。それでも当方の聞き取りには何度も何度も快く応じてくださった。改めて深く御礼を申し上げたい。

　最後に、もう一点付け加えたい。「真正寺学寮歌」は物語の勘所でもある。当初この歌詞は残っていたがメロディはなかった。ところがこれを覚えている人がいた。元疎開学童の松本明美さんである。彼女に歌ってもらってそれを録音した。この音声をもとにして作曲家の明石隼汰さんが採譜をされ楽譜が蘇った。このメロディから作曲意図が明確に伝わってきた。お二人の協力にも感謝したい。

○取材協力者（敬称略）

片山淳子、鳴瀬速夫、加藤景、田中幸子、明石隼汰、松本明美、真正寺（橘浩明住職）、廣島文武、北沢川文化遺産保存の会会員（今井明、きむらたかし、米澤邦頼）

○参考文献

浜館菊雄 著『学童集団疎開』（「シリーズ・戦争の証言4」太平出版／一九七一年）

秋尾沙戸子 著『ワシントンハイツＧＨＱが東京に刻んだ戦後』（新潮社／二〇〇九年）

占領軍調達史編纂委員会 編『占領軍調達史』（部門編1）（占領軍調達史編さん委員会／一九五七年）

東京都恩賜上野動物園 編『上野動物園百年史』（一九八二年）

『遠い太鼓』（戦争体験と当時の思い出話特集 第1集／松本市本郷福祉ひろば／一九九七年三月刊）

斎藤憐 著『幻の劇場アーニー・パイル』（新潮社／一九八六年）

『だいざわ』九十周年記念誌（世田谷区立代沢小学校／一九七〇年）

『だいざわ』創立百周年記念誌No. 2（世田谷区立代沢小学校／一九八〇年）

『洗馬小学校百年誌』（洗馬小学校沿革誌委員会／一九九九年）

日野原重明 著『戦争といのちと聖路加病院ものがたり』（小学館／二〇一五年）

レベッカ・カイト 著・杉山 直子 訳『安倍圭子 マリンバと歩んだ音楽人生―A VIRTUOSIC LIFE―』（ヤマハミュージックメディア／二〇一一年）

「週刊少國民」（昭和二十年五月五日号／「神鷲と鉛筆部隊」）

『橘弥生個人日記』（真正寺の大奥さんの日記）真正寺提供

きむらけん

1945年満州（現中国東北部）撫順生まれ。童話作家・物語作家、文化探査者。96年『トロ引き犬のクロとシロ』で「サーブ文学賞」大賞受賞。97年『走れ、走れ、ツトムのブルートレイン』で「いろは文学賞」大賞・文部大臣奨励賞受賞。11年『鉛筆部隊の子どもたち』〜書いて、歌って、戦った〜で「子どものための感動ノンフィクション大賞」優良賞受賞。著作に、『トロッコ少年ペドロ』、『出発進行！ ぼくらのレィルウェイ』、『広島にチンチン電車の鐘が鳴る』（いずれも汐文社）、『日本鉄道詩紀行』（集英社新書）、『峠の鉄道物語』（JTB）などがある。『鉛筆部隊と特攻隊－もう一つの戦史』、『特攻隊と褶曲山脈－鉛筆部隊の軌跡』、『忘れられた特攻隊－信州松本から宮崎新田原出撃を追って』は信州特攻三部作（彩流社）である。

『北沢川文化遺産保存の会』の主幹として、世田谷、下北沢一帯の文化を掘り起こし、地図、『下北沢文士町文化地図』（改訂六版）を作成したり、ネット上の『WEB東京荏原都市物語資料館』に記録したりしている。この物語はこの活動から発掘されたものである。

ミドリ楽団物語

戦火を潜り抜けた児童音楽隊

2016年 8月15日 初版第1刷発行

■著者　きむらけん
■発行者　塚田敬幸

■発行所　えにし書房株式会社
〒102-0074 千代田区九段南 2-2-7 北の丸ビル 3F
TEL 03-6261-4369　FAX 03-6261-4379
ウェブサイト　http://www.enishishobo.co.jp
E-mail　info@enishishobo.co.jp

■印刷／製本　モリモト印刷株式会社
■DTP／装丁　板垣由佳

ISBN978-4-908073-29-8 C0095